这是一个荒诞
而悲惨的故事
故事中没有正义

范萍

大鱼
有爱的青春陪伴者

死亡密码

死亡密码·蜥蜴之髯

藤萍 著

江苏凤凰文艺出版社
JIANGSU PHOENIX LITERATURE AND ART PUBLISHING

图书在版编目（CIP）数据

死亡密码：蜥蜴之髯 / 藤萍著. -- 南京：江苏凤凰文艺出版社，2024.7
ISBN 978-7-5594-8548-9

Ⅰ. ①死… Ⅱ. ①藤… Ⅲ. ①长篇小说－中国－当代
Ⅳ. ①I247.5

中国国家版本馆CIP数据核字(2024)第063875号

死亡密码：蜥蜴之髯

藤萍 著

责任编辑	王昕宁
特约编辑	廖　妍
责任校对	言　一
出版发行	江苏凤凰文艺出版社
	南京市中央路165号，邮编：210009
网　　址	http://www.jswenyi.com
印　　刷	长沙鸿发印务实业有限公司
开　　本	880mm × 1230mm　1/32
印　　张	8.5
字　　数	228千字
版　　次	2024年7月第1版
印　　次	2024年7月第1次印刷
书　　号	ISBN 978-7-5594-8548-9
定　　价	45.80元

序

我的兴趣可能有点多，从小到大真爱的是武侠，热爱的是科普，然后还附带爱了一点悬疑，所以《X 档案》《犯罪现场调查》之类的故事一直都是我热衷的。我喜欢博物学，又热衷于看神秘动物传说，又爱看悬案，以上总总相结合，就生出来《蜥蜴之髯》这个缝合怪。

故事的起源是“营口坠龙传说”，那是个很有名的神秘动物传说，还有照片。当然根据各路专家和英豪的分析，现在普遍的解释是那是一只搁浅的须鲸的尸体。而尸骨上的两个长角，是须鲸长长的下颌骨，只不过当时的人不懂它的结构，把它的下颌骨放反了，看起来像一只头生双角的龙。

那张几十年前的照片是很有趣的，自带了神秘和悬疑。当然专家的解释是专业而有道理的，我只是想为它编一些更有趣的故事而已。于是从那张坠龙的照片开始，我写了《蜥蜴之髯》这个故事，期间有很多想法想表达而未遂，有很多细节完全经不起推敲，但是里面也有一部分内容是有意思的。就当人处在未曾设想过的巨大灾难里的时候，不同的人可能会有不同的思考和反应，我试图去展现，但因为笔力有限，阅历不够，终究是很轻浮。

2024 年 4 月 4 日 星期四

目录

contents

目录

contents

第一章

蜥蜴人

F省公安厅副局长邱添虎最近一直在追查一个叫“沃德”的阿拉伯人。根据一个星期前“花之密语连环杀人案”的凶手供述，在春林山庄一期的某栋别墅里，潜藏着一个私人地下室，那个地下室里藏有不计其数的人头，都是被沃德引诱并杀害的“藏品”。

“花之密语”案件的凶手张少明不过是沃德案件的受害者，因为受害时年纪幼小，心理不健全，他从受害者成长为模仿犯。这名模仿犯杀了二十一个人，而根据他的供述，在沃德的地下室里可能还有更多的人体标本。

这些被杀害的人是谁？

张少明供述中的那栋“开满了黄色玫瑰，潜藏着众多人头”的别墅究竟在哪里？警方在对春林山庄的实际搜查中没有找到那栋别墅，之后根据张少明的供述在环境相似的其他四个地点都做了地毯式的搜查，依然没有找到那栋别墅。而在外国人信息数据库中，并不存在一个叫沃德的阿拉伯人，张少明口中的那个阿拉伯肥佬似乎只在租用希泊蓝酒店外的那片空地时，在合同上留下了这个名字和一串护照号码。

那份租赁合同上的名字叫作沃德·西姆森，不太像一个阿拉伯人的名字，而护照号码查无此号，是一个假证件号。

一个可能犯下骇人听闻凶杀案的凶手销声匿迹，没有留下丝毫线索，这让邱添虎非常不安。他曾召开专案会议讨论“沃德案”的可能性，包括这是不是张少明用以脱罪的借口，或者是他在精神异常的状态下的幻觉。但参与会议的绝大多数人都认为，是事实的可能性更大。

他们之所以没能找到那栋藏匿着罪证的别墅，更大的可能是因为沃德当年遭遇了麻烦，而他在解决了麻烦之后，带走了所有的东西，毁灭了一切证据，包括那栋别墅。这个“沃德”的真实身份究竟是什么？在中国停留的目的是什么？一切都非常可疑。

如果沃德真的杀害了那么多人，为什么没有引起任何人的注意？他的目标人群都是一些什么人呢？时隔多年，要重新启动调查必须有新的、确实可靠的证据——例如一个明确身份的受害者。

邱添虎为沃德案头痛了很久，最终以年轻人应该更有想法为由把这个烫手的山芋扔给了韩旌。有几十年刑侦经验的老刑警邱局给韩旌的建议是——事到如今唯一的办法就是大量清查近年来的失踪人口，从中寻找在失踪前与外国人有过接触的人员名单，并且不限于是接触阿拉伯人。

沃德很可能并不是阿拉伯人。

这项清查工作大部分可以由电脑完成，小部分需要人工核对，一时也得不到结果。韩旌明面上的身份是在密码组，也不方便时常返回刑侦二队，案件的进展只好由李土芝偷偷摸摸地带来给他。

每周二晚上八点，是韩旌和李土芝约好交换信息的时间。

福源街麦当劳二楼转角的一个位置。

一个肤色白皙的年轻男子坐在椅子上，他坐得非常端正，背脊挺直，有一种硬玉般清冷坚定的气质，与麦当劳格格不入。

他面前的桌上放着两杯可乐、几个汉堡、快堆成小山的炸鸡翅，以及两杯基本上已经融化了的冰激凌。

显而易见，他约了人，而那人迟到了。

因为友人没有来，桌子上的一堆食物他并没有吃，可乐也基本上没气泡了。

这个和麦当劳欢乐快餐店格格不入的男人就是韩旌。

那个和他约了晚上八点见面，结果迟到一个多小时了，还不见人影的就是刑侦总队一队队长李土芝。

“你好。”

李土芝没有来，韩旌背后却传来一道轻柔的女声。一个穿着蓝白条棉麻宽松衬衫，配着超短裤，露出两条又白又直的大长腿的漂亮女孩敲了敲韩旌的椅子：“帅哥，能帮个忙吗？”

韩旌回过头来。

女孩右手拖着一个沉重的行李箱，她显然有些拖不动了，行李箱卡在韩旌的椅子脚上，左手还抓着一个餐盘，餐盘上堆着食物，一杯饮料在盘子上摇摇晃晃。

刚才她就是用托盘敲的韩旌的椅子。

就在韩旌回头的瞬间，那杯饮料翻倒下来，女孩尖叫一声，眼看橙汁就要泼到韩旌身上——韩旌面无表情地抓住了那个杯子，由于杯子还带着盖，所以橙汁并没有洒出来。

女孩惊魂未定地看着他——他的动作太快了。

韩旌将橙汁放回托盘，顺手帮她提了一下行李箱，让她的行李箱能从自己椅子后面过去。

行李箱沉重得有些出乎他的意料。

“谢谢，谢谢，刚才真不好意思。”女孩千恩万谢地从他后面绕了过去。

韩旌点了下头算作听见了，没有回答。

他并不认识这个女孩。

但对方显然有刻意接近的嫌疑，只是他暂时不能确定她刻意接近的动机是什么。

在这个距离刑侦总队办公地点足有半个城市那么远的麦当劳餐厅里，认识他的人应该不多。

她是为什么?

一个人影从楼梯“嗖”的一声窜了过来，韩旌面前空了一个多小时的位子上多了个人。

一个全身黑衣的年轻人，浓眉大眼。

他一窜过来，带起一阵热风，二楼吃汉堡的年轻人都侧头看来，好像看见了一团火，而望过去实际上只是一个普通的黑衣年轻人。

这自带正能量气场的正是李土芝。

“对不起，我迟到了，临时开了个会，老邛太啰唆了。”李土芝一口塞下半个汉堡，一边努力在噎死和吞下去之间挣扎，一边含含糊糊地说，“我快饿死了。”

做警察的迟到太正常了，韩旌并不在意：“有事？”

“有事，大事。”李土芝咳嗽了一声，“沃德找到了。”

韩旌愣了一下：“你说什么？”

李土芝看着他的眼睛：“你没听错，在老邱将案件交给你两天之后，我们连第一个疑似的受害者都没有找到，沃德·西姆森就被找到了。”他的语气理所当然得充满了嘲讽味儿，“老邱都不知道他是从哪里被找出来的。总而言之，刚才我们临时被找去开了个会，被通知沃德找到了，案件已经破了，感谢我们对沃德·西姆森案件的协助调查。”

“沃德的案件在哪里立的案？哪个单位破的？”韩旌眉头紧皱，这突如其来的消息太令人震惊，他们连案件的受害人都还没找到，案件居然就侦破了？

“MSS第八局立的。”李土芝阴森森地说，“邱局都不知道国安局曾经有过这么个案件，直到我们抓住张少明。张少明说沃德是个阿拉伯人，是肥佬，国安局反馈给我们的嫌疑人的材料就是沃德·西姆森，真实姓名阿卜杜勒·哈克木，阿拉伯人，身高一米八二，体重一百二十三公斤，涉嫌的罪名保密，三年前被逮捕。第八局来了个电话说听说我们在调查沃德，告诉我们一声沃德在他们手里。”

韩旌的眉心越发皱得像冰雕一样：“他们怎么知道我们在调查沃德？”

李土芝似笑非笑：“你在密码组做的事不就是正在和他们合作？我猜他们监视了整个密码组，所以邱局一把案件交给你，他们就知道了。”

韩旌摇了摇头，一字一字地说：“邱局让我主办，并没有外传，我没有告诉过任何人。”他看着李土芝，“我们甚至都还没有立案，所以消息应该是直接从邱局那里走漏的。他可能无意中告诉了什么人，而他接触的人都是高层。”

“上面有人知道了我们在找沃德，为了让我们收手，我们要找一个什么样的沃德，他们就给我们一个什么样的沃德。”李土芝眯起眼睛，“你是不是也是这样想的？”

“有人不希望我们查沃德。”韩旌的视线落在纹丝不动的可乐上，仿佛能把可乐看出一朵花来，“我们无法分辨是基于‘沃德涉嫌的罪名让他获得了绝密情报，而我们不能知道’，还是MSS里的某些人和沃德……有什么交易或联系。”

“你怀疑MSS里面有问题？”李土芝吃了一惊，“只是因为他们不让我们查沃德？”

“不要忘了，我们查沃德是因为他可能谋杀了几十口人，而不是因为他可能危害国家安全。”韩旌的语气坚定而平淡，“MSS不应该也无权阻止我们调查沃德身上另外的罪行，而他们居然打了个电话，还提供了‘沃德’的资料，我非常奇怪……这不是正规程序，这里面一定有问题。”

“所以？”李土芝扬了扬眉。

“必须查下去。”韩旌顿了顿，慢慢地说，“自己查。”

“对！必须查下去。”李土芝笑了起来，“我们自己查！”他朝韩旌伸出手，“我和你！暂时对老邱也保密。”

韩旌伸出手与李土芝紧握了一下。

“对了，刚才我上来的时候好像看见个美女的背影？”李土芝贼兮兮地说，“不会我错过了什么好事吧？”他东张西望地找刚才那个美妙的背影，却四处都找不到。

韩旌微微皱起了眉：“刚才那个……有点奇怪……”

正在说话的时候，突然间楼下响起了惊人的喧哗，二楼的人纷纷询问发生了什么事。

“死人啦！女厕所里有具尸体！”

“女厕所里有个行李箱，里面装着一个死人……”

“天啊……”

消息很快传了上来，大家表情各异，韩旌和李土芝站了起来，匆匆下了楼。

李土芝，F省刑侦总队一队队长。

韩旌，F 省刑侦总队二队队长，目前因机密原因借调到国安局密码组。

他们是警察，既然发生案件，职责所在，必须立刻开始工作。

一楼女厕所的洗手池旁边放着一个醒目的红色行李箱，这正是刚才韩旌帮忙提过的那一个。现在行李箱已经被打开了，行李箱里面蜷缩着一个身材姣好的年轻女子。

蓝白条棉麻衬衫，超短裤，一双又长又直的美腿，同样线条美好的脚上套着一双裸粉色的拖鞋。

她仰着头，脖子上有一圈明显的掐痕。

这显然就是刚才从韩旌身后经过的那个女孩。

韩旌还没说话，李土芝已经“咦”了一声，这不就是刚才那个背影美妙至极的女孩，韩旌的艳遇吗？他虽然没看到正脸，但对背影和长腿印象深刻。

“她是谁？有人认识她吗？”韩旌半蹲下身，试了一下女孩的脉搏，触手冰凉，她居然像是已经死亡有一段时间了。

但就在半个小时之前，她还拖着行李箱从韩旌身边路过，按常理，体温不应该降得这么快。

这到底是怎么回事？一个人能拖着自己的尸体到处走吗？或者这个女孩有个长得一模一样的同胞姐妹，姐姐或妹妹拖着装有同胞姐妹尸体的行李箱到处走？

这两个猜测简直同样惊悚。

如果不是出了以上两种离奇的状况，那女孩就是在厕所里遇害的，并因为某种原因，她的体温降得极快。

围观尸体的人很多，并没有人认识箱子里的美少女。李土芝给一队打了个电话，让勘验现场的尽快赶来。环顾一下四周，他发现这个女厕所的结构非常简单，基本上是个长方形的房间，洗手台对面是两个隔间，女厕的门可以反锁。

也就是说如果有人要杀这个美少女，只需要藏在一个隔间里面，等女孩进来，把门反锁，这里面就成为一个密室了。但问题也就出在这里，凶手要怎么确保受害者进来的时候，另外一个隔间里没有人呢？另外，凶手怎么知道她会在这个麦当劳上厕所而事先躲在里面呢？

李土芝和韩旌相视一眼，立刻从对方眼中看见了相同的疑问。

李土芝更加仔细地观察尸体，韩旌则闭上眼睛进行更严密的思考。过了一会儿，他睁开眼睛，说道："除非凶手和她一起进入洗手间，当时洗手间内没有其他人，并且凶手急于杀人。否则……这种地方，绝不是动手的好地方。"

"但她身边没有同伴。"李土芝说，"谁和她一起进入的洗手间，需要调监控……但直觉告诉我看监控也看不到那个人。既然这个行李箱藏得下一个人，说不定凶手其实没有埋伏在隔间里面，而是被她自己拖进来的……"他眨了眨眼睛，"那时候我看你帮她提了一下行李箱。"

"当时那个箱子非常重，"韩旌承认，"应该有八十到一百斤左右。如果当时箱子里就藏着一个人，那么那个人身材不高，也不会很强壮。"只有像尸体这样身材纤细，韧带柔软的人才能完全藏进箱子里，但这样身材的人能徒手掐死一个女孩，不惊动任何人吗？

"受害者将凶手藏在行李箱里面拖着到处走，随便走到一个地方，凶手钻出来杀了她，再把她塞进行李箱里。"李土芝整理了一下这条新颖的思路，"怎么感觉怪怪的，好像这不是个凶杀案，而是个游戏。"

"说不定……这就是个刺激的死亡游戏……"韩旌嘴唇微动，淡淡地说，"当然，也有可能当时她的箱子里装的不是人，而是别的沉重的东西。也许她和凶手约定在这里见面，凶手杀死她，抢走箱子里的东西，再把她藏尸其中。"

"我还是觉得我的想法对头，"李土芝挥挥手，"什么人会把约会的地点定在麦当劳的厕所里啊！这也太没……"说到一半，他突然卡壳，想起自己和韩旌还不是约在麦当劳谈事情，品位也不见得好到哪里去，顿时哑火。

韩旌淡淡扫了他一眼："比起双方约定在一个地方见面，受害者拖着凶手到处走的说法更匪夷所思不是吗？最简单的往往就是最好的，很多事没有看起来那么复杂。"他在尸体面前站得笔直，"比起猜测和直觉，细节会告诉我们真相。"

李土芝并没有听他拽哲学腔，他看过尸体，蹲下来仔细观察那个行李箱："韩旌，你的指纹在上面，非常清楚，我认得你的指纹，你右手拇指纹路中间有个空缺，那空缺像个心形，很稀罕……"

韩旌皱眉，刚要反驳，李土芝又说："你说她拖着凶手从你那里经过是想干什么？她知不知道自己快要死了？"他居然根本没把韩旌的意见当作意见，直接认定箱子里的就是凶手了。

女孩肯定不知道几十分钟以后自己就死了。韩旌嘴角微微一动，突然想起她端着食物的时候，曾经用托盘敲了自己几下。

托盘上有一杯饮料，这样敲其实很不方便，她完全可以放开行李箱的把手，用手来拍。

但她没有。

韩旌蓦然抬头——那个托盘呢？

几分钟以后，麦当劳的经理王磊找到了那个托盘。

托盘已经被塞进了回收箱里，回收箱里许多用过的托盘中有一个非常特别。

它的反面有人用炸鸡和汉堡的油脂写了一行字和符号的组合：

SOS

OOUOO

□□□□

□□■□

□□□□

□□□□

□□□□

这是什么玩意儿？托盘密码？

看见这个组合的人面面相觑，除了 SOS，谁也没看懂死者这是什么意思？

餐厅经理和韩旌、李土芝开始调阅死者从进入餐厅到走进厕所整个过程的监控录像。

监控显示的内容出乎所有人的意料。

那个行李箱并不是死者拖进来的，一开始拖着红色行李箱走进大门的人是一个身材高瘦、全身气质冷淡的眼镜男。他进门以后并没有点单，只拿了一个托盘在手里慢慢地玩，在靠门的桌子上坐了很久，望着门外，期间顾客来来去去，没有人和他有过交流。

十五分钟以后，那个拥有白长直大腿的美少女推门而入，眼镜男立刻站了起来，对她说了几句话。那美少女显然感到很惊讶，眼镜男把手里的行李箱交给她，又说了几句。美少女似乎有些迷惑，点了点头。

眼镜男就这么走了。

美少女拿着那个托盘去点单，点好了汉堡以后摇摇晃晃地拖着沉重的行李箱往里走去。走到一半，她似乎发现了什么，加快了脚步。

然后她就从点单区的监控范围内消失了。

接着过了几十秒，她出现在二楼的监控里，拖着行李箱向韩旌走去。

韩旌回过头来，帮了她一把。

她又独自摇摇晃晃地向里走去，又离开了二楼监控的范围。

十五分钟以后，她拖着行李箱从二楼下来，进了一楼的洗手间。

她进去的时候洗手间内是有人的，共进去了两个中年妇女。大家特别仔细地盯着她进去以后发生的一切，一分钟后，一个妇女出来了，再过三十五秒，另一个妇女也出来了。然后外面有个十五六岁的少女想要进去，门却被反锁了。少女有些迷惑，但没有坚持，转身就走了。

五分钟以后，厕所门下的缝隙里冒出了一些淡淡的白烟。

十分钟以后，一个奇形怪状的东西推开洗手间的门，从里面走了出来。

大家震惊地看着那个“东西”，那应该是个人，只不过头上戴着可能是硅胶的头套，身上穿着一件模仿动物皮膜的衣服，还戴着个尾巴，猛地一看就像恐怖电影里的蜥蜴人。

按道理说这么个奇形怪状的“东西”从里面出来，外面用餐的人们应该会有所反应。

但根本没有！

这个“蜥蜴人”就这么光明正大地穿着那件奇形怪状的衣服走出了监控范围，似乎没有引起任何人的注意。

这是怎么回事？

“等……等一下！”李土芝不可思议地看着当值的经理，“刚才你们餐馆大厅里有这么个奇怪的人经过，你们居然没任何反应？”

当值的经理也是目瞪口呆，过了好一会儿才想起来：“是，的确有这么个人在餐厅里转了一会儿，不过现在穿奇怪衣服的人太多了，我们都没觉得有什么，何况最近不是举办什么动漫节吗。”

的确，Cosplay（角色扮演）当道，2000 年出生的娃都已经到了横眉冷对千夫指的年纪了，恶魔、吸血鬼、恐龙、蜘蛛满天飞，天使、美人鱼、初音、黑岩满地走，蜥蜴人那都是美国的老片了！李土芝和韩旌相视一眼，看着餐厅经理继续转换摄像头。

那个蜥蜴人出现在用餐区，没有人发现他是从女厕所里出来的，他从用餐的人们身边经过，几个小朋友好奇地抬头看他，有个还和他说了句话，基本上大家对他都很友善。蜥蜴人手里抓着一个牌子，有些人还给了他几块钱，看样子像是在募捐。但从摄像头的角度看不到牌子上的内容。

蜥蜴人在一楼餐厅里转了一圈，然后慢慢地推开门走了出去，消失在门外的人群里。

在蜥蜴人消失三分钟以后，又有人试图去推女厕所的门。门开了，有不少人进去又出来，门打开的时候可以看见红色行李箱就放在洗手台下面，却没有人打开它。

又过了一分半钟，保洁阿姨走进女厕所。门关了起来，十秒钟后她尖叫着冲了出来。监控探头不能录音，但显然她打开了行李箱，发现了尸体，附近的食客好奇地围了过来，挤在门口张望。

这就是韩旌和李土芝到达之前，在厕所里发生的事。

刑侦总队一队和本市区划警察一起到达了现场，这在人流集中的地方杀人，影响极坏，必须快速破案。韩旌和李土芝等到勘查现场的人来了以后，就离开了，让专职的人做事，两人一起往省公安厅的方向走去。

时间已经过了晚上十点，李土芝知道韩旌生活规律，十一点就是他睡觉的时间："我开车送你回密码组吧？今天太晚了，关于沃德的事以后再说。"

韩旌不置可否，淡淡地说："今晚这个案件很快就要转到你手上了，不担心？"

"我们要相信本市警方的能力，人家能破案，老是我们下去督办，这样很不好。"李土芝一本正经地说，"这样人家会有压力，会有怨气，要相信同志。"如果他不是故意操着一口东北腔来说这话，也许还有那么两三分可信度。

韩旌的嘴角微微上勾："这个案子不简单，可能不是一个地方的事，我说要转到你手里来，是指它可能是一个连环案。"他微微皱眉，望着远处的月亮，月色静好，城市里人来人往，灯火朦胧，温暖热闹，这本该是一个很好的世界。

"怎么说？"李土芝听他要谈案情，耸了耸肩，"说来听听。"

"死者和带红色行李箱的眼镜男应该不认识，"韩旌说，"她是个随机选择的对象。"

这点李土芝有同感。那个眼镜男坐在门口，死者进来的时候看见了他，并没有向他走去，而是被他拦住，说明他们并不是约好的。

“他把装着蜥蜴人的行李箱给了相中的美女。”李土芝唏嘘不已，“这个人明明知道里面装着杀人凶手，他就是要这个美女的命啊！”

“两人合作，把藏在行李箱里的凶手交给受害者，这种手法虽然比较罕见，但更可怕的是他们显然不是第一次这样做。”韩旌说，“我们撞见的应该是整个案件中的一个环节，应该有更多类似的案件没有被联系在一起，这是‘陌生人杀人’，危害性最大的一类。”

李土芝想了一阵，没想出来什么：“等细节出来再说吧，你对托盘后面的密码图案有想法吗？”他瞥了韩旌一眼，这人暂居密码组，怎么说也是个专业的，虽然这个专业有点水分。

“没有。”韩旌说。

李土芝耸耸肩：“刚才这里车停满了，我的车停在梨花街后面，我们走过去吧，还有一段路。”

“你回去吧，”韩旌说，“我不坐车。”

韩旌这种硬得像根竹子一样的人，说一不二，几乎就没被谁改变过主意，李土芝极其了解他，没劝第二句，立刻自己拍拍屁股滚蛋了。

李土芝滚了，韩旌还站在原地。

他沿着街道慢慢往前走，深夜的风微微吹着，四周很安静。

今天他没有开车，这条路也并没有通向停车场，它似乎是通向一个社区公园。

韩旌并不介意，他很少这样安静地、不加思考地做一些事情。从小到大他的目的都很明确，他的精力和时间都被充分利用，生活中的一切几乎都按照他的日程表逐步实现，他上了最好的学校，做了自己预想中的工作，并且把工作做得很好。

但这并不是一个好的人生。

漫长的街道开始变得狭窄，前面是一个有滑滑梯和秋千的社区公园，深夜十点半，公园里并没有人。路灯照着公园，大树下依然幽暗，滑滑梯和秋千的色彩在斑驳的光线中难以辨认。

韩旌的眼角微微一动——公园里虽然没有人，却有一阵白烟弥散。

稀薄的白烟或白雾瞬息就飘进了树丛，消失无踪，如果他不是韩旌，可能会怀疑自己出现了幻觉。

但韩旌确定自己看见了烟雾。

那会是什么？

静谧的公园里没有人，韩旌沿着烟雾飘来的方向在树丛里寻找，突然，他在一处隐秘的灌木丛中间发现了一个洞。

一个洞？

他居然在社区公园的绿化带深处找到了一个洞口。

韩旌以手机的光亮谨慎地照着那个洞口，那是一个新挖掘的洞，洞口四周的泥土还是潮湿的，泥土中有草木折断的根须，还闻得到泥土的气味。洞口约莫四十厘米，里面很黑，看不到尽头，用手触摸地上的泥土，泥土非常冰冷，说明刚才韩旌没有看错——这里的确有烟雾，白雾很可能是干冰或液氮之类的强冷却剂发生作用时飘散出来的。

一个新挖的洞穴，洞穴里散发着强冷却剂的烟雾。

韩旌的表情非常凝重，他咬住手机，两手扒住洞穴内的泥土，开始往黝黑的洞穴里钻——这里面一定有什么。

一定有某些不祥的东西在等待着他。

爬下去约莫一米多深，他感觉洞道的方向并不是向下，而是一个平缓的角度，这个洞距离地面并不远。但洞内依然狭窄，以韩旌的身材，堵在通道中几乎是挤满的，到底是什么人能挖掘这样的通道？

就在韩旌疑惑的时候，他的手机光线突然照到了前方洞穴中有一样东西。

韩旌吃力地撑住身体，漆黑的洞穴里，有一团东西堵住了前方的路，看不清形状，只看得见是一个尖尖的、有绿色和黑色斑点的角状物正对着自己。

这是什么？

韩旌伸出手摸了一下那东西，触手冰冷至极，显然刚才被强冷却剂冰冻了的正是这个东西。他再向前爬了一点，那个角状物变大变粗，光线照耀下，一块鳞片状的东西映入眼帘。

韩旌愣了一下，蓦然醒悟——这是个尾巴！

他迅速将尾巴堵在洞穴里的状态拍了下来，再飞快地退了出去，打电话让李土芝马上回来！

这被冷冻以后塞在洞穴里的有尾巴的东西，应该是麦当劳里的蜥蜴人身上穿的那件奇形怪状的衣服。

是谁在这里挖洞？

洞穴深处冰冷的东西究竟是什么？

是衣服？

——或是另一具尸体？

李土芝开着车慢悠悠地往宿舍的方向走，在这个温度适宜，有点微风的夜晚，他的心情很是放松。在奔放的摇滚音乐声中，他忽略了韩旌打过来的电话，拐进了省城著名的酒吧一条街——金钻石路。

这里人很多，道路拥堵，可是从这里穿过去是捷径。

李土芝慢吞吞地闪避路上的人群，他一向对人友善，开车从不飞扬跋扈，导致每次开这条路他都要花比别人多三倍的时间。

一个穿着绿衣服的青年拉着玩伴的手嘻嘻哈哈地差点窜到车前面来，幸好他的同伴拉了他一把。

李土芝正要翻白眼，突然认出——这个撞到车前面来的绿衣青年，好像就是刚刚麦当劳里那个当班经理王磊！

哎？他管理的餐厅出了命案，他心情这么好出来玩？李土芝一边慢慢地开车，一边从后视镜偷看王磊在干什么。

王磊的同伴有两个，一个是清俊的精英白领样的年轻男人，另一个是穿短裙的女孩。

王磊显然是喝醉了，年轻男人和女孩扶着他，慢慢地往和李土芝相反的方向走去。王磊一边踉跄前进，一边还手舞足蹈地说些什么，时不时搂住女孩亲个嘴儿，神态非常亢奋。

这简直和下午李土芝认识的那个谨慎、认真、处变不惊的王磊不是一个人。

正当三人要离开李土芝的视线的时候，“吱呀”一声，李土芝猛地踩了刹车！他发现了一个答案——他知道了为什么死者会拖着行李箱向韩旌走去，并试图搭讪！

那个清俊男人的侧影和韩旌太像了！

虽然这个人现在没有戴眼镜，可是那种让小女生抓心挠肺的清冷的感觉如出一辙，李土芝敢打包票，这个人就是下午那个眼镜男！

王磊和眼镜男是认识的？

他们是之前就认识，还是今天晚上在酒吧偶然遇到的？

如果他们之前就认识，杀人案显然也有王磊的一份，那个画了密码的托盘说不定就是给王磊看的！现在这两个嫌疑犯勾搭在了一起，不追上去搞清楚是怎么回事，他就不是李土芝了！李土芝把车随便停在了一家酒吧的大门口，转身追了过去。

王磊和眼镜男，以及疑似王磊女朋友的女孩一起走到了金钻石路路口，那里有一排石凳，三个人并排坐了下来，先是各自玩了一会儿手机。李土芝隐藏在行道树后，看不清楚他们具体都做了些什么。突然响起了一声刺耳的拉链声，他偷偷摸摸地将手机摄像头伸出去一点点，从屏幕里看他们在做什么。

三人从石凳背后拖出了一个大行李箱，乍看到行李箱，李土芝全身的汗毛都奓了。

这个行李箱并不是红色的，而是蓝色的，颜色非常暗淡。

两个男人交谈了一阵，打开了行李箱，那个女孩就坐了进去。两个男人“哈哈”大笑，女孩自己将行李箱的盖子盖上。这种行李箱是双面的拉链头，过了一会儿，女孩自己将行李箱扣上，又过了一会儿，她又自己拉开钻了出来，居然像是在练习。

这……这情景，难道他们是在计划下一次的拉杆箱杀人行动？李土芝大气都不敢喘一声，怕吓跑了这些嫌疑犯。但那女孩钻进钻出了两次就不玩了，三个人手牵着手，有说有笑地往金钻石路外围的酒吧走去。

李土芝跟了上去。

三个人进了一家叫作“小胡椒”的酒吧。

这是一家环绕着黑暗和金属元素的个性酒吧，大门口挂着一大串金属骷髅，服务生都戴着彩绘木雕面具，酒吧内放着音调诡异的轻音乐，从窗外望去，里面紫光闪烁，群魔乱舞。李土芝摸了摸身上全黑的便装制服，自觉和这家店的风格简直是浑然一体，伸手就去推“小胡椒”的大门。

“咯”的一声，门居然推不开。李土芝一抬头，只见黑漆漆的大门上有一扇小窗户，窗户后面站着一个头戴面具的服务生。服务生见他推不开门见怪不怪，隔着门问了一句：“有卡吗？”

“什么卡？”李土芝本能地反问了一句，随即醒悟，“会员卡？我就想找个地方再喝两杯不可以？”

里面的服务生“哗”的一声关上了小窗户。

李土芝猛敲大门：“喂？你有神经病啊？有这么开店的吗？这是皇宫啊？要什么卡才能进去？我有很多卡，要哪一种？”随即他对着大门踢了一脚。

“当”的一声，那黑漆漆的大门居然是铸铁的，李土芝抱着脚原地乱跳，为了演得像个冒失的醉鬼，他真是牺牲太大了，脚趾头都要断了。

“国王卡。”大概是像李土芝这样的人见多了，里面的服务生凉凉地回了一句，“赢到卡再来哦。”随即那扇小窗户彻底关上了，连里面的人影都看不见了。

李土芝一边揉脚一边后退，这真是一家古怪的酒吧，刚才那三个人就毫无阻碍地进去了，因为他们手上有“国王卡”？“国王卡”又是个什么玩意儿？脚趾头的剧痛渐渐退去，李土芝眉头紧皱，看着眼前光影闪烁、音乐诡异、和其他酒吧似乎并没有太大不同的“小胡椒”。

这个地方有问题。

李土芝在“小胡椒”酒吧外面观察了两个小时，直到客人基本离开，酒吧停止营业。根据他的计算，一共有二十八个顾客离开“小胡椒”，但里面并不包括他跟踪的王磊等三人。也就是说今天晚上除了那三个嫌疑犯，还有二十八个人拥有“国王卡”，那“国王卡”应该就不是什么很难得到的东西。

至于还留在酒吧里的三个人——李土芝悄悄溜到酒吧右面墙壁电箱的位置，弄开了电箱锁，直接把酒吧的电闸关了。

瞬间，“小胡椒”陷入一片黑暗，李土芝迅速钻入绿化灌木丛里，不到五分钟，酒吧的门又开了。

从铸铁大门里走出来九个身穿黑色制服的服务生，脸上还是戴着彩绘木雕面具。他们有的骑摩托车，有的骑自行车，对突然停电骂骂咧咧了几句，也就互相开着玩笑，各自离开了。除了不摘面具，他们就像普通的下班职工一样，身上并没有紧张的感觉。

没有其他的顾客出来。

李土芝凝视着其中三个黑衣服务生的背影——那其中有一个是女孩——也许他们并不是顾客，而是这家店的员工。可是王磊都已经做到了麦当劳餐厅的经理，还需要在深夜另外打一份工吗？另外那个眼镜男和女生都不像是需要深夜打工维持生活的人，再回忆起门口服务生那爱理不理的态度——这家店的职员似乎不是什么爱岗敬业的人才。

就在李土芝想从灌木丛里爬出来的时候，“小胡椒”的铸铁大门轻轻响了一声。他立刻屏息静气，恨不能整个人钻进土里——刚才他就有些奇怪，为什么停电了没有人来检查一下电闸？

原来检查的人在这里。

黑漆漆的大门缓缓打开，露出一个黑黝黝的大洞。

酒吧里的情况完全看不见，依稀有些什么外表光滑的东西在反光。

一个很矮的人慢慢走了出来。

李土芝瞪大了眼睛——那是一个暗绿色皮肤，拖着一条长长的大尾巴，浑身遍布花纹，还睁着一双红眼睛的——大蜥蜴！

哦不！蜥蜴人！

但这个“人”和电影里的蜥蜴人不太一样，和监控录像里的也不太一样。如果说恐怖电影里的蜥蜴人和监控录像里的那个都比较像一个人穿了一件蜥蜴皮套再戴了个头套，那么深夜从“小胡椒”里走出来的这个完全就是一只放大了的蜥蜴。

一只一米五高，鳞片清晰鲜明，脖子弯曲，头部狭小，有一双红色竖瞳的巨大蜥蜴。

这真不是恐龙吗？李土芝心里有一万头草泥马呼啸而过，这还是人间吗？这玩意儿是真的吗？不会是我被人下了迷幻药在发疯吧……

那只不知道是“人”还是怪物的东西慢慢走下了楼梯，它是直立行走的，步态倒是很像人。

紧接着，李土芝就看着它向自己走了过来。他突然想起蜥蜴是冷血动物，大概对热源很敏感，说不定像蝙蝠或者蛇一样有什么特殊的追踪猎物的功能——那自己躲在这里有什么用？

正当他准备冲出灌木丛的时候，那只怪物停住了脚步。

它在电闸那里停了一下，紧接着“啪”的一声，“小胡椒”的电闸被开启了，整个房子亮了起来。

李土芝瞬间呆滞了——它会开电闸？

爬行动物的智商已经高到会开电闸了？

那只背对着他的怪物打开了电闸，侧过身，在隐约的灯光下李土芝看清楚了它的表情——它的头低了下来，在电闸开关那里嗅了嗅，随即它猛地转过头来，冰冷的竖瞳犀利地盯着李土芝所在的方向，那神情阴冷锐利得像一把刀。

李土芝的后背都是冷汗，他自觉不怕人，也不是特别怕鬼，但眼前这个不知道是人是妖是鬼还是动物的东西真是吓得他不轻。

从它的神态可以清楚地知道——这东西发现是有人故意关了电

闸。

李土芝的冷汗一滴一滴落在泥土里。

凌晨四点，附近的道路上一辆车开过，惨白的疝气车灯扫过“小胡椒”酒吧。

那怪物警觉地抬起头来，拖着缓慢的步伐，一步一步走回黑漆漆的大门，随即“咿呀”一声，那扇沉重的铸铁大门被锁上了，所有的声音都湮没在里面，再没有动静传出。

李土芝仍然努力屏气，过了十几分钟才轻手轻脚地从灌木丛后面钻了出去。他极快地回到金钻石路，爬上了自己的车，反复确认了几遍车里没有鬼也没有怪物，还锁了车门，才长长地吐出一口气，整个人软在了座椅上。

他反复握着拳，手指轻微地发抖，心跳正在慢慢平复，但暂时仍然像脱轨的火车一样。

那是什么鬼？

那东西其实并没有发现他一直躲在灌木丛里。

以其智商和行为来看，那应该是个人！

但有什么人能装蜥蜴装得那么像！何况在这漆黑的深夜也没个观众他装这么像给鬼看啊！李土芝一拳砸在方向盘上，那矮小的身材，纤细的脖子，超小的头围——真的是个人吗？

一拳砸下去的时候，因为震动，被扔在车上的手机亮了起来，李土芝这才看见有四个未接来电，都是来自韩旌。

韩旌没有联系上李土芝，只好给今天一队的值班员胡酪打了个电话。

胡酪一看居然是久违的二队队长给他来电，吓得差点对着自己的手机敬了个礼。他毕恭毕敬地接了电话，着急忙慌地开了警车过来，还在路上接了本地公安局的林静林警官。

红色拉杆箱杀人案暂时是林静负责的，林静晚上刚和胡酪一起勘查了餐厅现场，材料都还没来得及整理，韩旌这里居然又发现了疑似的“尸体”。

他简直是一口水也没喝，爬上胡酩的车，两人一起着急忙慌地赶到了社区公园。

这个社区叫作“玉兰”，已经有二十年历史，里面的公园就叫“玉兰公园”，平时有很多小朋友在这里打闹嬉戏，也有老人在这里跳广场舞。

在这么个热闹的地方挖地洞绝不容易，何况这个洞还打得这么深。

林静和胡酩到达的时候，韩旌一个人静静地站在洞口附近的树下。那树干歪歪扭扭，韩旌背脊挺直，看起来像人和树换了个个。

狭窄洞口处的那股冷气已经散尽，胡酩一边拍摄现场照片，一边好奇地问韩旌：“二队，半夜三更，你跑到这种地方来找地洞，这有点不合情理啊。”

韩旌淡淡地说：“随便走走。”

胡酩悻悻地想——你就和某姓江户川的一样，走到哪儿人死到哪儿，我值个班希望天下太平人间清静，跪求天天准点回家睡觉啊！

林静和韩旌并不熟悉，注意力更集中在草丛里那个奇怪的洞口上。洞口周围的杂草呈现出冻伤，就像被冰坏了的蔬菜，周围并没有挖掘的残土。

“奇怪，这个洞不像是人挖出来的。”林静喃喃自语。

的确，这个洞对于“人”来说，开口太小了，而深度又太深了一些。

胡酩已经在地面上打开了一个缺口，很快就看清了洞里的东西。

那的确是一个类似蜥蜴皮的东西，以手触摸，冰冷得出奇，冻得死硬死硬的。

胡酩仔细查看了一下那东西，测量了一下长度，和林静合力将那个又冰又沉的东西抬了出来。

“二队，”他非常认真地对韩旌说，“这的确是一具尸体，不过……二队，你已经危害到动物界了吗？这是一只成年巨蜥的尸体，冷冻的。”

韩旌一直在看他们勘查，在土壤翻开的时候就已经看清楚那不是人类，也不是衣服，居然真的是一具巨蜥的尸体，但他的眉头并没有舒展。

巨蜥是保护动物，也不可能在省城生存，这只巨蜥尸体是从哪里来的？为什么被冷冻以后藏匿在这里？和红色拉杆箱杀人案有没有关系？

“二队，也许你撞见的是一起倒卖珍稀野生动物的案件。”胡酪检查完那只巨蜥，无奈地说，“这个……我们大概要给森林公安打个电话，杀害巨蜥这种案件不归我们管。”

韩旌沉默地看着那只冰冻巨蜥，突然问了一句：“它的死因是什么？”

“呃……”胡酪耸了耸肩，“冻成一块石头了，也许是死于寄生虫，也许是死于某餐厅的厨师手中，也许是死于水土不服什么的……”他说这么多其实就是为了掩盖他也搞不清楚这只巨蜥的死因。

它全身无伤，非常完整。

韩旌不答，眉心微蹙，过了一会儿，他问：“以你下午的初步检查，拉杆箱里的女尸死因是什么？”

“机械性窒息。”胡酪说，“但表面的伤痕不代表实际的死因，她的体温低得奇怪，肯定有什么别的因素在里面。林警官的同事正在检查，可能要明天或者后天才有结果。”

韩旌看着地上的巨蜥，缓缓地说：“关注一下这只巨蜥的死因。”

“是。”

第二章

国王卡

凌晨四点，李土芝心急火燎地给韩旌回电话，早就到家的韩旌才想起来之前给李土芝打过电话。而李土芝晚上离奇的遭遇引起了韩旌极大的兴趣。李土芝听说韩旌在公园里挖出了一具巨蜥的尸体，全身汗毛都竖了起来，这真的和他看见的那个怪物无关吗？

会不会是那只怪物的……后代之类？李土芝在心里悄悄地吐了个槽，随即谈起了正事。

“……要进入那家酒吧，必须有一张叫作‘国王卡’的东西，类似身份证明。”李土芝说，“你听说过哪里有流通这种卡片吗？”

“‘国王卡’？”韩旌站在宿舍阳台上，今晚的月亮已经西沉，只剩漫天星光，“我只听说过‘国王游戏’。”

“国王游戏？”李土芝倒是知道这种游戏，也就是一个人在游戏里扮演“国王”，获得国王权力的人可以要求参与游戏的人随便做什么事情，回答任何问题，“就是那种抽签游戏，抽到最大的牌的人当国王？”

“上网查一下。”韩旌回到宿舍里。

李土芝也回到了家，刚刚打开电脑。

两个人一起搜索省城内关于“国王卡”的所有消息。

不搜不知道，一搜……关于“国王卡”的消息简直是多如牛毛，成千上万。李土芝几乎看傻了眼——持有“国王卡”的人可以享受众多优惠，可以在各大酒店免费住宿，可以在多家高消费场所享受会员折扣，可以免费在“金星”会所享受桑拿按摩服务和自助餐，可以在“小胡椒”酒吧免费消费……

网上绝大多数都是使用了“国王卡”之后炫耀的图片，因为获得这张卡并不需要高收入证明或者社会地位，这张卡是免费获得的，任何人都有机会获得。

它来自一个游戏，叫作“KING”。

这的确也是一个国王游戏，但和简单的国王游戏不太一样。

这个游戏有一个简单的服务器，游戏内容非常简单，分成三个级别。第一个级别，用户注册该网站，完成游戏初级任务，二十人为一组，以完成任务累积积分最多的人获得初级“国王”资格。获得初级“国王”资格以后，国王可以要求组内的其余十九人为自己做任何事情，而随着任务的不断更新，积分不断变动，随时有可能产生新的“国王”。新旧国王之间为了获得“统治权”会不断争取完成任务。

这就是初级国王。

在这个级别中，所有的任务都是真实的，也非常简单。比如说游戏系统会发布任务将某物送到某地，或者到某社区当义工多少个小时，或向某寺庙捐助十元钱之类的小菜一碟的任务。而当有人完成任务时，系统会自动计分，每个人都能看见。

而当“初级国王”的积分累计到3000分时，他就获得了进入二级游戏的资格。

这有一点像是网络游戏现实化了，当经验条累积到满格时，角色升级离开新手村。

二级游戏界面游客不能浏览，需要获得二级游戏资格才能看见。虽然说这个“KING”游戏没什么古怪任务，但一般人也不会为了一张会员卡没日没夜地去跑任务，能达到3000分的人并不多，也没有多少人在网上晒二级游戏的内容。

但还是有人晒二级国王卡的使用权限。

二级国王卡包含了初级卡的所有内容，还增加了免费旅游、赠送医疗保险等内容，此外，还有几十万的国王点数。

“国王点数”不知道是什么玩意儿，似乎是可以在游戏内部消费的游戏币之类的东西。而顶级国王卡没有人晒过，谁也不知道那会是什么权限。

也没有人谈及三级游戏发布的任务是什么。

李土芝在“小胡椒”看到的那些顾客，都是在初级国王游戏中获胜的“国王”。而他昨天数到了二十八人，二十八个国王，就来自二十八个组，而二十八个组，就是五百六十个人。

这仅仅是李土芝偶遇的一部分，实际上注册这个网站并参与了国王游戏的人远不止这个数。

这是多么可怕的一个现实——有数千人参与了一个目的不明的可疑游戏，进入游戏内部的人情况不明，而这个游戏很可能涉及了一起杀人案。

打开了外放的手机传出了韩旌的声音：“一队长，这个游戏目的不单纯，就目前看到的初级任务根本不能让游戏盈利，而没有盈利，它怎么为这么多会员提供服务？‘国王卡’既然能兑现这些优惠，肯定和商户签有互惠的协议，它没有盈利，依靠什么说服这些商户和它签订协议？”

“对！我也注意到，这个游戏没有广告。”李土芝说，“它是免费游戏，又没有广告，说明要么是一个财团在做广告，兼做慈善，要么就是它有别的获利的方法。”他看到的游戏界面简洁得几乎没有内容——一张近似棋盘的地图，还没有注册的游客可以看到已经注册的随机一组的二十个“会员”头顶着名字，像棋子一样停留在地图的某处。

名字旁边的数字就是该会员的积分。

地图的格子里有说明，任务每日更新，会员只需要投掷点数，像玩“大富翁”那样往前走，站到哪格，就去做格子里写的任务。完成任务之后积分会变化，每天可以投掷无数次，只要会员有时间有体力就能无限刷积分，而走在最前面的那个人头顶上就不是写着名字，而是顶着金灿灿的“国王”两个大字。

有“国王”两个字的人可以修改他走过的任何格子里的内容，或者直接从系统中下达指令要求他的“臣民”完成某任务。如果“臣民”不愿完成，且被“国王”判断为“不合格”，系统将自动删除其会员资格。

“如果在它的二级或者三级界面里面……”韩旌清冷的声音从手机里传出，“有人发布了杀人任务……”

李土芝脱口而出：“或者是系统本身发布了杀人任务……”他看着自己的手机，就像能清楚地看见韩旌的表情，“这就变成了一个杀人游戏。”

“可是要怎么确保收到‘任务’的人会执行而不是报警呢？”韩旌清冷的声音让这件事显得越发冰冷可怕，“游戏里必定有什么强有力的制约因素，让他们不得不保密和服从。”

“韩旌，要知道‘国王卡’的内幕，只能注册这个游戏，”李土芝说，“累计到3000分，接触到真正的核心。我——”他刚想说“我来注册”，韩旌却开口打断了他的话。

韩旌说：“不忙。”

李土芝心急火燎：“忙！怎么不忙？不注册怎么拿得到国王卡？没有国王卡，怎么调查‘小胡椒’里面那个怪物……”

“那是人。”韩旌说。

“我怎么看它怎么不像人。”李土芝怪叫一声，“你不也刚查到一只蜥蜴吗？如果我那只也是死的，可能你仍觉得那就是一只比较大的蜥蜴而已！你怎么知道你发现的那只蜥蜴活着的时候不会像人一样……”

“一队长！”韩旌的声音听起来已经很忍耐了，“人是人，动物是动物，人是有理智的。”

李土芝“哼”了一声：“等你看到它的时候，我要看看你还有没有理智。”他懒得和韩旌这种无神论者讨论“蜥蜴到底会不会成精”之类的问题，挂了电话，继续研究“KING”游戏。

林静今年三十五岁，在基层一线当民警已经十年了，谈不上经验老到，但也已经不是一惊一乍的小年轻。但当拿到红色拉杆箱杀人案女尸的尸检报告时，他还是吃了一惊。

女死者并不是因为被勒颈而死的。

她的死因是有人往她的胸腔内注射了液氮。极度低温让她的内脏瞬间冻住，快速死亡，而勒颈可能是防止她呼救。虽然注入的液氮只有很少的一点，进入身体后迅速汽化，但-196℃的低温还是要了她的命。

氮气要在常温中保持液态温度必须低于 –196℃，或者是将其保存在高压容器中，用这种东西来杀人的情况很少见。

液氮本身就很少见。

比起红色拉杆箱内钻出一个蜥蜴人用液氮杀人的离奇案情，女死者本身的身份也是扑朔迷离的。林静拿起另一份材料——女死者的身份调查。

这个女死者身上没有带任何证件，钱包里只有现金，没有信用卡，没有社保卡，也没有驾驶证。唯一携带的东西是一个黑白格子的手拿包，而这个包没有商标，没有文字，居然是个三无产品。

她已经死亡二十四小时，并没有人来报失踪，而面部比对扫描与指纹扫描的结果都还没有出来，在文件里林静只能用死者 A 来指代她。

托盘上的油印证实是死者 A 的指纹，所以那个托盘密码是她画的，与眼镜男无关。

SOS

OOUOO

□□□□

□□■□

□□□□

□□□□

□□□□

这究竟是什么意思？林静凝视着托盘密码的照片，隐隐约约觉得这个女死者恐怕也包藏着某些隐秘。

她身上没有手机，所留下的所有信息就是这张图片，如果明白了这张图的意思，也许就知道了她的身份。

林静轻点着那张密码照片，凝神计算，思考究竟是将英文按照顺序当成数字来计算，把它弄成一串数字呢，还是把“O”当成 0 来看待。

无论怎么想，这些字符都没有意义，更不用说那些方框和黑框。

他想得头痛，喝了口茶，不知道为什么眩晕感挥之不去，坚持了一会儿，他终于忍不住趴在桌上睡着了。

也许是过了十分钟，或许是二十分钟，睡着的林静突然被什么东西惊醒了，仿佛有什么异样的事发生在身边，他蓦然抬起头来。

办公室里静悄悄的，空无一人，和他趴下去之前没有什么不同。

他低下头来。

桌子上空空如也。

刚才他边看边计算的现场照不见了——那张拍摄了托盘密码的照片不见了！

林静下意识地看了下时间，距离他开始上班不过半个小时。

他可能就睡了十几分钟。

是谁拿走了照片？是同事吗？林静张了张嘴，发现自己不太发得出声音来，眩晕感依然在。他扶着桌子站起身，摇摇晃晃地走到办公室门口，门外并没有人，有一些声音遥遥传来，听不出是什么。

林静心里那诡异的感觉越来越盛——公安局——公安局发生了什么事？不应该是这个样子。

“小林？”恰好有人从声音传来那端折返了回来，看见他脸色煞白摇摇晃晃的，扶了他一下，奇怪地问，“你怎么了？发烧？脸色怎么白成这样……”

“那里——”林静的眼睛盯着喧哗声传来的方向，用几不可闻的声音非常勉强地问，“发生了什么事……”

“堆杂物的仓库起火了，长局怕存的催泪剂什么的爆炸，在找人灭火呢！”那同事说，“手头没事的都去救火了，没什么大事，只是外围烧了一下。”

仓库起火了——就在他睡着的十几分钟内——大家都在救火——他的物证不见了。

林静没再说话，也不再奇怪自己突然头晕目眩。

那组托盘密码果然蕴藏着什么秘密，那秘密有价值到有人甘愿冒险到公安局放火，在他水杯里下药，声东击西地把照片偷走。

可是只偷走照片管什么用呢？现场照他还有电子版存在相机和电脑里，只要真的有秘密，他总能研究得出来。

同一时间，省森林公安局的解剖台上，难得地出现了一只巨大的蜥蜴。

这只身长达到一米五的蜥蜴身上布满了亮色的横条状条纹，不是中国的物种，是一只尼罗巨蜥。这种生物只在非洲发现过，出现在中国肯定是走私入境的。这只动物全身没有明显的伤痕，经过解剖，蜥蜴的内脏完好无损，没有任何疾病，死因不明。

省森林公安局的廖璇今年二十五岁，在工作中接触过被人捕获的野生动物不算多，经验也谈不上丰富。但她看着这只冷冻巨蜥，不知道为什么就是觉得有哪里不太对劲。

它的姿势不像是死后被扔进冰库保存的状态。

它四肢紧夹住身体，尾巴微微弯曲，像是正在游泳或刚要入水的姿势。

就好像它在落水的一瞬间被冻住了，身上的每一块鳞片都还生机勃勃。

一只活着的巨蜥肯定比死了的值钱，如果有人费尽心思走私巨蜥，为什么在它没有疾病的情况下要把它杀死冷冻？难道是为了吃它的肉？可是它非常完整，肉并没有被吃掉。

廖璇百思不得其解，一边在巨蜥的解剖报告上写写画画，一边打了个电话给刑侦总队的胡酪胡警官。

刚刚拨通胡酪的电话，廖璇开口“喂”了一声，身后的解剖台发出了“咯”的一声微响。她拿着手机，回过头来，身后并没有什么异常。廖璇不甚在意地转回去，胡酪在手机那端笑了一声：“怎么了？怎么不说话？”

“没事。”廖璇说，“是韩师兄想要巨蜥的解剖结果？”

“对！”胡酩很干脆地说，“是你暗恋了很久的韩二队想知道结果。你感动得想哭吧？这么多年终于等来了一个和男神亲密接触的机会。”

“说什么呢！”廖璇整个脸都红了，“谁暗恋啊？和你说正经的！”

“说！说吧说吧！”胡酩大笑，廖璇是他同校的师妹，韩旌是他们俩的师兄，廖璇读书的时候韩旌早就毕业了。韩旌虽然离开了，但江湖依然流传着他的传说，廖璇就是在充满韩旌传说的大学生涯中爱上了她从来没有接触过的韩师兄。像她这样像崇拜男神一样崇拜韩旌的师妹还有很多，胡酩清楚得很。

那或许谈不上深爱，却是一种再难重来的情怀。

“你们送来的是一只成年的尼罗巨蜥，是巨蜥里面比较凶猛的品种，生长发育优秀，身长一米五，体重三十公斤，外表无伤，内脏完好，无寄生虫或疾病……”廖璇正说着话，突然间身后“哗啦”一声响，紧接着“嘭”的一声像有什么沉重的东西掉了下来。

她猛然回头，眼前的一幕让她惊呆了——

解剖台上已经空了，只剩下斑驳的血痕。

那只内脏被取出一大部分、被确认死亡很久、冻成冰棍的巨蜥滑落到了地上，随即它猛地一个窜动，向她扑了过来。廖璇呆滞的瞳孔里看见的，是放大的巨蜥深色的鳞片，以及它充斥着消毒药水味的惨白色的嘴！

“啊！”

胡酩的手机里传出廖璇歇斯底里的尖叫，他吓了一大跳：“廖璇？廖璇？”

“小廖？”隔壁房间的张卫军听见解剖室里传来惨叫，冲出房间，踢开大门闯了进去，震惊地看见那只“已经死亡很久”的冰冻巨蜥一口咬住了廖璇的脚踝，廖璇吓得整个人都软了。

张卫军扑上去抓住蜥蜴的头，那只蜥蜴放开廖璇，猛烈地挣扎了一下，几乎将张卫军甩出去。它身上的鳞片依然冰冷，张卫军心跳如鼓，完全不知道发生了什么事，只知道死死按住蜥蜴的头。

巨蜥甩了几下，没能把张卫军甩脱。闻声赶来的警察越来越多，最终把死而复生的巨蜥关进了笼子里。那只巨蜥在笼子里“嘶嘶”作响，吐着舌头，就好像开膛破肚的那个洞根本不在它身上似的。

廖璇吓得呆住了，鲜血顺着被蜥蜴咬出来的伤口滴落在地上，她毫无所察。过了好一会儿，她突然失声说：“这是急冻复活。”

“什么？”

张卫军没听清楚，却见廖璇的神志一瞬间恢复过来，激动地说：“我明白了……我明白了……这是急冻复活！有人给这只巨蜥做了急冻复活术！所以它全身没有伤病，它是一只健康的巨蜥，非常强壮，有人把它浸到液氮里，在它还没有冻死之前，它就被冻住了！被韩师兄发现的时候，它的冷冻剂刚刚用完，如果有人继续为它提供冷冻剂，让它一直保持在低温状态，它就可以一直假死……”

张卫军失声说：“什么？”

“可是我们把它搬了回来，为了解剖还给它做了回温，所以它就‘复活’了……”廖璇急促地说，“蜥蜴是比较低等的动物，神经结构没有人那么复杂，虽然我们切开了它的腹部，甚至拿走了一部分内脏，可是它的细胞大部分还在冷冻中，暂时可能没有感觉到痛苦，也没有影响到它的行动，所以它……”

所以它攻击了廖璇。

当这只可怜的巨蜥在解剖台上苏醒的时候，毫无疑问，它在第一时间攻击了让它感觉到恐惧的对象。

但它的“复活”是暂时的，冷冻和解剖伤早就宣告了这只巨蜥的死亡，只不过在极度低温的条件下，它的“死亡”被延迟了。

“到底是谁会做这种事？”张卫军感到不可思议，巨蜥和液氮都是普通人难以弄到手的东西，要花大量金钱和冒巨大的风险。怎么会有人给一只巨蜥做急冻复活术？

“这只动物……”廖璇激动的情绪才刚刚有所缓和，她喘了几口气，

“这只动物很可能是某个人的替代品，可能有人私自在做急冻复活术的实验，赶快给韩师兄打个电话，这不是简单的走私动物。”她太激动了，以至于没有发现被巨蜥咬伤的细碎伤口周围的皮肤，渐渐泛起黯淡的红肿。

液氮？

李土芝和韩旌收到林静与廖璇双方提供的验尸报告时，都非常惊讶。死者A死于液氮，巨蜥也死于液氮，这两者之间显然是有关联的，只是那会是怎样的联系？原本李土芝猜测，死者A的死亡，可能缘于网络上那个神秘的“KING”游戏，也许是二级游戏或顶级游戏中有人发布了“杀害陌生人”的任务，导致了死者A的死亡。

可是根据目前浮现的线索来看，似乎并非如此。

死者A和“KING”游戏的联系尚未找到，与巨蜥的联系倒是找到了。

而那只神秘莫测的巨蜥，和李土芝在“小胡椒”酒吧看见的那个蜥蜴人……它们之间，隐隐约约也脱不了干系。

李土芝拿着死者A的验尸报告，那是林静刚刚发给他的。这个案件由林静负责，林静心知肚明这是个大案，在自己手里也攥不了多久，所有案件的进展他都和李土芝一起讨论。死者A这么个年轻时尚的少女，死亡将近四十八小时，没有人报失踪，寻找不到身份信息，李土芝相当意外。

她的身份是一个谜，她写的托盘密码是另外一个谜，而她死后，居然有人私闯公安局，从林静那里偷走了一张托盘密码的现场照片，更是一个谜。

想了一夜，没想出名堂来的李土芝索性放弃，让自己抽痛的大脑想点别的什么。

然而，网站上有现实版的国王游戏，以李土芝这种急躁的性格，让他不去想是不可能的，韩旌禁止他参与更让他如坐针毡。忍了一天，终于还是没忍住，他在KING网站注册了一个账号：渣渣258。

进入游戏的第一个场景，是一串摇晃迷离的画面——咖啡、名酒、名表、珠宝、鲜花、豪车、别墅……李土芝哑然失笑，这种程度的展示所谓的“美好的未来”，实在肤浅得可笑。

但他觉得肤浅不代表别人也这么觉得，大多数人并不喜欢观看隐晦的东西，这种直白不需要动脑筋、只看第一遍就能明白的图画挺不错的。

迷离华丽的图片很快就过完了，他的渣渣258进入了一个棋盘似的地方。和作为游客的视角不同，游客只看到一个简易棋盘和火柴棍似的角色，而注册用户看到的“棋盘”还有一片天空，右上角居然还有今日今时气象，就像一个二十四小时天气预报。

李土芝被这界面弄得哭笑不得，他的渣渣258被随机成了一个黑色男性娃娃的形象，比火柴棍小人略好，而黑色娃娃的旁边标注着他刚才注册的时候瞎编乱造的身高、体重和三围。

哎！这是什么意思？这个游戏还有相亲功能？还是有搞特殊交易的可能？李土芝猛抓头皮，一万头草泥马从心头狂奔而过。棋盘界面的前面已经有七名玩家，颜色各不相同，距离渣渣258最近的一个叫作“北美郊狼”，名字很酷，身高、三围数据完美，但是李土芝一个数字也不信。

北美郊狼的分数是12分。李土芝不知道他完成了一些什么任务，但这个仅有12分的北美郊狼橙色娃娃的名字旁边还有一个K3的金色图标，而这个图标，棋盘前面的其他人并没有。

李土芝立刻振作精神，点击了界面上的骰子。这个游戏的规则和大部分棋牌一样，掷点数，走格子，然后根据格子上的说明完成任务或领取惩罚。

特效极烂的骰子转了几圈，显示了一个“六”。渣渣258往前走了六步，一个白色的格子亮了，李土芝看见屏幕上显示出一行大字：

在橘色巷1号鸟箱租用一个箱子，为期一天。

什么鬼？既没有说明放入什么东西，也没有任何意义，最多也就是花一块钱。李土芝莫名其妙，但这个任务是很好完成的——他住的总队宿舍就在橘色巷附近，距离不过 1000 米。

这个任务完成可以得 5 分。李土芝看着北美郊狼那个“12 分”就非常奇怪了，如果完成这样一个简单的任务就有 5 分，距离他有十二步的北美郊狼怎么可能只有 12 分？就算是三次都扔了个“六”，只拿到三个任务，那也应该有 15 分啊？何况在游戏里十八步的距离，三次投掷骰子都是“六”，那是多小的概率，如果北美郊狼掷到了更小的数字，得到的任务更多，分数应该更高才对。

难道是任务分数还有高有低？有比租一个鸟箱更简单的任务？

还是说……这个奇怪的 12 分，和北美郊狼名字旁边那个 K3 的标志有关？

李土芝对这个游戏越来越感兴趣了，他打了个电话给在外面吃饭的同事，让他们顺手帮他租个鸟箱。几分钟以后，游戏界面有了变化。

渣渣 258 角色旁边的数字从 0 变成了 5。

它居然真的即时记分。

它怎么知道我完成了这个任务？李土芝非常不理解，难道说游戏方在每一个任务地点都派了人在看守？或者说它有能力对任务界面所有的任务进行监控？前者游戏方需要庞大的人力，后者……游戏方拥有的技术和能力就非常可疑了。

即使是警方的高清监控镜头也无法做到全市范围内巨细无遗的监控。

什么公司能从技术上做到全范围监控？这是不可能的吧？

李土芝又掷了一次骰子，这次出了一个“二”。

任务界面显示：国王要求将“杰克家”的“驴子”送到“阿里莎莎”那里。

这又是什么任务？李土芝在任务界面一通狂点，界面上没有任何外部链接，就真的只是一行字。他目瞪口呆地看着这条任务，天知道“杰克家”的“驴子”是什么鬼，“阿里莎莎”家又在哪里啊！

就在李土芝被第二个任务震慑住了的时候，游戏界面突然“叮咚”一声，一个非常原始的弹窗跳了出来：你好。

李土芝眨了眨眼睛，才发现这个界面虽然简陋，却是可以对话的，他刚才瞎点乱点的时候点到了北美郊狼的头像，自动发送了一句“你好”。

然后北美郊狼就回复了一句“你好”。

不过看这一模一样的字体和颜色，大概回复和发送一样，都是系统自动的。李土芝立刻在对话框里发了问题：我是新手，请问你知道什么是“杰克家的驴子”吗？我收到一个国王发的任务，要怎么完成？

北美郊狼没有立刻回答，但系统显示他在线。

李土芝点击了每一个能弹出对话框的玩家，挨个问了相同的问题。终于有一个叫“春天里的爱爱”的猥琐账号回复了他：“杰克”就是国王。这傻玩意儿又发调戏新人的任务了，我打赌从你所在位置开始到北美郊狼前面的位置，每一格都是这个任务。

渣渣258问：什么意思？

春天里的爱爱：“杰克”在这个组里当国王很久了，每次有新人进来，他就在有控制权的格子里发这个任务，这是我们组的传统。

渣渣258：“杰克家”的“驴子”到底是什么？

春天里的爱爱：就是他家的一个玩偶，里面有一封情书。

渣渣258：那“阿里莎莎”是什么？

春天里的爱爱：那是他喜欢的女孩，“杰克”让你替他送一封情书，大概就是这个意思。

李土芝静默了一会儿，春天里的爱爱立刻又发了一条：唯一的问题就是“阿里莎莎”才五岁，你要去幼儿园见她，说服老师把那个“驴子”送给她。这年头幼儿园的老师警惕性可高了，一不注意她就报警，而且已经有很多人送过那个“驴子”了，那老师一眼就能把你看穿。送到家里更是不可能的，“阿里莎莎”家里开武馆，随便哪个入门弟子都能一脚把你踢飞了。

渣渣 258：那不送会怎么样？

春天里的爱爱：你才 5 分吧？没完成国王发布的任务要扣除与任务相同的分数，这个任务 20 分。

李土芝终于明白为什么北美郊狼只有 12 分，敢情是完成度太低！

渣渣 258：不够分……

春天里的爱爱：你会被删号。

渣渣 258 发了一个无奈的表情。

春天里的爱爱：拜拜！

李土芝这 KING 游戏之旅眼看就要结束了，他没料到这脑残无聊的游戏居然还有难度，有时候还像一个大型真人游戏，感觉也不是很糟。

突然“叮咚”一声，有另外一个人给他回了消息。李土芝把对话窗口点出来，只见北美郊狼回了一句：接到任务，一起去？

李土芝的眼神瞬间亮了，赶快回复：是是是！一起去！

北美郊狼：明天下午四点，日月星幼儿园放学时间，门口见。

渣渣 258：OK！

在李土芝忙于 KING 游戏的时候，韩旌在看廖璇在解剖室遭遇巨蜥攻击的详细报告。他看得非常仔细，并在“液氮”那两个字上画了个圈。

目前他住在密码组的宿舍里，密码组最近没有新任务，日子过得十分清闲。自从林丸死后，组员对他或多或少有所不满，韩旌素来性情清冷，自然越发与大家疏远了。

廖璇在报告的最后写上了她的猜想——有人利用动物做急冻复活实验，并且进一步实施在了人身上。

对于廖璇的这个推论，韩旌正在思考其可能性。

这世上可能没有几个科学家系统研究过急冻复活术——大致上就是将即将死亡的人体快速放置在超低温环境中，阻止细胞死亡，等到技术条件成熟后再将其复活。其急冻的步骤大概是，首先将血液抽出替换成一种特殊的防冻溶液，再把尸体放入干冰环境中玻璃化，最后浸泡在液氮里。

而这一整个过程需要人力、物力、场地等辅助，绝非一般人能够做到，更不是往人体中注射一针液氮就能成功的。

那只被抽干了大部分血液、被冷冻又复活的尼罗巨蜥可能真的被人做了这种实验，但死者 A 的死亡绝对不是实验。

那就是故意杀人，绝不是实验意外。

“咚咚咚！”宿舍门外传来三声敲门声，韩旌微觉诧异，他这里几乎没有访客来过。

起身开门，是密码组的同事邱定相思，也是密码组的组长，在考核中以第一名的成绩从成千上万人中脱颖而出。邱定相思这人破译密码的时候思路活络，属于灵感信手拈来瞎蒙就对，你问我为什么我也说不出来的那种……直觉型天才，和韩旌完全不同。

学校里可以教育出一万个韩旌，却教不出一个邱定相思。据邱定相思本人推定——这天分和他天马行空写梨花体小诗的文人母亲有关系，属于遗传。

邱定相思和韩旌属于两个物种，乌龟和机器人从来玩不到一起，所以韩旌发现他站在门外，非常惊讶。

邱定相思从门外窜进来，飞快地把门反锁了。韩旌眉心微蹙，这是要干什么？

“韩旌，”邱定相思在屋里东张西望了一阵，鬼鬼祟祟地说，“屋里没别人吧？”

韩旌不答，冷冷地看着邱定相思。

邱定相思被他千里冰封万里雪飘的目光盯习惯了，没什么反应，一伸手从口袋里掏出一支笔来：“嘘，别阴森森地瞪我，你知道我这人神经粗，你再瞪我我也不知道你想什么，没用！今天晚上找你有大事……”他压低了声音，“我在会议室里捡到了一个奇怪的东西。”

韩旌仍然不答。

邱定相思习惯地自说自话："最近咱们没接案件，秃头也没来，可是昨天会议室的桌子上多了一支笔……"

会议室的桌子上多了一支笔？韩旌的思路还没从"液氮"那里彻底收回来，给邱定相思开门本就带着几分不耐烦，邱定相思居然神秘兮兮地带着一支笔来告诉他"有大事"。韩旌伸出食指揉了揉眉间，淡淡地说："你到底要说什么？"

邱定相思摊开手，手上是一支他们开会常用的普通水性笔："你看清楚这是什么。"

韩旌的目光从那支黑色水性笔上掠过，没看出什么名堂。邱定相思非常兴奋地说："平时我们开会都用这种款式，桌上扔得到处都是，可是最近没有开会，为什么会议室里还是有一支笔？我就去摸了一下，结果……你拿一下。"邱定相思把水性笔往韩旌手里丢，韩旌张开五指接住，一接到手里，手心微微一沉。重量告诉他，这支笔不同寻常。

他将黑色水性笔举到眼前，这支笔线条流畅，透明的外壳，黑色的笔芯，没任何特殊之处，要说唯一极其细小的区别，就是它笔尖的圆珠是黑色的。

黑色水性笔的笔尖看起来一般都是黑色，因为沾染了笔芯的颜色，但任何人都知道，擦干净了以后，水性笔的笔尖是不锈钢小圆球。

可是这支笔的笔尖是黑色的。

它比普通水性笔重很多。

"看见了吧，这是一支录音录像笔。"邱定相思的声音沉了下来，"我拷贝了它里面的视频，它摆放在桌上的角度是经过设计的，能拍摄我们将近三分之二个会场。虽然这支笔里面只拍了几天空空的会议室，但是在这之前它或者和它一样的间谍笔，说不定拍摄了我们所有开会的内容。"他拍了拍韩旌的肩，"韩旌，密码组里有间谍！我想了一整天，只相信绝不是你。"

韩旌微微一震。

他看见邱定相思很认真地对他说："像你这么清高又牛，只会拉仇恨对谁都不理不睬的，绝不可能是敌人打入我们内部的间谍！如果是，你这间谍的水平太次太不爱岗敬业了！所以这件事我只敢偷偷和你商量。”

间谍的水平太次，太不爱岗敬业了？韩旌面无表情，他放下间谍笔，平静地问邱定相思：“你能确定这不是某些人在密码组内挑拨离间的工具？也许我们彼此之间并没有敌人。”林丸死后，他的确真心这么期待，但从这支间谍笔出现的这一刻起，他知道一切都将发生不可挽回的变化。

“我当然希望组内没有任何人是间谍。”邱定相思严肃地说，“但是这支笔已经在桌上好几天了，不是一天，如果是一天，或者几个小时那还能说是别人临时放进去的……”

韩旌点了点头，他听进去了。

“韩旌，怎么办？告诉秃头吗？”邱定相思说，“这玩意儿照着秃头的办公室呢，秃头的办公室就在会议室对面啊！这属于工作重大失误，让敌人打入我们内部，秃头会不会为了保住位置灭了我呢？”他焦虑得猛抓头皮，“再说那个放笔的内奸要是知道我拿走了笔，对方会怎么对付我呢？会半夜来‘突突’了我吗？哎呀，我的心啊……”他越说越真，从瞎扯胡掰到差点成功把自己说哭了。

韩旌终于说了句话：“再找找，如果有事，决不可能只有这一支笔。”他淡淡地看着邱定相思，眼底也并没有太多情绪，“再找。”

邱定相思差点给韩旌跪了——他为自己的处境愁得快哭了，这尊大神居然就是让他——再找找？

“你已经拿走了录音笔，”韩旌看着邱定相思的脸色，终是耐心地又加了一句，“再拿走别的，处境也是一样的。”

邱定相思捂着心口——这神补刀！

密码组内部风云将起，间谍笔事件必将打破他们僵持了许久的平静。韩旌说不好这是在林丸死后，有人对他做出的试探，还是真的某个人运气不好，让邱定相思抓到了蛛丝马迹。但显然最近他行动时必须打起十二分精神，一旦有人认为他是威胁，绝不会对他手下留情。

而红色拉杆箱杀人案此时没有什么进展，无法查明死者A的身份，找不到谋杀的动机，林静有些无从下手。自从托盘密码的照片被偷走以后，他就一直预感着又会发生什么，果然没过多久，又一起案件送到了他面前。

这是一起入室抢劫案，有两个嫌犯闯进了中华二路文心花园的一个普通居室，杀害了房主，抢走了一样东西。抢劫的过程非常简单，嫌犯A独自破门而入，嫌犯B在外望风，嫌犯A破门后不到十秒钟就枪杀了房主，抢走了东西，下楼和嫌犯B一起逃走。

逃跑的交通工具是一辆没有牌照的重型摩托。

这是一起恶劣的持枪抢劫案，但让林静感觉到“果然来了”的是——这个案件的死者——那个被枪杀的房东，是王磊。

就是红色拉杆箱杀人案里麦当劳餐厅的大堂经理王磊！

这两个案件绝对是有关联的！

而这个抢劫案里被抢走的东西也非常奇怪——那是一个玩偶。

一个灰色的驴子玩偶。

嫌犯A破门而入，枪杀屋主，抢走的居然不是金银财宝等贵重物品，而是一个驴子毛绒玩具！

林静头痛欲裂，根据简单的现场勘查报告，嫌犯A一脚踢开了实木大门——虽然说当时外面的防盗门没有锁，但是一脚踢开实木大门，随即枪杀屋主，这种行动力绝不是普通人能有的。现在这两起令人头痛的案件有了关联，连环案终于可以不归他管了，他马上就要写个报告把案件扔到李土芝那里去！

他那不祥的预感盘旋不去——这两起案件可能只是刚出土的两个萝卜，它们带出来的，可能是一些……大家从未想过的，骇人听闻的重大案情。

城市的另一端，通向城外偏僻山林的乡间小路上，一辆黑红相间的重型摩托正在飞驰，巨大的马达轰鸣声震得所过之处鸟雀四起，草木晃动。骑手戴着和摩托车一样颜色的黑红相间的头盔，全身黑色皮衣，将挺拔矫健的身材凸显出来，就像一尾滑溜柔韧的黑鱼。在摩托车的后座上一个人紧紧抓着摩托车座，狂风吹得他眼睛都睁不开，这人一身短T恤大裤衩，和黑色皮衣的骑手全然是两个世界的人。

一只灰色的驴子玩偶挂在摩托车的把手上，被撕开的肚子里的破烂棉絮随着摩托车奇快的速度一路飞扬。

几乎就在眨眼之间，这辆风驰电掣的摩托车飙进了一户农家大院，甩尾“吱”的一声堪堪停在了大门口。

院里弥漫起一股沙尘，慢慢将摩托车的漆面抹成了暗淡的灰黑色。

戴着头盔的骑手一跃而下，坐在后座的乘客也跟着跳了下来。

“就是这里？”口音熟悉的乘客抬起头，浓眉大眼，正是李土芝。

而窄腰长腿身材超好的骑手先生，正把那个驴子玩偶从摩托车的把手上慢吞吞地扯下来——没错，这个戴着头盔看不到脸的男人，就是一枪杀了王磊的凶手。

也就是约了渣渣258去完成国王任务的北美郊狼。

李土芝完全没有想到他招惹上了这样一个危险人物，这人究竟是什么来头他也没搞清楚。昨天下午两个人在所谓的“阿里莎莎”的幼儿园门口见了面，转了转，发现“阿里莎莎”脸上有几点雀斑，既不天真可爱也不白胖蠢萌，而是非常瘦，皮肤蜡黄蜡黄的，衣服皱巴巴的，像得了什么病。

五岁多的女孩一脸阴沉，居然有几分“不是好人”的面相。

什么人会喜欢上这样的小女孩？口味太奇怪了吧？

北美郊狼只是远远看了“阿里莎莎”一眼，那女孩居然像是发现了，隔着老远恶狠狠一眼瞪过来。李土芝蹲在一旁赞叹这狼一样的直觉——这娃才五岁，如果二十五岁，就算不是北美郊狼，大概也是一个“南美郊狼”之类的角色。

被“阿里莎莎”瞪了一眼以后，北美郊狼跨上摩托就要走。李土芝莫名其妙，北美郊狼仿佛只是为了确认什么，他和“阿里莎莎”之间似乎不是第一次见，也没有玩“网络游戏现实版”的轻松和好奇。

那对视一眼所弥散出来的阴森和沉重，让李土芝瞬间感觉到不对——他们不是第一次见！他们不是在玩游戏！紧接着更大的警觉击中了他——他似乎被牵涉进了一件非常不妙的事件当中！

“上车！”

北美郊狼并没有解释他究竟是来确认什么，只叫李土芝上摩托车，两人一起去“杰克家”拿“驴子”。

但李土芝做梦也没有想到他们是这样“拿驴子”的——北美郊狼让他在楼下等着，一分钟后他听到楼上一声枪响，然后北美郊狼捏着一个染血的灰色驴子玩偶向他跑来，再一分钟以后，两人就骑着摩托车冲出社区，开始了天涯逃亡。

李土芝的确一直在怀疑“KING”游戏里面有不可告人的阴谋，怀疑它和红色拉杆箱杀人案有关联，更怀疑它可能是一款“死亡游戏”，但他从来没有想过会在游戏里遇上一个杀手！

一个真正的杀手！

杀了“杰克”之后，北美郊狼身上的杀气犹如出鞘之剑锐不可当，一直到那辆摩托冲出去两三个小时以后才渐渐散去——他不但是个杀手，可能还是一个顶尖杀手。

绝不能让这个人发现自己警察的身份。李土芝在发现自己上了个杀手的贼船之后，警醒自己的第一件事就是——KING游戏注册时不要求填写真实信息，北美郊狼只是随机选择了一个人上他的贼船，很可能是为了让这个人背黑锅，他还不知道自己找了一个警察。

一旦北美郊狼发现了这个替死鬼是个警察，自己只会死得更快。

李土芝权衡利弊，只能顺水推舟扮演一个傻子。幸好在某种程度上也算是本色演出，他假装被北美郊狼的行为吓傻了——接下来北美郊狼要他干什么他就干什么，非常听话，看起来没有任何反抗的胆量。

他们开了一天一夜的摩托，穿越了两个城市，一直到眼前这个毫不起眼的农家小院里。摩托车抄小路走山道比汽车方便得多，但是北美郊狼这辆声音巨大、外形抢眼的重型摩托太招摇了，更何况他还一路散播驴子玩偶肚子里的棉花——警察找到这里来是迟早的事。

李土芝假装不知道："狼哥，你说你这么厉害，是个高人，还有枪，玩什么游戏呢？你……你让我回去吧？你看我陪你也陪得挺久了，都跑了这么远警察肯定找不到你了，你到家了我也该走了。"话是这么说，也就是随便说说，北美郊狼难道是专程带他见世面的？

果然，这个从头到尾戴着头盔穿着皮衣，一寸头发一寸皮肤都没有露出来的北美郊狼一只手将他推在了大门上，另一只手拿出钥匙，利落地开了门。

李土芝没多反抗，被北美郊狼推进了房子。李土芝蓦地回过头来，一记重拳迎面而来——果不其然，北美郊狼这是想把他打晕在房里丢给警察。反正这一路留下些微痕迹的都是他李土芝，北美郊狼从头包裹到脚，手上戴着手套，头上戴着头盔，全身皮衣，连根头发丝都不会掉。只要警察绕着他盘问调查个一两个星期，等他们弄清楚状况，北美郊狼早就走远了。

这一拳是受还是不受？这傻是装到底还是不装？装到底的话，这家伙可就要跑了；如果不装，这家伙可是有枪！李土芝心念电转，瞬间往后闪了一步。

北美郊狼的拳头堪堪停在李土芝的鼻尖前半厘米处。虽然北美郊狼戴着头盔，李土芝似乎也看到了他眼里一闪而过的惊讶之色。既然已经选择了不装，如果不趁这个时机全力反制拿下北美郊狼，一旦北美郊狼出枪，他就会全面落于下风。

李土芝躲过了这一拳，随即一个前踢踩向北美郊狼的小腿——人家戴着头盔，不好往头上招呼，又怕他拔出手枪，一脚踩出，算准他要后退，索性接上一个扫堂腿，意图将人绊倒。

但北美郊狼并没有退。

“啪”的一声脆响，李土芝一脚踩上了他的小腿。

人的小腿骨是最脆弱的骨头之一，它的外面没有包裹肌肉，只有一层薄皮。一般人的腿骨绝不可能经受得起李土芝这全力一击。

但北美郊狼可以。

他的皮裤下面，小腿上有一层坚硬的类似护甲之类的内衬。李土芝一脚踩上护甲，惊觉这人既然能在腿骨外上护甲，必定是个格斗高手，想要在短时间内拿下这个人恐怕不易。

一脚踩中，出乎意料之外，李土芝后续的扫堂腿没发挥好，力量卸去了大半，也是“砰”的一声扫在北美郊狼的膝盖边上。果不其然，他又扫到了那层护甲。

两击不中，李土芝只能后退。北美郊狼纹丝不动，倒是从头盔下传来了一丝略带惊讶的嗤笑。

“狼哥，咱真人面前不说假话，你杀了人抢了东西，可我完全是无辜的，你要把我扔在这里当替死鬼，咱为了活命不得不挣扎一下，可不是真心想得罪你。”李土芝这话说得真心诚意，“如果你放我走，小弟对天发誓绝不出卖你。”

“警察很快就会找到这里。”北美郊狼很少说话，李土芝还没听他说过长句，这么一开口，意外地发现这个人普通话发音不太稳定，有点外国人的腔调，“你要么被我揍晕，然后被警察带走，对警察讲故事讲得他们眼花缭乱；要么你就跟我走，看你也练过一点，说不定有用。”

这是什么状况？李土芝非常谨慎，紧盯着北美郊狼的双手：“你究竟是哪里人？要做什么？凭什么要我跟你走？”

“就凭你打不过我。”北美郊狼那酷帅的外表和那软绵绵的普通话形成了极其古怪的搭配，“渣渣 258，生是 KING 的人，死就是 KING 的鬼。凭什么要你跟我走？就凭我也许可以改变大家的命运，可以从 KING 里面逃出去。我不甘心被人控制一辈子，而你呢？”

这别扭又啰唆的普通话听得李土芝头昏眼花：“等……等一下，

什么叫‘生是KING的人，死是KING的鬼’？我不就是注册了个游戏，有这么严重吗？”

北美郊狼从口袋里掏出一个东西，一团白色棉絮包裹住的塑料袋，那就是他从驴子玩偶的肚子里挖出来的东西：“从第一个任务开始，你知道你做了什么吗？你接到了什么任务？租用鸟箱？购买储物柜？密码箱？送东西？你知道你租的箱子都放了什么吗？你知道你送的是什么吗？”他把那包东西扔在地上，“‘国王’的恶作剧？把‘杰克家’的‘驴子’送给‘阿里莎莎’？这是三十克毒品！幼儿园里的那个是五岁的‘阿里莎莎’？她是KING的一个中间人，二十三岁的侏儒症患者，专门接收和转运毒品。进了这个门，KING会给予你很多东西，让你突然间生活得像个土豪，好像不需要付出任何东西——而等你知道的时候，你可能算不出自己到底做错了多少事、犯过了多少罪，你已经把自己剩下的人生都透支了。而当你变成了一个罪犯的时候，当你已经习惯了这种生活的时候，你离得开KING吗？”

李土芝震惊地听着这段话，这是真的吗？

北美郊狼又说：“你看到了我K3的头衔了吗？KING三级权限，至高权限。我今年二十二岁，本来应该大学毕业，去实现骑着自行车带女朋友环游世界的梦想。可是我在KING游戏上花费了三年时间，从和你一样的傻玩意儿，到被他们培养成专业杀手。我受够了，我要离开他们！我要做回我自己！”他摘下头盔，露出一张和他的口音一样青涩的年轻面孔，“这个游戏是杀人的，从前害我走上不归路的人，我以我命，追杀到底！”

“等一下。”李土芝从他这一段混乱的发言中抓住了一个闪念，“我明白了，可是我也还不太明白，你是中国人吗？”

“不是，我是阿拉伯人，不过我是混血，有中国血统。”北美郊狼说，“上大学的时候我到中国来学汉语。”

是国际交流生啊！李土芝有些意外，“阿拉伯人”这四个字击中了他心底一根纤细的神经——不久前他和韩旌还在跟进的沃德杀人案，那个神秘的沃德就自称是阿拉伯人。

但无论是眼前这个北美郊狼还是沃德，他们给人的感觉和大众印象中的阿拉伯人完全不同。

“我明白了，你是一个外国人，可能有人觉得外国人在中国做事会比较容易，不容易被人发现，所以特地培养你……”李土芝尝试从北美郊狼一团混乱的表达中理清楚其中的逻辑，“这个发国王卡的KING游戏非常可怕，如果按照它的任务一步一步做下去，每个人都有可能被训练成杀人犯或者……”他看着北美郊狼，“毒贩？还有别的吗？”

“还有……”北美郊狼冷冷地看着李土芝，他那么年轻，青春的气息混合着杀人的血气，有一种滑稽又令人毛骨悚然的眼神，“国际间谍或雇佣军。”

有一瞬间，李土芝以为北美郊狼看穿了自己的身份，但好不容易撞上的这条线索他不能放弃，只能装傻凑上去：“狼哥……哦不，狼弟，我已经被你拉上了贼船，我跟着你！下一步我们要做什么？我挺你！”他赶快为自己的身手编造一个理由，“我有练过散打，跟着健身教练学的！必要的时候我可以帮你！像KING这么邪恶的东西必须铲除！下面我们干什么？”

“我已经杀了‘杰克国王’。”北美郊狼冷冷地说，“我说过，所有在KING里面陷害过我的人，我一个都不会放过！”他张开了右手五指，随即紧紧握拳，“既然要跟着我，下一个人由你来杀！”他冷冷地看着李土芝，“这是一条不归路，不染血，我是不会相信你的。”

这个少年的三观已经被严重扭曲了。李土芝一边赌咒发誓，一边内心骇然——KING的培训对人的灵魂是毁灭性的，北美郊狼已经无法回归正常人的社会了。

“下一个目标，”北美郊狼戴上头盔，从农家小院的一间储物间内拉出一辆山地自行车，这是他早就准备好的，“‘威廉王后’。”他骑上自行车，对着李土芝挥了挥手，“不想被警察抓就机灵点，其他的事我会通知你。”

北美郊狼消失在树林里。

李土芝重重地吐出一口气，逃过一劫。这个被扭曲了人生的少年对 KING 的恨意犹如烈焰腾空，时时刻刻就要迸发出惊人的杀机。

但他太年轻了。

少年的报复计划既粗暴又天真，李土芝毫不怀疑，北美郊狼的一切报复行动都在 KING 的掌控中。

他现在该担心的是被北美郊狼无端牵连，会不会引起 KING 的注意，发现他的身份，从而让他的侦查计划功亏一篑。通过北美郊狼暴露的事实，虽然没有证据，但李土芝也已经确定，红色拉杆箱杀人案件肯定和 KING 游戏有关。

说不定，那就是 KING 三级权限的某个任务。

KING——真是个骇人听闻的森然怪物。

“死亡游戏？”邱添虎接到了李土芝递交的报告，他非常惊讶。红色拉杆箱杀人案对有几十年办案经验的邱局来说并不算什么，但“死亡游戏”这种新潮玩意儿挑动了邱局老年人的神经。他对这种自己不了解的东西感到不安，而李土芝正好提交了前往卧底的申请，邱添虎在认真考虑这个建议。

“邱局，我已经接触到了这个游戏里的一个重要人物，有一个叫‘北美郊狼’的杀手，他现在计划要杀很多人，我跟着他有可能阻止他继续杀人，而且他现在有点信任我。如果不在他刚开始杀人的时候跟着他，等他习惯了一个人单干的时候他就不受控制了。也许他杀了那些他认为该杀的人之后，还会继续杀害不相关的其他人，而他原本想要诉说的，反而不再说——因为他通过杀人发泄了。”李土芝对这件事非常执着，北美郊狼的存在像是一颗重型炸弹，虽然可怜，但也可怕，并且还很可疑，“所以我们跟住他，阻止他杀人，让他把愤怒说出来，得到了解 KING 游戏内幕的机会。邱局，我一没女朋友二没亲人家属拖累，我可以去，死了也就一条命……”

“呸呸呸！”邱添虎哭笑不得，“你的意思是我批准你去了，你就可以随时去死了？这么大个帽子扣在我头上？”他看着李土芝，“去可以去，你配枪，有危险的时候保证安全，案件可以不跟，命要保住。一个好的警察不是为了一起案件而生的，而是为了几百上千起不同的案件而生的，知道吗？”

“是！”李土芝装模作样地给邱添虎敬了个礼，心里暗骂老邱拽的官腔，人间最讨厌的不过韩旌的哲学腔和老邱的官腔，就不能说点人话吗？

“卧底的事我会和上头再汇报，如果决定了会通知你。你暂时和那个北美郊狼保持联系。为了保险起见，你从今天开始停职，总局墙上那个牌子先给你摘下来，一队、二队的同志们我会通气。”邱添虎沉吟了一下，“还有你和韩旌原来在办的沃德案，既然人已经到案，案件就先撤了。我警告你们两个，你们两个都有前科，案件撤了就是撤了，不准狐假虎威私自调查，那是违规的！”

“哦。”李土芝悻悻然抓了抓头发，心想反正最近我也没空查他，就先放一放吧。

他看了邱添虎一眼，发现老邱眼角的皱纹在微微抽搐，稀奇地问：“你在愁什么？除了小李子我，还有什么事值得你愁眉苦脸啊？”

邱添虎看了他一眼：“韩旌那边有了变故，反正你也要跟那个游戏的线，最近不要再去找他。”

“他那里有了什么变故？”李土芝警觉起来，“出了什么事？”

“他出任何事我都相信他自己可以搞定，而你呢？”邱添虎“哼哼”了几声，“你小子不管干什么都不怎么靠谱，我发愁都是愁的你！”其实在他心里，李土芝要跟的这个杀手和韩旌要面对的不明身份的局中人，这两件事真要比较起来，还真比较不出哪个更令他发愁。

他有近四十年的侦查破案经验，但是像近期爆发出来的“职业杀手”“死亡游戏”“国际间谍”这类重大的、复杂的、非常敏感的案件，他还是第一次遇到。他之前的侦破经验对这些案件都没有太多的指导意义，所以李土芝和韩旌要面对的是什么情况，他也不能确定。这种不确定带给邱添虎极度的焦虑不安，他不知道目前自己所做的决定是对是错。

李土芝却吃了一惊："密码组里出事了？"

"我相信韩旌能处理好。"邱添虎没有心思和他多说，"你管好你自己的事。"

李土芝心里多存了一件事，隐隐觉得有些古怪和不妙，却也爱莫能助。

寂静的深夜里，密码组的办公室，空荡荡的桌椅上落着一层灰。月光自窗外照进来，灰尘在月光下翩跹，一切都是那么平静。

凌晨一点钟。

那张空空的办公桌上并没有笔，在间谍笔事件暴露之后，秃头让人清查了整个大楼，现在办公室里连一张白纸都没有。

但就在这空旷的桌子上，慢慢地投映出一个形状古怪的黑影。

有一个什么东西正从办公室外的走廊里路过。

如果李土芝在这里，一定惊愕得目瞪口呆——现在正从密码组办公室外的走廊里路过的东西，不正是他在"小胡椒"酒吧外面看见的那只大型蜥蜴吗？

那个像蜥蜴又像恐龙的东西悄无声息地走着，细长的脖子抖动了一下，望向走廊的一个角落。

那个角落有一台监控，但这个时候，监控仪器上的电源灯并没有亮。

蜥蜴转过头来，将"左手"轻轻搭在墙壁上，突然做出了一个惊人的动作——它的"左手"仿佛粘在了墙上，就像一只普通的蜥蜴那样，以"左手"作为支点，整个身体腾空起来，然后"右手"又往上搭了一步，居然就这样爬上了墙壁。

它就像一只真正的蜥蜴一样，沿着墙壁爬上了天花板。

深夜之中，一只和人差不多大的蜥蜴爬上了墙，场面其实是相当惊悚的，但并没有人看见。

五分钟以后，那只蜥蜴从天花板上悄无声息地下来，落在走廊里。

随即走廊里响起轻微的“嘀”的一声响，办公室的后门开了。

密码组办公室的所有门都有门禁，需要刷卡才能打开。

但是门开了。

那只似人非人、似蜥蜴非蜥蜴的怪物走进了办公室。

它一步一顿无声无息地走着，环视着整个办公室，最后它推开了一张椅子，在那把椅子和办公桌之间的空隙里站了一会儿，就像想要坐在椅子上一样。

它推开的是韩旌的椅子。

它在那条缝里站了很久、很久。

三十分钟之后，走廊外的那个监控的电源灯突然亮了。

一切都像恢复了正常。

两点三十分，密码组大楼的保安人员走过办公室的走廊，没有发现任何异常。

三点三十分，保安人员再次巡逻走过走廊，依然没有发现任何异常。

第三章

威廉皇后

SI WANG MI MA

李土芝从总队出来，还颇有些兴高采烈。他摸了摸好不容易从老邱那里特批来的枪，又去买了几件结实耐用的户外衣物，整理了一些用品。但整整一个星期，北美郊狼都没有再联系他。

鉴于 KING 游戏任务有可能引导会员犯罪，他不敢接着再做任务。上线后可以看见原来的“杰克”国王账号已经变为“离线”，而现在他所在这个组的国王不知道是谁，应该是个新人。北美郊狼的分数也并没有增长，一直静静停在 12 分。

难道是北美郊狼仍然觉得他不可信，已经单独开始行动？看着游戏界面里那个火柴棍小人，李土芝恨不得钻进去掐住他的脖子猛摇他：我很温顺，快带上我！

晚上八点，就在李土芝抓耳挠腮的时候，游戏界面突然弹出了一条信息。

北美郊狼：京西南路东站有一个报刊亭，报刊亭里有个女人，杀了她。

李土芝目不转睛地看着这条信息。

他没有想到他的卧底生涯还没有正式开始，决定成败的考验就这么赫然出现在面前。

北美郊狼所说的这个报刊亭里的女人，究竟是他随机选择的对象，还是她就是所谓的“威廉王后”？李土芝没有忘记北美郊狼说过“这是一条不归路，不染血，我是不会相信你的”，但考验来得这么快这么直接，他一时间有些适应不良。

调整了一会儿心态，他换上一身黑色的运动装，先去查看一下京西南路东站报刊亭里的女人是谁。

京西南路是一条热闹的步行街，省城地铁在这个地方有四个出口，此外，还有两个公交车站。

所以所谓的“京西南路东站”一共有六个。

夜晚的步行街人来人往，李土芝花了一个小时才把这六个“京西南路东站”走了一遍，旁边有报刊亭的就有四个。

这四个报刊亭的从业人员，有三个是女的。

北美郊狼所指的肯定只是“一个女人”，到底是这三个当中的哪一个？

把目标从三个人里面挑选出来，也许正是被北美郊狼认可的能力之一，但如果过于优秀，很可能反而引起他的怀疑。李土芝不能借助警务信息系统去搜索这三个女人的背景，只能悄然退入地铁京西南路东站地下商业街，一边装作逛街，一边分析情况。

报刊亭里的三个女人，一个五十多岁，一个四十多岁，一个二十多岁。

北美郊狼不过二十出头，如果目标和他有交集，那应该也是二十多岁。

李土芝的眼瞳微微收缩，他在回忆那个二十多岁的报刊亭女郎的所有细节——那个报刊亭位于步行街的中心，周围人来人往，方圆一百米内是广场和各大百货商店，住宅区在五百米外。

不对。

北美郊狼选择这个地点，应该是他自己能够方便且安全地观察到那个报刊亭的情况，而广场中心的这个报刊亭周围没有制高点，不具备观察的优势。

所以不是这个。

剩下的两个四五十岁的大妈，和北美郊狼这个外国人能有什么联系？她们会上网玩国王游戏“KING”？看起来不至于那么时髦。那就是基于别的原因和北美郊狼有交集，比如说在生活中认识，又让杀手大人不高兴了？

所以最有可能的就是——北美郊狼所在的地方可以方便观察到这个报刊亭的情况，且他和报刊亭大妈有过接触，对“那个女人”抱有敌意，在对李土芝进行测试的同时想顺便把她杀掉。

那么……他很有可能就住在那个报刊亭附近，至少和报刊亭大妈吵过一架。

李土芝走到了丽晶花园小区门口的京西南路东站，这里是贯通整个城市的主干道之一，周围的商品房被分割成无数小套间租给刚出社会的年轻人，他们围绕京西南路生活，在商业街工作，寻找机遇，成长，然后离开这里。

丽晶花园小区门口有一个很大的报刊亭，小区的鸟箱就在报刊亭边上，在报刊亭里忙碌的是一个五十多岁头发斑白的大妈，报刊亭里还拴着一只黑白相间的杂种大狗。

那只大狗远远地看见李土芝靠近，全身毛发奓开，开始对着他惊天动地地一阵狂吠，露出鲜红的牙龈和惨白的牙齿，不时试图猛扑过来。要不是脖子上的铁链限制了它，它很可能就地将李土芝撕成碎片。

"阿乖！不要吵！好端端的又吵什么？"大妈拿着本卷着的杂志打了大狗几下，它躲了起来，仍然不住地对着李土芝低声咆哮。

李土芝胆战心惊地靠近了几步，那狗瞬间又钻了出来，他抓紧时机问："大妈，这只狗总是这么凶吗？我……我来看房子，它要每天都这样我可不敢在这里租房子住，吓死人了。"

"阿乖平时很乖的，就只有看见十六楼那个年轻人才会这样，天知道那人做过什么惹它不高兴了。"大妈碎碎念，"今天看到你也这样，可能有些人天生和它就犯冲吧。"她心里有数，眼前这个一身黑的年轻人就不像是来看房的，倒像是来偷狗的，可别是有人听说了她家阿乖鼻子最灵，想偷回家吧？

十六楼的年轻人？李土芝意外获得一条线索——难道十六楼的这个年轻人就是北美郊狼？而他因为和北美郊狼接触过，有北美郊狼的气味，所以也获得了阿乖的白眼？他立刻装作有房东打来电话，一边说话一边向小区里面走去。

他走向最高的一栋楼——直觉告诉他，这里是目标所在。

丽晶花园楼层都不高，最高的一栋就是十六层，十六楼是顶楼。而北美郊狼是个杀手，杀手居住在顶楼好像也是很理所当然的事。

他没有注意到在他身后，报刊亭大妈立刻拨打了 110："喂？我这里是丽晶花园，就刚才，晚上十一点半，有个年轻人说他约了房东看房，非常可疑！警察同志，你说什么人看房会约在半夜十一点半啊？这里面肯定有问题！请你们快点……”

“王桃又是你！”指挥中心的接线女警对这位大妈的声音已经非常熟悉，她很无奈地回答，“针对你刚才汇报的情况，我们已经派人出去了。但是王大妈啊！咱们说句心里话，你天天报警，我们天天给你处理，你这毛病什么时候才能到头啊？”

“我可不是乱举报，我每次打电话都是有事！昨天我说有个男的要跳楼，他最后可不就是真跳了？大前天我说 14 号楼有个女的失踪了，那你们一查还不就是真失踪了？我天天坐在这里看，连晚上我都睡在报刊亭里，丽晶花园里发生什么事我都知道。”王桃非常认真地解释，“刚才进去的那个男的第一次来，准有问题，请你们赶紧派人来。我觉得他不是小偷就是贼！”

李土芝并不知道他被王大妈确认为“不是小偷就是贼”，他正在 13 号楼的电梯里，电梯缓慢地上升，没一会儿，十六楼的灯亮了。

电梯门打开，十六楼电梯口左右有两个门，左右各是一套楼中楼。

其中一套楼中楼的房门开着，里面惨白的灯光投射出来，照得电梯间的地面一片雪白。

李土芝就站在那片光的中心，被硬生生照出一个鬼似的黑影来。

屋里静悄悄的，仿佛什么也没有。

李土芝刚往开门的那边迈出一步，身后“咯”的一声微响，一个冰凉沉重的东西已经顶在了他后腰——这个感觉他很熟，因为他衣服右边的口袋里也藏着这么个类似的东西。

枪。

对面开着灯的房间是诱饵。

但李土芝并不在乎，他的目标是查看这里住的人是不是北美郊狼，他既不是来杀人也不是来破案的。被枪顶住以后，他露出了适度的惊奇，随即转过身来——果不其然，用枪顶住他后腰的人，正是不久前见过的北美郊狼。

北美郊狼对李土芝能直接找到这里来有些意外，而李土芝更意外，他瞪着北美郊狼——北美郊狼不出所料就住在这里，但北美郊狼浑身是血，胡乱包扎着一些绷带，仿佛受了重伤。

“你你你……”李土芝被满眼的血吓了一跳，“你受伤了？”

北美郊狼摇晃了一下，可手里的枪仍然很稳：“你怎么找到这里来的？谁告诉你的？”

“没有人告诉我……”李土芝两手高举，“就……就是你发了那条短信给我，我没杀过人，只是想来找找转转而已，就找一下……那个感觉。”他一步一步后退，北美郊狼把他一步一步逼进开灯的房间，他后腰撞上了什么硬物，只好停下。

“报刊亭那个大妈家的狗说……哦不……楼下那个大妈说她家的狗特别讨厌住在这里的一个人，我看她家狗也特别讨厌我，所以就上来看看……我就是想看看是谁和我一样没狗缘，怎么知道你会在这里？你受伤了？要不要紧？”

北美郊狼手指轻扣，那支分不清型号的枪发出“啪”的一声响。李土芝大叫一声，抱着头蹲下，却发现没有子弹。北美郊狼松了口气，坐在李土芝身前：“去把门关上。”

李土芝一骨碌爬起来，关上了房门。关门的时候，他看了一眼对面的楼中楼，房门紧闭，似乎并没有人。

“渣渣 258，”北美郊狼坐在地上，他的伤口仍在流血，“我干掉了‘威廉王后’。”

“哈？”李土芝目瞪口呆，这份惊讶有一半是真的。北美郊狼刚刚杀了王磊，还是用枪近距离射击的。涉枪的入室杀人案决然是省城的大案，全城不知道有多少警察在日夜奋战地抓凶手，就在这种时候，他居然顶风作案，又杀了一个人？

“‘威廉王后’，原来是个男的。”北美郊狼喃喃地说，“他们 11 组的还经常为‘威廉王后’争风吃醋，笑死人了。”

"'威廉王后'到底是什么人？和'杰克国王'一样，也是贩毒的吗？"李土芝忍不住问。

"他是红嬷嬷的人。"北美郊狼按住左臂正在流血的伤口，"游戏里11组的国王，因为性别填写的是女性，他们都叫'她'王后。做'威廉王后'发布的任务特别有趣，拿的分值特别高，整个游戏的人都很喜欢'她'。"他有些狼狈，惨白的脸上突然露出了一些古怪的表情，"有很多人为了做他的任务抢着进11组。"

显然这个无知少年也曾经是其中之一。李土芝同情地瞟了他一眼："那是什么任务？"

"去红嬷嬷酒吧，找一个最漂亮的姑娘，和她接吻。"北美郊狼说，"或者在酒吧里拍照，找到十二个花的图案，或者拍到三十个不同款的杯子之类……完成一个这样的任务有30分到40分不等。"

对只做过一个租箱子任务的李土芝来说，40分的确是超高分了。可是这些乱七八糟的任务有什么用？

"她也是KING的人吗？"李土芝好奇地问，"找这么多人去拍照有什么用？红嬷嬷酒吧很特别？"

"很特别。"北美郊狼冷冷地说，"那是一个试炼场。"

"什么意思？"李土芝心跳加快，他又接触到了KING内部某一个机密。

"那里的酒、糖果、甜品、水果、气味……甚至那些美女嘴上的唇膏，都会随机加入一些成分未知的药物。"北美郊狼说，"在那里接触到一切都有可能，他们在那里做实验，试验那些东西对人的影响。"

"人体实验？"李土芝愣了一下，想起了被做过急冻复活术的蜥蜴，KING到底想做什么？"你也被下毒过？"他试探着问，北美郊狼如此憎恨"威廉王后"，肯定在红嬷嬷酒吧有过不愉快的经历。

"我在那里摸到了一些花草，喝过一杯酒。"北美郊狼的眉头狠狠皱了起来，"然后我就失去了整整四十八小时的记忆，我不知道做过一些什么。然后……"他长长吐出一口气，"他们给我看了一系列的照片——他们不是总叫人去拍照吗？很多人都拍到了，我在那里发疯，砸东西、打人……”

“那是一些刺激神经的药物吧？”李土芝安慰他，“也许就像喝醉酒一样。”

北美郊狼用一种奇异的眼神看着他，接着说：“……然后我就冲进了一个房间里。那个房间里有我最喜欢的一个女孩，实际上我就是为了她才来的……房间的监控录像清清楚楚地记录着……每一帧每一秒都录下来了，我用了二十八刀杀了她，整个房间都是血……从上到下，天花板就像用红颜料喷过一样。”他微微一顿，似乎还想解释什么，最终没再说下去。

李土芝骇然地看着他，好半天没说话。

北美郊狼闭上眼睛：“那是真的，那一天，我第一次杀人。”

“那是真的吗？”李土芝仍然不敢相信，当然他不敢相信的理由是警方从来没有接到关于这一起案件的报案信息，这说明要么这起案件根本没有发生，要么红嬷嬷酒吧掩盖了整个过程。如果是后者，类似的案件也许不止一起。

“真的！”北美郊狼突然歇斯底里地吼了一声，“是真的！他们给我用了一些该死的药！用完了我就杀人！用完了我就杀人！一直到后来……”他的手指深深地抠入伤口中，“后来连我自己都习惯了……”

如果这是真的，“威廉王后”和整个红嬷嬷酒吧所犯的罪行难以想象，怪不得北美郊狼非杀他不可。但这也可能是北美郊狼使用了某种药物之后的幻觉，李土芝非常紧张，如果这个少年杀手还有滥用药物的习惯，跟在他身边风险无疑更大。

“喂，你不是故意的。”李土芝安慰北美郊狼，“何况你已经杀了那个罪魁祸首，别那么歇斯底里，过去的已经过去了，你正在……改变自己的人生不是吗？”他试图伸手去摸北美郊狼身上的绷带，“你受了什么伤？”北美郊狼的出血相当严重，应当是伤到了某条不大不小的静脉，时间久了也止不了血。

北美郊狼一把拗住李土芝伸过去的手："别动。"他右手的枪突然举起，对准李土芝的胸口，"你这个人，非常可疑，我不能相信你，"他喃喃自语，"不能相信你……你不是……'龙'的人，就是KT的人……"

"龙"？ KT？李土芝的手被他拗住，感觉到异乎寻常的高温——这个二货杀手在发高烧。可能这些伤口已经有一段时间了，显然他根本没有处理好。

"我不知道什么'龙'，什么KT，说实话，警察随时有可能因为'杰克'被杀的案子找上我。"李土芝说，"除了你，谁能证明我真的是无辜的？我既然杀不了你，也奈何不了你，只好紧紧跟着你。何况你还是个小孩子。"

"什么小孩子？"北美郊狼又扣动了扳机，那没有子弹的枪又"啪"了一声，李土芝无奈地看着他——他烧糊涂忘了这没子弹的枪刚才已经开过一次了，这第二枪毫无威慑力。

北美郊狼对自己这一枪居然没子弹很是生气："你看不起我！你们——你们都看不起我！我要把KING他们全部——全部杀光光——我要替社会除毒瘤！我要替天行道——"他用枪对准李土芝的胸口不断扣扳机，那枪击的声音"啪啪啪"地乱响，"我知道你就是'龙'的人！你们想要利用我——你们全想利用我——"

即使是想"替天行道"，如果他手里的枪有子弹，一百个无辜的路人也被他射死了。李土芝头痛地看着这个人形凶器："'龙'到底是什么？"

烧得满脸通红的北美郊狼阴森森地说："'龙'……就是'怪物'啊！"

怪物？李土芝被他的语气说得起了一身鸡皮疙瘩，无端地想起在"小胡椒"的大门口，在那个漆黑的夜晚所看见的那只巨大的蜥蜴人。

怪物？

除了那只巨大的蜥蜴，还有什么东西值得被称为"怪物"？

十一月二十八日的清晨，这天早晨省城的天气很好，蓝天白云，白云的边上隐约还描着点金，这让早起晨跑的邱定相思心情非常愉快。

他习惯在六点半起床，绕着宿舍楼楼下的小花园跑几圈，然后回宿舍洗个澡，不吃早饭直接上班。这个不吃早饭的坏习惯是在他当厨师的时候养成的，赵一一总是说他会得胃结石，但目前还没有得。

七点三十分，邱定相思和往常一样比上班时间提前三十分钟进了办公楼。密码组的办公楼是省公安厅特批没多久的一栋偏僻大楼，原来是给技术部门当实验楼的，周围树木丛生，光线阴暗。

台阶上有一些泥土，他没有在意，哼着小曲一路小跑上二楼。在茶水间接了一杯开水，他边喝边上四楼。

密码组的会议室在四楼。

“嘀嗒”一声微响，有什么东西掉进了他的水杯里，缕缕散开黑红的浊色。

邱定相思愣了一下，猛然抬头，只见四楼的天花板上赫然涂抹着一个巨大的图案：

SOS
OOUOO
□□□□
□□■□
□□□□
□□□□
□□□□

这些字母和方格的外围，还涂抹了一个巨大的人体的形状，这些字母和方格就画在人体的胸腹部。涂抹的颜料是黑红色，有些地方已经干涸，有些地方仍然在滴落，浓淡不均。

邱定相思摇了摇手里的杯子，黑红的颜料在水杯中沉底，缓慢散开，看起来比水重，有些像血，但并没有闻到新鲜血液那种刺鼻的腥味。

这到底是什么东西?

灰褐色的地砖上滴落着几点疑似血点的东西，原始滴落的形状非常规整，表示滴落的过程没有受到影响。在血点上有几个脚印，路过的人似乎并没有看到地上的血，当经过会议室后门的时候，脚印突然中断了。

踏过血点的脚印有重叠，鞋印并不完全相同。

是一个人走过不久，另一个人又从这里经过。

但脚印到会议室后门就消失了。

邱定相思不知不觉地屏住了呼吸，放轻脚步，绕过那些脚印，慢慢地走到会议室后门。

他甚至忘了自己的卡可以直接刷开会议室的前门。

会议室的后门开着。

两具尸体直挺挺地躺在圆形会议桌旁边的空地上，摆放得非常整齐，鲜血流了满地，早已干涸，染得大半个会议室的地面都是血，像铺了一层黑红色的地毯。

邱定相思整个人呆住了。

两具尸体的致命伤都很明显，一模一样。两人都是被不知名的利器割喉而死，大致上没有挣扎的痕迹，似乎死亡就在一瞬间降临，快得没有给他们留下反应的时间。

喉咙上的伤口非常大，他不能确定是被什么东西割开或撕开的，总而言之，不像他见过的任何刀具。

会议室里除了一地的血、两具整齐排放的尸体，再没有其他异常。

凶手早已销声匿迹。

邱定相思整个人都发起抖来——他很清楚，会议室的门开着意味着什么，这个会议室只有密码组的组员和秃头有开门的权限！而现在门开着！开门的人可能就是密码组成员之一！至少是有他们的卡。而密码组有谁呢？他、赵一一、韩旌、黄襦、胡紫莓！这五个人里面，是不是有一个是凶手？而这个凶手，是不是就是在会议室的桌上放录音笔的人呢？

而死者是谁？

邱定相思颤抖着要给秃头打电话，手抖了几次才拨通了，而电话那头居然没有人接。

邱定相思不信邪地反复拨打顶头上司的电话，却一直都没有接通。他心神越来越不安定，目光在犹如地狱一般的会议室内到处游走，突然他发现靠近门边的地板上有一张门卡。

凶手遗落的物证？

他看了那张卡一眼，“啪”的一声，手机脱手摔落在地上，掉进了血污里。

0035224——这是秃头的门卡！

昨天晚上到底发生了什么？

半个小时后，警笛声此起彼伏，大批警车将密码组大楼团团包围。

所有密码组成员都被控制，一一隔离，分别被带走问话。

邱定相思非常配合地跟着刑侦总队一队的胡酪坐上警车，心里一片混乱。胡酪似乎是向他问了几个问题，但他一句也没听进去。

死的是密码组大楼的两个当值保安。

他们负责每小时在大楼各个角落巡逻，但显然昨天晚上他们巡逻到会议室的时候，撞见了凶手。

这两个保安是相隔一个小时出发的，也就是说凶手在杀了第一个保安之后，又在原地等候了一个小时，杀了第二个。

这里面的信息太多了——首先，这说明凶手在会议室逗留了很长时间；其次，两个死者几乎毫无抵抗的痕迹，说明凶手出手极快一击致命，或者是死者认识凶手，对凶手毫无防备；再次，凶手知道保安的人数和巡逻路径。

而凶手在会议室里待了那么长的时间，会议室里居然好像没有任何变化——没有减少的文件，没有丢失的物品，没有遭到破坏的东西，甚至连多出来的东西都没有。

就好像凶手纯粹是为了待在里面而待在里面，只是在里面睡了个觉，顺便杀了两个人而已。

他留下的最大的痕迹就是走廊外面那歪歪扭扭、疑似血迹画的鬼画符。

而丢在后门旁边的门卡的确是秃头的。

警察搜索了秃头的宿舍。

秃头不见了。

他的私人物品都在，床上的被褥甚至是掀开的，床头灯是打开的，好像已经上床睡觉，又突然爬了起来，就再也没有回来过。

凶手会是秃头吗？他人消失了，门卡遗留在现场。

但最不可能是凶手的也就是秃头了，他是密码组的头儿，要对这栋大楼里发生的一切负责，在自己负责的地盘杀死自己的两个保安，没有任何合理性解释。如果秃头需要夜里偷偷摸摸在大楼里做点什么，完全可以当夜放保安的假，根本不需要费力杀死他们。

邱定相思的心情非常沉重——密码组里有卧底！

那个人带走了秃头，杀了两个保安，而他根本不知道那个人是谁。

他原本是有机会发现那个卧底的！

其实，他在拿走那支间谍放在会议室的录音笔之前，已经发现那支笔好几天了，连续几天他都不自觉地注意到那支笔，好像冥冥之中有什么在告诉他那支笔与众不同。而就在他最终决定拿走那支笔，并发现那是录音笔的一瞬间，他从笔身的反光中看到似乎有一抹颜色从他身后一晃而过。

是一抹绿色。

但伪装成普通签字笔的录音笔笔身使用的是透明塑料，能反射的光影非常有限，他只能看出有什么东西在他身后很近的距离一晃而过，等他回头的时候，身后什么都没有。

而如果他再认真一点，性格再严谨一点，当时就去追查到底是什么从他身后经过，也许那两个保安就不会死了，秃头也不会失踪。对了！邱定相思悚然一惊——那支录音笔的摄像头是对着秃头办公室的！

难道它根本不是在偷录会议室，从头到尾，它都是在偷录秃头吗？

所以今晚秃头失踪的事，在好几天前就有预兆了，而他竟根本没有发现！

邱定相思一头冷汗，在这种时候，他根本没心情和不了解状况的胡酩说话。

他只想和韩旌说话！

他很后悔没有正经地和韩旌讨论录音笔的事！非常后悔！

密码组的头儿失踪，大楼内两个当值保安身亡。

这件事在省公安厅内引起轩然大波，自F省公安厅成立至今，没有发生过这么严重的案件。而凶手来无影去无踪，几乎没有留下任何痕迹。

那些疑似血迹的红色液体正在检验，目前不能判断是什么东西。凶手的目的不明确，只留下了一幅密码画。当夜的监控因不明原因中断了半个小时，而监控恢复以后，拍到了一些惊人的画面。

到底是怎样惊人的画面，剩下的只有流言，亲眼看过的人不多。

韩旌是最早被询问完毕，放出来的人之一。案发的那天晚上他和邱添虎在一起，完全没有作案时间，他的门卡也一直好好地在他身上。

他和邱局一起观看了那段惊人的监控。

凌晨两点二十九分，保安林伟拿着防爆手电走上四楼的走廊。走廊里光线昏暗，只有隐约的月光。他并没有认真查看办公室和会议室，也没有往留有“血迹”的地面看一眼，匆匆地就走了过去，大概是太平得太久，林伟没有丝毫危机感。

二十九分三十三秒，就在林伟走到会议室后门的那一瞬间，一截古怪的“手臂”从门后伸了出来，钩住林伟的脖子，瞬间把他拖到那扇门后面去了。

林伟几乎没有反应的时间，走廊里的画面空了，仿佛什么也不曾发生过。

那截“手臂”出现的时间总计一秒钟多一点，不到两秒，此后一个小时内，会议室后门处没再出现任何东西。

三点二十七分，第二个保安廖志成匆匆登上台阶，他的步伐比林伟急促得多，可能是一直联系不上林伟，或者是看到了奇怪的画面，找人的成分大于巡逻，他也很快地通过走廊。

廖志成有潦草地看了下左右的办公室，但显然并没有什么奇怪的东西足以引起他的警惕。他仅仅花了五秒钟就走到了会议室后门。

同样是一截“手臂”一伸一钩一缩，廖志成也消失在那扇神秘莫测的后门之后。

林伟和廖志成再也没有走出那扇门。

而十二分钟之后，更为惊人的画面出现了。

一个奇怪的黑影一步一顿地从后门走了出来，它逆着月光，走廊光线无比昏暗，看不清细节，但显然不是一个“人”。

那是一个头部狭长、脖子纤细、下肢粗壮，还带有一条长尾巴的怪物。

就像一只只出现在电影里的恐龙或者哥斯拉之类的终极怪兽，它一步一拖，非常缓慢地从会议室里出来，似乎身躯有些沉重，妨碍了它灵活前进，但也慢慢地……向着楼梯的方向跳了下去。

它不是走下去的，是跳下楼梯的，监控探头有少许摇晃，应该是它落地时产生了振动。

在这个东西离开之后，会议室没有任何动静，一直到天亮之后，邱定相思走进会议室发现尸体。

所以就是这个奇形怪状的东西杀了林伟和廖志成?

一队和二队抽调了一些人手组成了专案组，大家在研究这段监控视频。

经过初步检测，这段监控并没有被修改过，它是可信的。

也就是说，那只奇形怪状的东西的确从会议室后门走了出来，而监控暂停的那可疑的半个小时，很可能就是那东西进入会议室的时间。

然而无论是韩旌，还是胡酪，抑或邱添虎都想不通，如果这个“东西”并不在乎被监控拍到，那为什么要隐去自己进入会议室的那段时间呢？监控的暂停难道只是偶然？

这个“东西”到底是个什么东西？

在监控中并不能看清细节，大体像一只巨大的蜥蜴。

“邱局，我认为这个案件，和最近发生的一系列案件相关联。”韩旌对着监控看了很久，终于开口，语调平淡，仿佛眼前所见的一切并不足以令他震动。

“说。”邱添虎心神不宁，最近发生了太多事，而他居然还没有抓到头绪。有什么影响极坏的事正在发生，他却还没有发现，这种感觉糟透了。

“首先，凶手在走廊上画的密码图在红色拉杆箱杀人案中，我们已经见过了。”韩旌说，“那个案件的凶手是一个身穿蜥蜴皮衣的人。那个案件和昨天晚上的案件显然是相关联的。”微微一顿，他的视线从二队各位警察脸上扫过，就像当年他做二队队长的时候一样，每个队员在和他目光相接的时候，都不自觉地挺直了背脊，“至于昨天晚上的监控影像，我也认为那是一个人而不是别的什么生物。”他指了指暂停的视频，视频画面暂停在能取到的最清晰的“凶手”影像——依然是一个黑影。“不要被这个形象影响，如果这只是一个人，一个陌生人，他潜入会议室，谋杀两个保安，留下一幅密码图，大家对案情有什么想法？”

与会的众人都有些醍醐灌顶的感觉，胡酪首先恍然大悟：“如果这个蜥蜴人和红色拉杆箱杀人案的凶手是同一个人，那么这幅密码图就是他留下来的杀人符号，就像凶手签名那样。”他异想天开地说，“每做下一起惊天大案，他就在一个奇怪的地方留下自己的签名。”

“省省吧！”陈淡淡翻了个白眼，“这幅密码图早就被证实是死者A自己画的，不是凶手的签名。”她说了自己的想法，“我认为这不是一个连环案，它和红色拉杆箱杀人案有关联的是这个密码图，而不是凶手。”陈淡淡沉吟了一下，“我从林静那里听说，他丢了一张现场照，拍的恰好就是这个密码。”

“也许从林静那里偷走密码现场照的人，就是昨天的凶手。”胡酪的思路立刻偏向陈淡淡，“他把密码画在密码组的会议室外面，是为了……”他急中生智，“是为了让密码组为他解密！因为他不知道这个密码的意义。”

胡说八道！不少人默默吐槽：就算走廊里没有这幅画，这个密码也已经在密码组的工作日程上了。

所以凶手为什么要画这幅密码图，专案组讨论过后仍然没有答案。

但除了画画，凶手为什么要连杀两个保安，作案动机是什么才是专案组讨论的焦点。

要杀死两个保安，并且不在乎被监控拍摄到杀人的过程，除了凶手不是人，比较符合常规的解释就是凶手必须要杀死这两个人，而且必须两个人一起死，只杀死一个不能达到凶手的目的。

韩旌将这句话写在了专案组会议室的白板上，随即在旁边打了个问号——为什么？

为什么要连杀两个人？

为什么能等候一个小时？

“呃……凶手和他们有仇？”黎京提出了一个观点。

几乎所有人一起摇头，林伟和廖志成都住在密码组大楼里，都是单身，生活圈子非常简单，并没有仇人。

“凶手可能有帮凶，为了让他的同伙能顺利带走张光张主任（即密码组秃头），他杀死两个保安。”陈淡淡提出的观点相对比较合理。

“但是张主任的宿舍并不在密码楼里。”邱添虎插了一句，张光的宿舍级别较高，远在宿舍区另外一头，如果有人要绑架张光，在密码楼里杀害保安并不能起到调虎离山的作用。何况宿舍楼那边也有保安，当夜值班的保安安然无恙。

几人面面相觑。

韩旌淡淡地开口：“我认为理由非常简单。”他看着与会的众人，“因为这两个保安知道凶手是谁，他在杀人灭口。”

陈淡淡震惊地脱口而出：“他们怎么会知道……”

“平时当班巡逻的时候，他们一个巡逻，一个在监控室里看监控，一个小时轮换一次。”韩旌说，“林伟和廖志成都有操作监控的权限。而当夜的监控暂停了半个小时，为什么？”他环视着众人，“是偶然吗？我倾向于有一个林伟和廖志成都很信任的人要求他们将这个时间的监控暂停，而后——他带着伪装杀死这两个人灭口，并在监控中留下影像，引导我们去追查一只奇形怪状的怪物。”他目光平静，“真正的凶手，是林伟和廖志成熟悉的人，就在我们身边。而这个人和红色拉杆箱杀人案有关，也许和王磊被枪杀案也有关，甚至和森林公安最近接手的那个巨蜥死亡案也有关——蜥蜴——这就是关联之处！”

“蜥蜴能成为什么样的关联之处？它的产地？品种？生活环境？”陈淡淡发出疑问，“为什么有人故意打扮成蜥蜴的样子？”她很认真地凝视着韩旌，“打扮成蜥蜴的，究竟是一个人？还是多个人？”

陈淡淡最后的问题非常有意义，这些披着蜥蜴皮的凶手究竟是同一个人，还是不同的人？显而易见，如果是不同的人各自披着类似的蜥蜴伪装作案，这些人应当来自同一个组织。

那就不是简单的杀人案，而是恐怖活动。

“‘蜥蜴’的形象对‘他’或者‘他们’来说，应该有某种象征意义。”韩旌在思考，“也许我们破解了这个形象代表的意义，就能掌握主动权。”

“让我们梳理一下最近发生的案件。”王伟用投影仪展示了一张表格，“有人谋杀了死者A，死者A留下了一幅密码图。而这个密码显然原先并不是给凶手的，所以凶手不能解码，得不到密码中的信息。紧接着密码图的照片光天化日之下在公安局被盗，盗窃照片的人可能是凶手，也可能是死者 A 原先要传递的对象。没过多久，死者 A 被害现场的麦当劳餐厅经理王磊家遭遇入室抢劫，王磊被枪杀。相隔不到一个星期，红嬷嬷酒吧又遭遇持枪抢劫，酒吧店长被杀，十二个店员重伤。又相隔不到一个星期，死者 A 所画的密码图被‘人’画在密码组会议室外的走廊顶上，保安林伟和廖志成被害。”王伟用激光笔在其中两起案件上画了个圈，“林静上交了一份报告，提到死者 A 被害案和王磊被抢劫枪杀案是连环案，因为两名死者相关联。我的想法和他不一样。”

大家都看着他用红色激光不停圈画的两个案件，那是王磊家被入室抢劫案和红嬷嬷酒吧被持枪抢劫案。

“这两个案件非常相似，凶手蒙面持枪，入室抢劫，动作快速而且熟练，没有留下任何与‘蜥蜴’相关的图像。”王伟说，“我认为这两个案件才是连环案，凶手是同一个人。”

韩旌点头，王伟的想法和他不谋而合：“是。”

“把这两个案件从以上案件中剔除出去，案情就变得容易理解了。”王伟指着剩下的案件，“穿蜥蜴皮作案的这伙人谋杀了死者 A，又绑架了张主任，杀了林伟和廖志成，目的是获得并破解这个密码。”

会议室里响起了邱添虎的掌声，王伟是韩旌的直属得力干将，显然跟着韩旌的这几年，他从韩旌那里学会了很多。

韩旌冷如冰玉的脸上也微微露出一点笑意：“所以死者 A 并不像我们之前认为的，是一个随机选择的对象。或者从死者 A 的角度，她的确并不认识眼镜男，但眼镜男认得她是谁。”他环视着会议室里的众人，“这是一场目标明确的谋杀。”

果然世界上并没有那么多难以置信的故事，离奇死亡背后仍然有其逻辑所在。

“二队长，我不明白，杀死死者 A 的古怪手法肯定是经过考虑和准备的，既然已经做了充足的准备，为什么他们好像并没有获得想要的东西，没有达到目的，以至于铤而走险，到公安局里盗窃密码照片？”

胡酪发出疑问，“他们想得到什么？”

韩旌的目光从会议室众人脸上一个一个看过去，有些人眉头紧皱，有些人全神贯注在思考，还有些人似乎有些其他意见。他并没有再次征集大家的意见，慢慢地回答：“他们想得到什么？自从这个手法古怪的杀人案发生，我们一再讨论‘这究竟是死亡游戏、随机杀人，还是普通谋杀？’‘凶手身上的蜥蜴皮具有什么意义？’‘犯罪的是个人还是团体？’‘这是不是一起连环杀人案的一部分？’‘凶手的目的是什么？’……而其实……以上的问题，都不是破案的关键。”他凝视着胡酪，胡酪不知道为什么感觉到一阵冷汗自背后涌上，就像做了什么天大的蠢事，只听韩旌一字一字地说，“这个案件的关键在于——死者A，她究竟是谁？”

韩旌此言一出，会议室里突然静了下来。

王伟看着自己做的案件梳理表格和线索树，如果知道死者A是谁，就能知道“她”拥有什么，而“她”所拥有的——只有她才有，别人没有的东西——就是那串密码的答案，也就是凶手想得到的东西。

所以一直以来，他们思考的方向都太复杂，从而忽略了一条最简单有效的路。

“我们应当集中力量，着重查明死者A的真实身份。”韩旌说，“地方公安局一直在查，到现在还查不到她的身份，说明死者A很可能不是普通人。而她的身份现在关系到密码组大楼杀人案，以及张光失踪案……”

韩旌还没有说完，邱添虎断然下令：“王伟、陈淡淡，你们俩组一个小组，专门调查死者A的身份，其他人无条件协助调查，二十四小时之内最好有结果。其他人轮流备勤，调取密码组大楼附近所有道路的监控，陪着图侦组看监控！给我查张主任究竟到哪里去了！”

“是！”

林静一直在调查死者 A 究竟是谁，他取得的进展不大并不代表他没有工作或者工作不尽心，相反，林静已经通过电脑排查了所有能对比的 DNA 数据库、指纹库、失踪人口库，并且调查了案发地周边所有的写字楼和工厂。

所有的数据库里都没有对应的信息，甚至通过死者面部照片与全国人口照片比对也没有结果，案发地周边写字楼和工厂也回应称没有员工失踪。

她就像一个凭空出现的美梦，只在众人面前闪耀了那么短暂时刻，就突然破灭了。

她会说中文，从长相来看毫无疑问是中国人，数据库中却没有她的身份信息。

林静心里突然冒出了一个新念头——难道她不是中国人，而是——一个华裔？

是个外籍华人，或者华侨？

这样就能说得通在警方手上所有能检索的数据库里都没有她的信息，林静能检索的，都是中国公民的信息！

他豁然开朗，就在他准备着手申请调查入境中国的外籍人士及华侨的信息的时候，省公安厅刑侦总队一队的王伟给他打来了电话。

王伟说："死者身份查到了。"

林静"啊"了一声，脑袋一时之间转不过弯来，甚至理解不了发生了什么。

"死者萧竹影，二十三岁，曾经持有一本中华人民共和国旅行证，签证地是中国驻泰国使馆。"王伟说，"所以她没有身份证号码，她虽然是中国人，但她是一个华侨。"

林静又"啊"了一声，仍然有些没转过弯来："所以我们……已经查到她的身份了？"

电话里的王伟叹了口气："完全没有，林静，总队组了一个针对萧竹影的专案组，现在借调你到专案组。待会儿邱局会给你们局长打电话，等我们见面了再讨论萧竹影的问题。”

“等一下，”林静稀里糊涂地追问，“既然你们都查到她叫什么名字了，怎么可能还没有查到她的身份呢？”

王伟苦笑了一声。

两个小时后，林静赶鸭子上架似的到总队萧竹影专案小组报到，见了王伟才搞清楚这是为什么。

华侨，是一个非常麻烦的身份。

华侨是长期侨居在国外的中国公民，华侨没有脱离中国国籍，也没有获得外国国籍，也就是说从法律意义上来说，她是中国公民。

但华侨不生活在国内，大多数华侨并没有身份证号码，或者曾经有身份证号码，但已被注销。没有身份证号码，在国内就难以形成完整的个人信息，又因为她居住在国外，在国外使用的姓名和在国内使用的并不相同，也不具有他国公民身份，只是持有长期居留许可证，所有的个人信息都很难核实。

就像死者萧竹影，她在中国驻泰国使馆申请了一本旅行证，理由是她没有中国护照。她使用旅行证进入中国国境，虽然她是在泰国申请的旅行证，也不能认定这个人长期生活在泰国，也有可能她是在泰国旅行期间丢失了中国护照，改而申请旅行证。所以也无法认定萧竹影长期生活在哪个国家，就连旅行证上的姓名也不能确定是她的常用名。

经过查询我国的护照信息数据库，并没有一个名为“萧竹影”的女性与死者相貌、年龄及其华侨的身份相符。死者要么出生在国外从来没有办过中国护照，要么在办理旅行证的时候申报的就不是真名。大使馆对其身份做过简单的核实，但当时萧竹影提交的材料都是虚构的。

而更糟糕的是，中国驻泰国使馆那边同时反馈了一个信息：与萧竹影同时申请中华人民共和国旅行证的，还有她的同胞姐妹萧梅影。

萧梅影的旅行证照片看起来和萧竹影的几乎一样，姐妹俩脸上都没有任何显著的标志，既没有痣，也没有伤疤或胎记。

也就是说当初关于“拖着同胞姐妹的尸体到处走”的离奇猜想居然也是有可能成立的。死者 A 被假定为萧竹影，但为什么不能是萧梅影呢？

林静听完王伟关于死者身份的简单介绍后，郁闷得几乎要去撞墙。这和他原来给死者取了个代号A有什么不同吗？还不是什么也不知道。

王伟和陈淡淡比林静先一步想到了华侨或外国人的可能，调查到了死者的旅行证信息，但对整个案件来说，当然还是林静最熟悉。听完了王伟的介绍，林静疑惑了：“既然萧竹影还有个姐妹萧梅影，为什么你们假定死者是萧竹影？”

“根据出入境记录，进入中国国境的只有一个人，持用的是萧竹影的证件。”王伟说，“当然，这不能排除是萧梅影拿着萧竹影的证件进入，反正分不清楚她们谁是谁。”

“她用什么理由进入国境？”林静仍然很疑惑，“旅游？”

王伟点了点头，旅游的确是最普遍最合乎情理的出入境事由。

“但是我们省城没有什么旅游景点，她跑到我们省城来干什么？”林静连连摇头，“肯定是借口，我们这里空气不好，也没有什么城市文化，连个游乐园项目都没有，不可能是来旅游的。她进入那间麦当劳餐厅之前，四个方向的马路，三十八个探头几乎没有一个探头完整拍摄到她经过，她一直在躲避监控！”死者躲避监控的行为，也是林静追踪她身份的瓶颈，一提到这个，他就咬牙切齿。

“一个初到中国旅游的华侨。”王伟咳嗽了一声，“暂定她真的是来旅游的好了，一个初来乍到的华侨，对周围的一切都不熟悉，按道理遇到陌生人递给她一个旅行箱，她应该拒绝才对，可为什么她接过来了？”他耸了耸肩，“反正对我来说，我是绝对不可能接手的。”

“作为一个美少女，应该对陌生人更警惕才对。”陈淡淡说，“反正我也是不可能接手的。”

“你是在着重强调你是个美少女吗？”王伟笑了一声。

林静却没有心情听他们互相调侃，他已经思考这个案件很久了，王伟的疑问带给他一闪而逝的灵感："等一下！是不是这样——也许萧竹影到麦当劳来是和谁接头的，而她误会了那个眼镜男就是和她接头的人！反过来说，那个眼镜男是特地来等她的——他为什么坐在门口？是不是为了在第一时间把萧竹影拦住，防止她发现那个她本来应该接头或交易的对象？因为误会是自己人，所以她毫无戒心地接过了那个装着杀手的行李箱？"

王伟和陈淡淡相视一眼，如果是这样的话——那么当时在麦当劳里坐着的其他人当中，是不是有萧竹影真正的接头人，也就是有一个了解她真实身份的人存在呢？

"不不不，如果你这种说法成立的话，萧竹影和那个眼镜男之间就存在一种交易行为。"陈淡淡严肃起来了，"眼镜男给了她行李箱，她就应该给眼镜男一样东西，就像买卖一样，这才算是接头吧？那为什么她写的那个密码托盘却没有给眼镜男？"

林静也疑惑了，王伟拿着笔在纸上写写画画，同样没有想通。

萧竹影那天的行为在三人脑海里不住地浮现——她进门，被玩托盘的眼镜男给拦住，她接过行李箱和托盘，去买汉堡，然后拖着沉重的行李箱走向二楼……

"不对啊！连那个托盘都是眼镜男一起给她的。"陈淡淡说，"那就不像一个交易，眼镜男给了她两个东西，她都拿走了，没有拒绝。"她简直难以理解了，"然后她就在托盘上写了鬼画符的密码，拿着它去找二队长……"

但经过林静这么一说，萧竹影到麦当劳是和某个人接头的可能性极大，眼镜男也因此获得了她的信任。可是她为什么突然写了"SOS"的托盘密码并且去敲了韩旌的椅子？

"有没有一种可能性——"王伟很不确定地说，"她认得二队长？"

林静和陈淡淡面面相觑，王伟也和他们两人大眼瞪小眼，都倒抽了一口凉气。

死者萧竹影认得韩旌？有可能吗？她是不是因此去敲韩旌的椅子？但韩旌的生活非常规律简单，除了上班和出差，基本不出门活动，他性格冷淡，几乎没有任何兴趣爱好，是什么样的人能认出韩旌？

而韩旌和与韩旌非常熟悉的李土芝显然都不认识萧竹影。

“会不会还有一种可能——她看见了二队长之后，认出了二队长，然后基于什么理由，她发现了危险？”陈淡淡有一种女性的直觉——她正在逐渐接近真相——她正在从什么奇怪的角度接近了真相。

“有什么道理看了二队长一眼，她就发现了有人要谋杀她啊？”林静哭笑不得，即使韩旌在警界是个励志的神话，那也不可能神到这种地步，这是胡说八道！

陈淡淡的脑海里不断地反复出现那个眼镜男坐在餐厅门口等人的场景，总是感觉有什么非常不对的地方。

那是一个身穿白衬衫，戴着极细的银框眼镜的年轻男人。

镜片擦拭得非常干净，年轻男人身材消瘦却挺拔，即使是坐在那里，背脊也是挺直的。他对着萧竹影说话的时候没有什么表情，说的话非常简短，从视频里看感觉非常熟悉。

萧竹影顺利接过了行李箱和托盘，年轻男人转身就离开了。

他离开的姿势和之前有一些不一样，好像绷紧的弦整个放松了，背脊也放松了下来，脚步甚至有一些轻快。

然后萧竹影端着食物上了二楼，她停顿了一会儿，似乎发现了什么。

再然后她就笔直地向韩旌走去。

关键在于萧竹影停顿了一会儿。

陈淡淡紧紧皱起眉头——她能发现什么呢？她肯定就是发现了二队长！然后她就发现了危险。为什么看见二队长能让萧竹影发现危机的存在？

呼之欲出的答案在陈淡淡脑海里盘旋，她真恨不得掐住自己的喉咙把那个抓不住的答案吐出来，却总是差了那么一点点吐不出来。

王伟的手指头不住地敲击键盘，他把眼镜男最清晰的一张截屏调了出来，他理解不了萧竹影反常的行为，改从眼镜男那里找线索：“这个人到底是谁到现在也没有结果，他在麦当劳是做了伪装的，可能在平时生活中他不戴眼镜……”

“我知道了！”王伟还没有说完，陈淡淡突然大叫一声，整个人跳了起来。

林静瞠目结舌地看着她，王伟瞬间僵直了。

只见陈淡淡指着屏幕：“我知道为什么萧竹影一看到二队长就发现问题了，因为她发现危机了——你们没发现这个人——这个人在假冒二队长吗？”她激动地指着电脑上的截屏，手指几乎要戳到那张截图上去了，“这个人绝对是在故意冒充二队长，你看这副眼镜的形状，这个衣服、这个裤子，还有这种坐姿！换个和二队长不熟的，或者是远看，你说会不会认错？”

王伟自然是很熟悉韩旌的，所以他根本不会觉得屏幕里那个人是韩旌，在他眼里完全不一样。但林静对韩旌就没那么熟悉，他皱着眉头，看了截图几眼：“不注意看的话，某些角度有一点像。”

见鬼的有一点像！王伟心里鄙夷地吐槽——根本没一点像！

“萧竹影认得二队长，或者是见过二队长的照片，但非常不熟悉。这个人长得和二队长有一点像，故意穿了和二队长很像的衣服假冒二队长，骗取了萧竹影的信任！”陈淡淡快速地说，“但不凑巧二队长就在二楼，萧竹影看见二队长的一瞬间，她发现自己被骗了！”

这也勉强算是一种可能，二位男士不能理解陈淡淡的激动，只听她又快速接下去：“她发现自己被骗了，但不知道有多严重，她写了求救的密码，但还没来得及交给二队长……”陈淡淡的话语突然中断，王伟快速播放了当时的视频。

不是萧竹影没有来得及交给韩旌。

视频里的萧竹影端着托盘向韩旌走去，她用托盘敲打韩旌的椅子——眼见饮料要翻倒了，韩旌出手如电，一下扶住了。

饮料没有倒。

三个人又倒抽了一口凉气——如果韩旌出手慢一点，饮料顺利翻倒在韩旌身上，那盘汉堡掉下来，萧竹影的托盘就会顺其自然地放在韩旌桌上。

而萧竹影就有理由和韩旌有更多交集。

她不是没有试图将托盘交给韩旌，而是韩旌动作太快，她没有机会将托盘送出去。

而她当时显然没有意识到危机的严重性，并没有正式向韩旌求救。

三十四分钟以后，保洁大妈发现了她的尸体。

也许，陈淡淡的想法是对的。

萧竹影的托盘密码是写给韩旌的。

她认得韩旌，但对韩旌并不熟悉。

也许当夜她出现在麦当劳就是来找韩旌的，毕竟当夜韩旌和李土芝有约，两人要在麦当劳见面。

但有人黄雀在后，获悉了她要接近韩旌的消息，派出了一个和韩旌有些相似的杀手博取了她的信任，杀死了她。

萧竹影到底是什么人？她接近韩旌的目的，究竟是什么？而伪装蜥蜴人的那些人又是为什么要杀死她？

王伟、林静和陈淡淡反复看着韩旌扶住那杯饮料的视频，内心异常沉重。

红色拉杆箱杀人案终于被命名为“萧竹影被害案”，专案组向邱添虎提交了关于萧竹影身份的分析，着重提出她可能认识韩旌，或者看过韩旌的照片。

如果从她身上找不到突破口，那么从韩旌身上能不能找到突破的地方呢？

能见过韩旌或看到韩旌照片的人，究竟是哪些人？

韩旌从来没有在基层单位工作过，他一上班就在刑侦总队二队，邱添虎见证了他从普通警员到队长的过程，这也表明韩旌的工作圈和生活圈都非常小。

韩旌也很少拍照，他的工作照贴在省公安厅的墙上，走过路过能看见的都有谁？他的生活照更是少得可怜，也许只有在他父母家里还有那么几张，连他的宿舍里都没有。

陈淡淡向韩旌的父母打听过，他们并不认识一个叫作萧竹影的女性，也认不出来死者的照片。何况萧竹影的年纪不大，和韩旌有近十岁的差距，他们能有什么交集？

这让陈淡淡关于“萧竹影将杀手误认为二队长，故而失去警惕，被人杀害”的猜想失去了基础，但不知道为什么，陈淡淡凭女性的直觉坚信这就是真相。

而在丽晶花园小区，李土芝已经伺候了北美郊狼四天四夜。北美郊狼身上有几处严重的伤口，引发了感染。李土芝在药店里买了一些常用药，但对北美郊狼的伤口作用不大。他猜北美郊狼经常受伤，导致北美郊狼对消炎药产生了抗药性。

整整高烧了四天四夜，北美郊狼才清醒过来。在他昏迷不醒的时候，李土芝大大方方地将他的私人物品翻了个遍。

北美郊狼没有携带什么奇怪的东西，他有两箱枪支和子弹，大部分子弹已经用完，无从猜测他的拿货渠道。房间里有十几套衣服，其中有一些明显是用来变装的，有三个摩托车头盔、两副墨镜，剩下的就是些简单的洗漱用品。

除了洗漱用品，北美郊狼房间的抽屉里有两支使用过的针管。李土芝本来以为他吸毒，但四天来北美郊狼毫无毒瘾发作的症状，房间里也没有毒品。北美郊狼可能使用了某些神秘的药物，李土芝偷偷用一次性棉签对针管里的液体做了采样，并光明正大地快递给了邱添虎。

这个地方只是北美郊狼的一个临时落脚点，绝不是他常住或打算常住的地方，这里的东西太少了。

除了两支针管，李土芝还发现了一个奇怪的地方。

北美郊狼的腰背部接近臀部的地方，有一道长长的伤口，伤疤陈旧而浅淡，但仍然看得出刀口相当专业。这是他小时候，很可能是婴幼儿的时候就留下的刀口，对婴幼儿来说，算是很大的伤口了。

得了怎样的疾病，才会在这里留下这么大一个伤口？李土芝的直觉告诉他，这是一个重要发现，很可能是一些疑问的答案。

在高烧四天四夜后，在第五天凌晨三点钟，李土芝突然听到北美郊狼床上传来一阵奇怪的声音。

“嘶嘶……嗷……嘶嘶嘶……”

一种近似喷口水与咆哮声混合的怪声，床也在“晃动”。

它真的是在“晃动”。

它一会儿响在床头左边，一会儿响在床头右边，伴随着“嘶嘶嘶”与“嗷嗷嗷”，整张床“咯吱咯吱”作响，仿佛有一只巨怪正在床上蠕动。

李土芝睡在大厅的沙发上，听到怪声一跃而起，“啪”的一声打开了北美郊狼房间的电灯。

床上没有巨怪。

蠕动的是北美郊狼。

他醒了。

然而他又没有醒。

李土芝目瞪口呆地看着他赤身裸体、聚精会神地在床上蠕动，那姿态和动作都活生生像一条蛇，口水沿着他的嘴角往下流，他仿佛失去了吞咽口水的本能，张着嘴，不断龇着满口白牙。

这是搞什么？他不会有狂犬病吧？李土芝毛骨悚然，后退了一步，想想不妥，又急匆匆从浴室拿了一条浴巾，准备将这个狂犬病人捆住。

有北美郊狼那样身手的狂犬病患者能有多恐怖，李土芝简直不需要想象就能流一身冷汗。

“嘶——”的一声怪叫，北美郊狼从床上猛地一挣，宛如一条眼镜王蛇暴起突袭，整个人向李土芝扑去。

李土芝把浴巾往北美郊狼身上一丢，侧身闪避。北美郊狼落地后被浴巾盖了个满身，勃然大怒，双手一用力——

“刺”的一声响，那款长条浴巾被他徒手撕成两半，半长不短的毛絮在灯光下飞舞，李土芝终于彻底变了脸色。

他看见了什么？一个神志不清、力大无穷的怪物！随着北美郊狼暴戾的情绪高涨，他的脸颊、脖子、胸口……以及四肢远端，都逐渐浮起一片血红的斑点。

那些斑点最初只是一个针尖似的小点，随即扩散，像一滴红墨滴落水中慢慢洇染成一大片，然后深色浅色的斑点互相交叉游走，最终形成了一道一道、一条一条相互交错的红色斑纹，占据了大部分皮肤。

李土芝倒抽了一口冷气。

这不是狂犬病。

这是什么？

“咳咳咳……咳咳咳……”

省森林公安局一楼办公室，正在值班的廖璇一直在咳嗽，她已经感冒好几天了，精神却还不错。

张卫军和她同一个值班组，听到她不断咳嗽，皱着眉头：“小廖啊！不舒服就请假吧，去看看医生，我看你都咳嗽好几天了。”

“没事。”廖璇爽快地说，“吃得下睡得香，就是咳一咳，也不会怎么样。”她翻看着最近的工作记录，“最近没再发现有冰冻巨蜥那样的事了？”

“昨天有个警情是从东南亚倒卖食蟹猴，我们的人正在蹲点。”张卫军说，“听说后天要从广东那里运几百只猴子过来呢，我正在养精蓄锐，准备大干一场。”说着他又翻了一页报纸，神态既悠闲又放松，完全没有嘴里说的紧张。

廖璇笑了起来：“又要抓猴子？现在网上倒卖野生动物的越来越多了，上个月有倒卖青蛙的，还有倒卖蝎子和刺猬的。”她又咳嗽了两声。

“你咳嗽怎么不喝点水？”张卫军收起报纸，“回宿舍去休息吧，值班电话我来接，反正应该也没什么大事，有需要小廖同志的话，我给你打电话。”

“水喝完了，那我回宿舍接水了，有事给我打电话。”廖璇站了起来，拿着水杯，走出值班室。

张卫军无意间一眼掠过廖璇的背影，心想：她走路怎么有点跛？

廖璇拿着水杯慢慢走回宿舍。

她先给自己泡了很浓很浓的一大杯牛奶，又加了一块面饼泡了超大一碗泡面，没过一会儿牛奶喝完了，泡面也吃完了。

她却仍然觉得饿。

她慢慢伸手翻起裤脚，左脚脚踝处有一圈细小的伤口，伤口周围有点红，但并不严重。

它并没有恶化。

但也没有好转。

廖璇放下裤脚，对着镜子捂住脸，她有一些惶恐。

她最近食量大得可怕，吃下去的东西是从前的三倍那么多，但是她的体重并没有增加。她不断地觉得饿，不断地吃，不吃就全身冒冷汗，没有力气，甚至会发抖。有时候会有一些低烧，但都不严重，她神志清明，行动如常，但就是总觉得饿。

这是不正常的。

她不敢去看医生。

也许不去看医生，就什么都没有发生。

也许再过几天，她就不这么饿了。

也许只是从前减肥的时候，吃得太少了。

必须补回来。

对……必须补回来。

她没有发现，在她后颈处外露的皮肤上冒出了一些针尖般的红点，红点像有生命一样收缩着，一会儿扩散成红豆大的圆圈，一会儿又收缩成血红的小点。

斑点收缩了一阵，慢慢从她皮肤上消散。

廖璇抬起头来，决定去食堂转一转，看看还有什么可以吃的。

萧竹影的照片在王伟的办公室里贴得到处都是，专案组三人已经两天没怎么睡觉了，不搞清楚她是谁他们三个都睡不着。林静抱着一堆材料在椅子上半梦半醒地坐着，他追查过眼镜男，眼镜男自从那天离开后就失去了行踪，也很可能是躲避了监控。他也追查过蜥蜴人，蜥蜴人走进一家百货商店，然后就消失了。那两个人都做了伪装，消失在人流密集的地方，实在难以调查。萧竹影的身份成谜，她对韩旌不熟悉，但又认得韩旌……眼镜男针对这个，乔装打扮假冒韩旌……这就是陈淡淡的推理，太站不住脚了……

林静边睡边想……太荒唐了……陈淡淡没有发现，按照她这个推理，不但萧竹影要认得出韩旌，那个眼镜男更要认得出韩旌，还要熟悉韩旌的衣着打扮，甚至是眼镜和衣服的牌子，这怎么可能……

他突然间惊醒了！

如果眼镜男要冒充韩旌，他要比萧竹影更熟悉韩旌！

林静猛地站了起来——但这怎么可能呢？他摇晃了一下身边的王伟："王伟，你知道韩旌的眼镜是圆框还是方框的吗？"

王伟正在看电脑里的一组数据，闻言茫然回头："什么？"

"你知道韩旌的眼镜是什么牌子，是圆框还是方框，是无框还是半框的吗？"林静激动地抓着他，"你知道他穿的衬衣是什么牌子的吗？平时穿什么颜色的裤子？搭配什么鞋？"

"我不知道，我又不是变态，关心这些干吗？"王伟莫名其妙，"你疯了？睡傻了？"

"但那个眼镜男知道！"林静摇着王伟的肩，"他打扮得和韩旌一模一样！这意味着什么？有人能近距离观察韩旌，他和韩旌非常亲近，才能模仿或指使别人模仿韩旌！可是韩旌的生活圈很小——这说明我们有范围了——那个人就在韩旌身边！"

王伟像看神经病一样看着林静，半晌后问他：“是啊，但那又怎么样？”王伟无奈地看着林静，“从张主任被绑架，密码组被放录音笔，以及林伟和廖志成被杀这些案情里就能明显看出密码组内部有问题，凶手应该就在其中。”顿了顿，他说，“我早就说过，穿蜥蜴皮作案的这伙人谋杀了死者A，又绑架了张主任，杀了林伟和廖志成，目的是获得并破解这个密码。”目标就在密码组内，但这不是他们专案组的工作，他们的工作就是集中力量找萧竹影的身份。

“陈淡淡的推理是对的，”林静抓住王伟的肩，用力摇晃，“那个人在冒充韩旌——你不觉得奇怪吗？萧竹影误认为眼镜男是韩旌，所以接过了行李箱。也许那个人并不只是在麦当劳从表面上冒充了韩旌，他在那之前或更早以前就在冒充韩旌了呢？”

王伟微微震动了一下：“密码组还有四个人在审查中，我去申请搜查他们的电脑和通信记录。”王伟明白了林静的意思，也许凶手不仅仅是在麦当劳冒充了韩旌，他还在其他地方冒充了韩旌的身份，而萧竹影正是出于对韩旌的信任，被他骗到麦当劳的。

这就能解释凶手怎样得知她的行程，以及怎样获取她的信任。

而如果能找到密码组中某人与萧竹影的通信记录，那么不但可以获得寻找萧竹影身份的线索，更有可能比其他专案组更早一步找到潜伏在密码组中的“那个人”是谁！

知道“那个人”是谁，就知道杀害林伟和廖志成的人是谁！

等于破获了整个案件！

林静这个想法如果能实现，无异于是对整个连环案的巨大突破！

密码组自林丸死后，气氛一直很低迷。这次出了大事，邱定相思、赵一一、胡紫莓和黄襦都被隔离询问，他们的随身物品也都被搜查过一遍了。邱定相思的电脑上充斥着各种各样的游戏，胡紫莓居然还在兼职做她的老本行开淘宝店，黄襦的电脑里全是古风诗词和汉服，赵一一的电脑里存了不计其数的网络小说——虽然内容各不一样，却没有一个人的私人电脑里有与萧竹影有关的线索。

也没有任何聊天记录与麦当劳有关。

所以可能的关联在哪里呢？

他们都是密码高手，与萧竹影的联系是不是使用了密码或暗语？

或者是联系过后，早早地清空了聊天记录？

林静抱着邱定相思的电脑苦苦思索，邱定相思是最早发现密码组办公室惨案的人，也是最早到达现场的人，他是不是嫌疑最大？他的那些网络游戏里面，有没有一个账号是与萧竹影有关的？

陈淡淡看着胡紫莓的电脑数据，这个能说会道的女孩电脑里的聊天记录高达 24G，看得她头昏眼花，其中绝大多数都是在推销她代理的某种保健品。

王伟已经把黄襦和赵一一的数据分析完了，他正在操作的是韩旌的笔记本电脑。

韩旌的电脑里非常干净，没有任何游戏和电视剧，存了几张韩心的照片，剩下的都是电子书，还分门别类整理得清清楚楚。王伟查看了他的 QQ 和微信记录，韩旌甚至没有其他的交友软件，连个微博或博客也没有。

韩旌的朋友非常少，除了刑侦总队的几个人，就是大学时期的同学，而且他和同学几乎也不联系。

王伟注意到他加入了一个同学群，群名叫作“那一年的芳草”。

这是一个微信群，群里聊的是毕业十周年聚会。因为韩旌是多年来的校园男神，群里的同学纷纷要求韩旌参加，不得请假，而韩旌也答应了。群里也有不少与韩旌不是同届的学弟学妹，纷纷表达对韩旌的仰慕之情，其中有一个学妹叫作“精分的个个”尤其痴迷，她的留言引起了王伟的注意。

精分的个个：一入校就听说师兄的大名了，虽然被开除了，但好开心还被收容进这个群里，人生如果能见到师兄一次就圆满了。

八路 A：聚会你也来吧，就见到了。

路霸B：所以当年你是因为什么被开除的？

精分的个个：考试作弊呗。

一个仙子在天上飞：你是作弊到把班级烧了吗……

精分的个个：呵呵。

八路A：师妹叫什么名字？身高、三围多少？芳龄二十以下否？

精分的个个：师兄你脑补了什么？

一个仙子在天上飞：师妹不要理他，该人猥琐的气质溢于言表。

春水春水你在哪里：我们到底要在哪里聚会？是省城，还是帝都？快决定。

一个仙子在天上飞：师妹，不上学了你现在在干什么？你爸妈不生气吗？

精分的个个：爸妈把我扫地出门了，我工作了，虽然不能再做韩师兄的师妹，但是我也会继承师兄的遗志，继续奋斗。

一个仙子在天上飞：……

八路A：……

路霸B：……

春水春水你在哪里：……

龙霸九天：怎么回事？韩旌死了吗？哪里来的遗志？

精分的个个：呵呵，说错了。

在一大堆乱七八糟的聊天记录中，王伟将“精分的个个”画了个圈。这个被学校开除的，要继承“师兄的遗志”，继续奋斗的账号，究竟属于谁？

“个个”合并在一起，就是“竹”，这个女孩，会是萧竹影吗？王伟点开她的微信资料。

“精分的个个”是个活泼热情的女孩，微信资料里有许多美食和旅行照片，并且绝大多数照片，都是发自国外。

她和韩旌互加了好友，但打开她的照片记录，长达三年的记录里，没有任何一张自拍照。

不但没有自拍照，连一张有人脸的照片都没有，都是美食、风景、动物、转自别人的新闻和心灵鸡汤，连和工作有关的记录也没有。

王伟对她的怀疑在加大，他发了一份协查信出去，希望邱添虎审批通过，要求韩旌的母校提供这个被开除的女学生的历史信息。他有一种直觉——他找到了。

一个被学校开除的小女孩，又被家长赶出门，究竟是凭借什么能力，转身就过上了这种似乎不必工作，能到处旅游、享受美食的无忧无虑的生活？这太可疑了，这个女孩，从事的是什么工作？

而作为韩旌曾经的师妹和崇拜者，她从来没有见过韩旌，但听说了他的事迹，可能见过韩旌十年前留在学校的照片。她通过微信联系上了韩旌本人，怀着憧憬的心情来和他见面，这就能说得过去。

王伟打开韩旌和“精分的个个”的聊天记录，不出所料一片空白。

但他至少从这个微信群的信息里，获取了“精分的个个”的微信号码，即她的手机号码。

他在系统里查询这个手机号码的主人。

查询系统立刻就有了结果，该手机号码的主人名为楚翔，身份证号已因死亡被注销，死亡时年仅二十三岁，是个男性。

楚翔？

死亡原因是什么？王伟眉头深皱，尝试着在案件系统里查了一下，在F省权限范围内没有查到。在笔记本上写上“楚翔”和“萧竹影”，他又写了两个问号，突然间福至心灵——他用楚翔的出生日期和姓名去搜索华侨的证件。

结果马上就出来了——有一个名叫楚翔的华侨，在泰国办理的旅行证，在萧竹影入境前十个月从Z省某口岸入境。

王伟长长舒出一口气，把笔往桌上一扔，这个楚翔和萧竹影肯定是一路人，不管这里面错综复杂的情况是什么，找到楚翔，就能得到答案。

就在这个时候，电脑里回函系统的提示音响了一声，他打开一看，是邱添虎签收的韩旌学校的回复。

学校的回复只有一句话：该学生档案已被消除。

王伟猛地坐了起来，反复看着这句话，韩旌的母校是警官学校，从不连接互联网，有谁能删除学生档案？只有学校内部的人。

他惊疑不定地看着这句话，何况学校用的是“消除”这个暧昧的字眼，如果真的是因为考试作弊被开除，学生档案不可能被删除，学校也没有必要隐瞒。

谁的档案会被这样消除呢？王伟想到萧竹影没有身份证信息，她在泰国申请了一本旅行证——她可能根本不是在外国出生的华侨，而是个人信息被全部消除了的隐形人，有哪一种人的信息会被全部隐藏？

谁有权限能“消除”警官学校内部学生档案？且学校本身是知情的。

只有比警官学校更高级别的警察部门。

王伟面对着电脑，慢慢站起身来——她难道是执行——绝密任务的……同志？

他情不自禁地产生了一种惊心动魄的幻想——萧竹影很可能是在学校中被选中，洗去所有背景，打入国外反华势力或国际恐怖组织的卧底。至于为什么选择了这样一个年轻的女生，想必有不得已的情由。

而身在危险境地的卧底，莽撞地使用旅行证回国，并和自己不熟悉，却非常信赖的师兄韩旌接头，最终离奇死亡——王伟的心一寸一寸地凉了，她肯定是冒险带回了什么绝密情报。

这才是萧竹影的死因——至少有一方或几方的势力在谋取这份情报，她用密码将情报隐藏了起来，想要交给韩旌——她的“SOS”求救，并不是指她发现了有人正在谋杀她，而是指她当时艰难的处境。

现在为了这份情报，张光被神秘人绑架，林伟和廖志成被害。

而萧竹影的上线呢？

王伟微微发抖，那个应该接收她的情报，指导她的工作，保护她的安全的上线在哪里？她为什么冒险回国？

王伟看着电脑中关于楚翔的信息，发现他自入境之后也全然消失，再没有任何记录，心中的不安越来越强烈。楚翔——究竟是一个危险信号、一条线索，还是另一个受害者呢?

他这种离奇的幻想是不是接近了真相?

楚翔是谁? 他还活着吗?

中国的情报部门 MSS 历来是个非常神秘的存在，部长以下职位都不公开。萧竹影如果是一名中方情报人员，应当是接受 MSS 的指派，为 MSS 工作。但也由于该部门的特殊性，外界无法了解其工作的内容，就像邱添虎目前接受了王伟对萧竹影身份的离奇猜测，也对追踪其上线束手无策。

何况这只是王伟的猜测，也没有任何证据能够证明萧竹影就是一名情报人员，邱添虎没有办法通过正规渠道向 MSS 询问。

韩旌的电脑成了调查的重点。

整个同学群的聊天记录被拷贝了出来，王伟不仅从韩旌的电脑上拷贝，还从同群的其他人的电脑上拷贝聊天记录，用以互相比对。经过同群其他人的聊天记录与韩旌的聊天记录比对，韩旌的电脑没有异常。

在群里，韩旌没有和“精分的个个”交流过。

笔记本电脑的数据没有修改，韩旌也没有和“精分的个个”私聊过。

仍然没有线索能证实“精分的个个”就是萧竹影，也没有证据证明有人暗示或诱骗了“精分的个个”到省城的麦当劳来和韩旌见面。

王伟被自己的幻想及无法取证的痛苦折磨得头痛欲裂，他已经连续四天四夜几乎没有睡超过一个小时，各种奇怪的想法在他头脑中浮现。他在白纸上罗列出各种各样的可能，日夜不停地看着萧竹影的照片，两眼通红。

林静和陈淡淡被王伟弄得有些胆战心惊。王伟一向是个冷静的人，陈淡淡和他共事有五年了，还没见过他变成这样。林静悄悄地对陈淡淡说王伟简直像是鬼上了身，陈淡淡悄悄地回林静——更糟糕，她觉得王伟爱上了那个已经死掉的萧竹影。

林静对陈淡淡做了一个目瞪口呆的表情，陈淡淡以口型回答说：更糟糕的是，他爱上的那个是他想象中的萧竹影。

在林静和陈淡淡背着王伟挤眉弄眼的时候，王伟已经向同意“精分的个个”入群的“那一年的芳草”的群主问到了“精分的个个”的身份，他们都认为她是三年前被开除的外语系二年级的学妹尹竹。

而和尹竹一起被开除的，也就是和她一起在学校考试作弊的，还有她的男朋友楚翔。

楚翔当年在学校里非常低调，学习成绩虽然优秀，却总也不是最好的那个，如果不是有一个活泼漂亮的女朋友，以及和女朋友一起闹出“被开除”这种大事，大概不会被记住。在所有同学的回忆中，楚翔就是一个没有特点，也从不惹事的无聊的人。

哦！楚翔还有一个微小的特点——他的普通话不太标准，总是带着一股外国腔，好像汉语是小时候跟外国人学的一样，这点没少让人笑话。

王伟的头痛得快要炸开了，他必须在最快的时间内找到楚翔。

王伟走火入魔般地追查尹竹的男朋友楚翔，暂时还没有结果。

陈淡淡和林静一直在讨论究竟是什么人可以假冒韩旌，让尹竹相信与自己联系的人就是韩旌。这个人毫无疑问就在韩旌身边，可以假冒他的衣着打扮，也许向尹竹提供了照片，但最主要的是这个人显然能够使用韩旌的微信账号。

韩旌的电脑上没有聊天记录不代表他的账号真的没有和尹竹联系过，但被疑犯使用过的电脑在哪里？还有谁知道韩旌的微信账号密码？

“如果要说还有谁知道二队长的微信账号密码，我第一时间就想到一队长。”陈淡淡愁眉苦脸地看着保存了胡紫莓漫长聊天记录的电脑，“和二队长有私交的只有没脸没皮的一队长，我们这些人对二队长来说只是‘同事’，只有一队长是他的‘朋友’。”

“一队长不住在密码组，他和这件事有什么关系？”林静眼睛都瞪大了，“他也不是警官学校的校友，和尹竹、楚翔更没有关系。”

“熟悉二队长，了解他的穿着打扮，有二队长的账号。”陈淡淡开玩笑地说，“糟糕！甚至还知道二队长当天夜里会去那家麦当劳，一队长都符合这些条件！怎么办，他看起来这么可疑。”她转着水笔，“要不要上报邱局？”

“别胡扯，”林静哭笑不得，“一队长还熟悉密码组的那两个保安呢！他让那两个保安关监控他们怎么会不关？以一队长的身手，穿着蜥蜴服杀死两个保安也是轻而易举……”他越说越有些毛骨悚然起来，似乎那个隐藏在韩旌身边的疑犯的形象渐渐和李土芝重合在了一起，似假还真起来。

“呸呸呸！”陈淡淡沉下了脸，“别乱说了，一队长和这事没有关系，他都暂时离职了。”她往走廊外的墙壁瞟了一眼，那里李土芝的照片已经被撤下，“邱局放他长假。”

“自从我把案件移交上来，一队长就被邱局放了长假，有点奇怪……”林静一边乱点瞎看电脑上的通信内容，一边漫不经心地说，“一队长本来对案件很有看法，突然间他被邱局排除在专案组之外了，我有些不能理解。”

“可能……是对他精神方面还有考虑吧。”陈淡淡嘀咕了一句。林静看了她一眼，没多问。他毕竟不是总队的人，对李土芝的事不敢多问。

李土芝小时候的经历比较曲折惨痛，被怀疑留下精神创伤，邱添虎一直对是否让他继续担任刑侦总队一队队长心存疑虑。但这种事总不能对林静明说，万一林静回去在公安局里传播，难免弄得人心惶惶。陈淡淡猜邱添虎临时撤下李土芝，是担心他在这类血腥案件中触发精神应激，是对他的一种保护。

北美郊狼表演了大半夜的大变活人和蛇式蠕动，在早晨六点三十三分，他身上的斑纹逐渐褪去，恢复惨白的肤色，眼神也渐渐清明。李土芝仍然举着一张椅子对着他，如临大敌。北美郊狼眨了眨眼睛，看着地上到处都是唾沫印子，再看看李土芝那张惊魂未定的脸，他显然知道发生了什么，抬起双手，沮丧至极地捂住了脸。

“你怎么了？”李土芝看着他，“你是得了变异狂犬病，还是有什么稀奇的基因病？”看着北美郊狼要向他靠近，他连忙用椅子指着北美郊狼，“站住不要动，离远点离远点，万一会传染呢？”

北美郊狼就地坐下，显得非常疲惫，双手支撑在床头柜上：“你完了。”他吊起眼睛看着李土芝，眼瞳里有一股怪异的神色，“这的确会传染。”

李土芝浑身汗毛都竖了起来：“你说什么？”

“我说——这种怪病会传染！你完了。”北美郊狼一字一句地说，他暴戾又怪异地看着李土芝，“这种病没救！你先会发烧，然后咳嗽，症状和感冒一模一样——然后你就开始长斑点——这每一个斑点都是感染物的巢穴，它们消耗你的体力，操纵你的大脑，你开始变得很饿，吃下大量食物，然后……慢慢变成怪物。”说到最后一句，他甚至怪异地笑了一声。

“慢慢变成怪物？”李土芝紧紧皱起眉头，“什么样的怪物？”他回想起“小胡椒”酒吧门口的那只蜥蜴——莫非那真的是一个人吗？

“‘龙’。”北美郊狼说，“变成‘龙’，是斑龙病患者唯一的归宿。”

“什么鬼？”李土芝怪叫，“你是恐怖小说还是玄幻小说看多了吧？斑龙？我还恐龙呢！变成‘龙’又是什么……”他嘴上大呼小叫，心里隐隐约约已经信了五六分——从北美郊狼昨天的表现来看，这是一种共同作用在血液和神经上的病毒，能刺激毛细血管扩张在皮肤上产生血斑，又能引发行为异常和恐慌发作，奇怪的是发作几个小时后，病程中止，对血管和神经的刺激也消失了。

简直就像一场离奇的过敏。

“我见过完全变成‘龙’的人。”北美郊狼低声说，语调艰涩，“他看起来完全不像一个人，就像一只冰冷的蜥蜴。我不想……我不想变成那样。”他突然浑身抽搐了一阵，好像所谓的斑龙病的发作还没有完全停止。抽搐了好一阵子，他又接下去说，“变成‘龙’就再也变不回来了，‘龙’一直在想办法……”

李土芝恍然——所有疑似人体实验的事件都有了解释。冷冻蜥蜴的假死实验，红嬷嬷酒吧里奇怪的试炼场，目的不明的 KING 游戏——这所有的一切，都与斑龙病有关。

那是一种全新的、能广泛感染、将引发恐慌而尚无治疗方法的可怕病毒。

不管它是从哪里来的，都与 KING 游戏和它背后的操纵者“龙”有着脱不了的干系。

KING 的真相，是一场与犯罪、贪婪、冷血、绝望纠缠在一起的巨大生化试验场。

这让人毛骨悚然。

“晚上我带你去‘第三级’。”北美郊狼又抽搐了一会儿，突然“嘶嘶嘶”地笑了起来，“带你去检查你有没有感染斑龙病，如果你感染了……如果你感染了……”他对着李土芝笑，“我们就接纳你，成为我们的一员。”

李土芝“啊”了一声。

北美郊狼的笑逐渐拉大，露出白森森的牙齿：“这不就是你一直想要的吗？”

李土芝愣了一下。

北美郊狼大笑起来，笑得不断抽搐：“真是世上最蠢的卧底！你不知道斑龙病，不是‘龙’的人。你不知道 KT，你要是 KT 的人在我昏过去的时候早杀我一百次了——所以你肯定是警察！你做得那么明显，既不敢杀人又不肯逃走，还怕我就这么死了，你当我是智障看不出来？”他的抽搐发展到了高峰，有好长一阵李土芝呆呆地坐在他对面看着他口吐白沫，等抽搐过去，北美郊狼动了动手指，以近似“嘶嘶”的气音阴森诡异地说，“蠢警察，‘第三级地域’欢迎你。”

李土芝的眉心渐渐聚拢，他以前所未有的认真看着眼前的“少年”。

他一直以为这是一个凶悍、莽撞、热血且误入歧途的少年。

但他并不是。

因为斑纹逐渐褪去而暴露出一身苍白肌肉的北美郊狼眼神暴戾而冷静，他看着李土芝，就像看着一只轻易可以玩弄的猎物幼崽。

李土芝想——这是一个少年，这又不是一个少年。

这是一只凶残、暴躁、冷酷而又灵魂扭曲的凶兽。

浑身是血，却苦苦挣扎着通向最后一点光的方向，奈何浑身是血，又不会飞翔，在它肆意来去的路途上只能尸横遍野。

而这个凶兽……或许还有……一个“巢穴”？

李土芝听他提起“第三级”的语气，这个与KING游戏作对，与“龙”为敌的小团伙并不只有他一个人，显然还有别人。

而李土芝因为暴露了身份，出乎意料地获得了进入这个小团体的钥匙。

“蠢警察，”北美郊狼阴森森地说，“我昏过去的时候，你从抽屉里偷走了什么？那是我发病前和发病后的血，里面的血早就干透了。你寄去给了谁？”他尚存着青春气息的眼睛闪烁着出奇明亮的光，幸灾乐祸的笑几乎要撑破眼角，“那些血说不定吹一口气或者在车上震一震就会变成粉末，只需要飘出来非常微小的一点点，就足够让人得病。”

李土芝蓦然抬头。

北美郊狼笑嘻嘻地看着他，吹了声口哨：“懂了吗？欢迎加入‘第三级地域’，背叛者天堂。”

李土芝心里惊涛骇浪：“你为什么要这样？”

“我不相信你。”北美郊狼轻描淡写地说，“我就是这样的人。”

那两支针管是北美郊狼故意放在那里的，北美郊狼早就怀疑他是警察。李土芝的背脊都是冷汗，他把那两支针管寄给了邱添虎，邱添虎会把它给谁？王伟吗？陈淡淡吗？幸好自己在打包裹的时候胶带捆得很扎实，必须立刻通知他们不要拆封！但快递是前天发出去的，可能已经来不及……李土芝心底乍冷乍热，他拿出手机，毫不犹豫地拨打了邱添虎的电话。

北美郊狼的耳朵微微动了一下，他不仅想用那两支针管试探李土芝的来历，更重要的是想钓出李土芝背后的人。毫无疑问，李土芝将东西寄给了他最信任的人，也就是他现在打电话的人。

是谁让这个蠢警察跟着自己的？

他是杀人重犯，当然要躲着警察，但他并不憎恨警察，可是警察中有 A，也有 B。

他处在生死的刀刃上，每一步都不得不小心谨慎。

电话接通了。

李土芝的脸色凝重，他分辨不出北美郊狼关于针管的解释是不是真的，但就算只有万分之一的可能，他也不能连累同事。

“喂？”电话里传来邱添虎的声音。

“老邱！”李土芝在北美郊狼面前不想叫“邱局”，他仍然保有一丝戒心，“我寄给你的包裹收到了吗？”

邱添虎惊讶了：“包裹？”

李土芝蒙了：“前天我快递了个包裹给你，你没收到？”

邱添虎回答：“没有，我让人去保安室问问。”

“如果收到了，千万不要打开，穿全套隔离服和戴防毒面具处理它。”李土芝说，“那里面可能是一种新病毒，传染的途径不明确，有可能通过空气或飞沫传播。”

“新病毒？”邱添虎非常吃惊，“你从哪里接触到的新病毒？能回来吗？”

李土芝看了北美郊狼一眼，犹豫了一下：“暂时……不能。”他很快地说了声，“我很安全，先这样。”

李土芝挂了电话。

北美郊狼若有所思地看着他。东西没寄到？这出乎他的意料。

李土芝双手撑着桌面，闭上眼睛用心回忆，他记得清清楚楚他寄出了，但东西去哪里了？皮肤上沁出的汗水沿着青筋突显的双臂流下，前天填写快递单的记忆仿佛在他眼前重现——他写了什么？他写了总队的地址……然后……61 号楼 202 房？

李土芝蓦然睁开眼睛——他填错了地址！他顺手写了自己宿舍的房号！也许——也许还来得及，那个东西还在那里！

“喂！”李土芝把北美郊狼从地上拖了起来，“感染病毒的人在不发病的时候，具有传染性吗？”他手指一翻，一把精巧的七七手枪抵在北美郊狼的腹部，“我的确是个警察，我是来调查关于 KING 游戏的内幕的，不是你们任何一方的人，没有那么多阴谋诡计。如果你的确不想变成‘龙’，又想要扳倒 KING 这个庞然大物，那么你应该向警方举报，然后积极配合治疗，说不定……”

北美郊狼后背肌肉一缩一扭，李土芝注意力一晃，手中的枪已经被北美郊狼一巴掌打掉。北美郊狼轻蔑地看了地上的枪支一眼，把李土芝重重推开：“你不是我的对手，如果警察有用，我怎么会……”他顿了顿，冷笑了一声，“什么也不懂的人也敢掺和 KING 的事。你不知道你面对着什么，什么觉悟都没有，还想从我这里得到情报？”

“我要面对什么？要什么觉悟？”李土芝说了这么多套话以后，尤其想到那个包裹并没有寄到别人那里，心情慢慢平复，甚至比做卧底的时候更为平静。

北美郊狼说：“死的觉悟。”

李土芝无所谓地耸耸肩。

北美郊狼想了想：“背叛的觉悟。”

李土芝顿了顿：“有。”

北美郊狼又说：“杀人的觉悟。”

李土芝想了想，又想了想：“没有。”

北美郊狼赤裸着全身，身上搭着一条被他自己撕破的浴巾，笔直站着，看着李土芝。

“说不定你说‘有’，你就能得到你想要的情报。”

李土芝回答：“我怕我说有，一不小心就真的有了怎么办？漫画书上说，说话是有‘言灵’的，万一应了，我就不是我了。”

北美郊狼扭曲的表情里多了一丝沧桑，他那么年轻，眼神里的沧桑很薄，却像一把新刀，刀刃能吹毛断发，令人痛不欲生。

“晚上我们去‘第三级’。”他长长地吐出一口气，神态非常疲惫，“去检查一下，你是不是真的被感染了。”

第四章

包裹

刑侦总队宿舍61号楼202房间门口放着一个小包裹。

那个小包裹放在一堆大大小小的包装盒最顶上，毫不显眼。

王伟拿着一沓材料，摇摇晃晃地向他的宿舍走去——他已经连续工作好几天，最终被陈淡淡和林静联手从办公室里赶了出去，让他回宿舍睡觉。

他的宿舍204在202隔壁，李土芝门前的包裹太多了，王伟头痛欲裂，注意力早已无法集中，“砰”的一声，不知道踢到了哪个快递，那堆成小山一样的快递就倒了下来。

王伟被乱七八糟的盒子绊倒，挣扎起身中一个小而轻的东西被他拍了出去。

小包裹从二楼阳台飞了出去。

“啪”的一声摔在一楼的台阶上。

一只手把它捡了起来。

手指白皙修长，褶皱很少。

韩旌拿起了那个写着李土芝的房号，却写着邱添虎名字的快递，他扫一眼就知道李土芝顺手又写错了。智商欠费的缺心眼经常把要寄给别人的东西寄回自己家。

但这个时候已经下班了，韩旌向着邱添虎的办公室走了几步，想了想，大概是觉得无关紧要的东西可以等明天上班再给邱添虎送去。

他转了个方向，把包裹带回自己宿舍里去了。

省森林公安局里。

廖璇终于请了病假，把自己关在宿舍里。她是个爱说爱笑的女孩，并不娇弱，一旦请了病假就说明病情比较严重。她的好姐妹陈燕昨天去宿舍探望她，带了一些水果。

但陈燕去了以后就没有回来。

二十四小时后，陈燕的家人打电话到省森林公安局询问陈燕的下落，张卫军才发觉的确很不寻常。

廖璇已经把自己关在宿舍里好几天了，而陈燕一进去就没再出来。

难道出了什么事？张卫军叫了姓刘的政委和他一起去查看。这位姓刘的政委是女性，今年已经五十几了，依然非常尽责，每天都在局里待到很晚。要去女生宿舍，怎么样也要有个女性陪同，张卫军刚开始的时候是这样想的。

但他很快就发现这个想法是多么错误。

刚刚走近女生宿舍，空气中弥漫着一股奇怪的腥味，张卫军还没分辨出来那是什么，刘政委就变了脸色。女生宿舍的保安并没有出来迎接领导，到处静悄悄的，似乎有什么不祥之气在弥散。

刘政委伸出有些僵硬的手，推开了保安室的门。

一滴混浊的血顺着门框缓缓流了下来，它沿着之前血液流下来的痕迹缓慢流淌，直到地面。

刘政委一低头，门框边的地面上积累了一小摊浓郁的血迹，已经半干。

再一抬头，屋里光线黯淡，东西散落了一地，执勤的保安居然不知去向。她木然地沿着鲜血流下来的方向看去，在门框上方空调所在的位置上，挂着一大块鲜血淋漓的肉。

那块肉已经被撕扯下来有一段时间了，边缘发黑，鲜血都几近凝固。

在那块肉的周围有一片血迹，几个血手印。血手印有大有小，带着手指移动的痕迹。刘政委看到这里两眼一翻就昏死过去，她有严重的高血压，从警几十年还从来没有见过这么可怕的场景。

“政委？政委？”张卫军同样被这诡异凄惨的一幕吓得魂飞魄散。

墙壁上留有清晰的脚印，有人被什么东西吓得在屋里到处乱窜，然后爬到了空调机位上面躲了起来，但最终这个人消失了，只留下了一块肉。

那块被撕下来的肉旁边有一截深色的碎布，像是保安的制服。张卫军的心沉到了谷底，如果宿舍的保安都遇难了，这二十四小时之内，廖璇住的宿舍里又发生了什么呢？陈燕呢？她们两人也一起成了被袭击的受害者吗？

张卫军呼叫增援，把晕倒的刘政委送回了办公室，带着两个年轻男警往宿舍楼里进一步搜索。这里面一定发生了极其可怕的事，两个女孩还安全吗？

省森林公安局的女警并不多，这栋年代久远的女生宿舍楼是二十世纪九十年代修建的，已经相当陈旧，原先有十三个房间，现在大部分房间挪作杂物间使用，仍然作为女生宿舍使用的只有四间。其中也包含了刘政委的宿舍，只不过她常年住在自己办公室，很少回宿舍。

张卫军和两个警员吕青云、于洋一寸一寸地检查着楼梯，楼梯上有一些血点，但并不明显。血点慢慢指引他们靠近二楼第三个房间——张卫军的心沉了下来——那就是廖璇的房间。

房间门紧闭。

张卫军敲了敲门："小廖？你还好吗？"

房间里有一些奇怪的声音，"窸窸窣窣"的摩擦声、"呼哧"的呼吸声，还有疑似哽咽的微弱哭声。

"小廖？"张卫军持枪在手，对吕青云和于洋示意准备撞门。不管门内的是什么凶徒，他都要将其绳之以法，救出廖璇和陈燕！

吕青云和于洋一人一脚，重重踹在简易木门上。

"砰砰"两声巨响，木门往里弹开，张卫军的枪瞬间指向房内适宜隐蔽的角落。

"张队小心！"吕青云猛地抱住张卫军的腰，把他拖了回来，一个人影从门后扑出——那东西刚才就站在门前，让人出乎意料的是，它根本没有躲避。如果吕青云没有把张卫军拖走，那东西准能扑入张卫军的怀里。

张卫军没看清那个人，而是先看清了墙角的情况——一个浑身是血，不知道是死是活的保安，倒在靠窗的墙角，一动不动；在保安旁边蜷缩着一个瑟瑟发抖的女孩，正是陈燕，陈燕捂着自己的嘴，努力抑制哭泣，才发出那种微弱的哽咽声。

吕青云和于洋同时看清了扑出来的东西，于洋一下子把枪口对准了那个人。

那是个全身赤裸、五色斑斓的怪物，身上有一条一条颜色古怪的斑纹，那些斑纹像有生命一样在闪烁，仿佛能在皮肤下蠕动。怪物的脸颊上有一些鳞片，闪烁着青绿色的光泽。这个怪物十分纤细，依稀看得出女性的身形，但鉴于那些斑纹，一时还认不出她长什么样子。

但这里是廖璇的房间！吕青云和于洋略一思索之后，同时认出这个五色斑斓的怪物正是廖璇！吕青云脱口而出："师妹？"

张卫军骇然看着长出了长长的指甲、脸上起了鳞片、身上布满斑纹的廖璇，不明白发生了什么事："小廖？这是怎么回事？"

廖璇发出野兽般的"咝咝"声，身手敏捷地向于洋扑去。于洋不敢和廖璇动手，廖璇力大无穷，一巴掌打掉了于洋的枪，于洋仓皇后退。

吕青云上前擒拿，廖璇张开嘴向他的手臂咬去。张卫军看着她惨白的牙齿和略微发青的唾液——那唾液的黏稠度已经不像人类的，顿时疾呼："小心！可能有毒！"

吕青云和廖璇距离更近，看得更清楚，怎会不知道危险，但廖璇的利爪一旦抓上了就难以摆脱，他情急之下连续使用了好几个解脱术，廖璇丝毫不受影响，直接咬了下来。

"砰"的一声枪响。

张卫军眼见危险，无奈地向廖璇的左小腿开了一枪——距离极近，他几乎是贴着腿开的枪，否则也没这胆量。

廖璇发出一声古怪的尖叫，左小腿上的那些斑纹仿佛扭曲了一下，血液喷出，廖璇猝然倒地，放开了吕青云。

吕青云立刻反压制了她，使用约束带牢牢将她捆了起来。

张卫军和于洋立刻去看房间里的保安和陈燕。

陈燕全身无伤，只是吓得有些神志不清，她嘴唇发抖，已经连话都说不出来了。

那保安侥幸还活着，已经深度昏迷，左上臂失去了一大块肉，从伤口边缘的形状很容易认出，那就是廖璇长出指甲的手爪撕裂的。

张卫军全身是汗，胆战心惊地组织救援。就在他头晕目眩，几乎怀疑眼前所发生的这一切是不是噩梦的时候，吕青云发出一声惊呼：“张队！你看廖师妹！”

张卫军猛然回头。

只见全身赤裸、左腿中枪的廖璇伏在地上颤抖，身上的斑纹时隐时现，时而过电一样扭曲几下，随后慢慢褪去。

或青或黑的斑纹慢慢消退，有些消退了又突然出现，仿佛垂死挣扎，像几百只眼睛在廖璇身上蠕动，最终脸上的斑纹先褪去，随后是脖子的、手臂的、胸口的……最后斑纹慢慢收缩到她的左脚踝，消失不见了。

张卫军心里一动——他记得廖璇的左腿一直有伤，是被那只解冻的巨蜥咬伤的。

难道？

廖璇已经不动了，似乎陷入了昏迷。

随着斑纹褪去，她脸上的鳞片也渐渐失去颜色和光泽。吕青云轻轻触摸了一下那些看似恐怖的鳞片，失色干枯的鳞片就像蜕皮一样从她脸上掉了下来。

北美郊狼蒙上李土芝的眼睛，带他骑上了摩托车。

李土芝再次见识了骑摩托车像风一样的男子。驶过一阵正常的道路，北美郊狼不知道拐入了什么古怪的地方，路面非常颠簸。就在李土芝被颠得全身骨头几乎散架的时候，摩托车又拐入了一条隧道。

隧道里的空气相当沉闷，墙壁反射回来的引擎声震耳欲聋，李土芝隐约感觉得出这条隧道很长，但并不宽阔。

有点……像一条下水道？

不知道在“下水道”里开了多久，摩托车停了下来。北美郊狼拖着蒙眼的李土芝上了台阶，台阶是铁质的简易台阶，不知道有没有生锈，踩起来“咿呀”作响，摇摇欲坠。

一条……年代久远的下水道？李土芝苦中作乐地猜测。

上了台阶，似乎是穿过了几个房间，李土芝听到了人声。

不远处的房间里有人说了几句外语，但不是英语。

“沃德，”北美郊狼开口了，“这个……可能是我们的新同伴。”

沃德？李土芝的背脊几乎瞬间过了电般。

他没有忘记，他和韩旌在麦当劳碰头的原因，就是为了追查沃德·西姆森，一位自称是阿拉伯人的外国嫌犯。沃德·西姆森涉嫌杀害几十口人并割取他们的头颅，而MSS却私下打来电话说沃德·西姆森已经被捕，这个案件可以完结了。

北美郊狼口中的这个沃德，会不会就是他们追查的沃德·西姆森？

这个沃德开腔了，带着浓郁的外国腔调：“楚翔，他是谁？”

“中国警察。”被称作楚翔的北美郊狼说，“不怎么聪明，有点傻里傻气。”

李土芝忍不住抗议：“我才刚学卧底……”

对面的沃德低沉地笑了：“就是他感染了斑龙病？”

“我发病的时候他就在旁边。”楚翔说，“把仪器拿来。”

李土芝问：“什么仪器？”

没有人理会他。

过了一会儿，有个巨大的东西发出细微的“嗡嗡”声，似乎通过轮轴的运转，在慢慢向他靠近。

李土芝本能地要后退，楚翔揪住了他的头发。

一个冰凉的东西圈住了李土芝的脖子，李土芝立刻想起那些据说被砍头的受害者，一股凉意还没涌到心头，突然脖子周围都传来一阵刺痛，那圈冰凉的金属“吱”的一声撤开。

居然是在他脖子上几个特定的地方同时刺了一针，抽了一点血。

仪器继续运转，在他身上的其他地方依次取血。

李土芝只觉得身上被刺了可能有几百针，那台“嗡嗡”响的仪器才停了下来，慢慢后退。

在取血这段时间，楚翔和沃德一直在交谈。

楚翔说他杀了“杰克国王”，毁了红嬷嬷酒吧。

沃德不断地说着话，不是英语，当然也不是中文，大概的意思李土芝居然能猜得到。沃德大概是对楚翔的做法十分不赞同，不停地提出反对的理由。

半个小时后，仪器发出了“叮”的一声提示音，接着传来打印的声音，检测结果出来了。

“咦？”楚翔的声音非常吃惊，“阴性？”

沃德的声音也立刻停住了。

“怎么可能？”楚翔满是不可思议，在他看来几乎是百分之百感染的概率，在李土芝这里居然是零——他没有被传染！

“哦……”沃德突然说了一大串外语，李土芝即使听不懂也听得出那声音中包含的惊喜、谨慎和危险——沃德提出了什么十分危险的建议。

“一定是哪里出错了，”楚翔走到李土芝身边，“再做一次检测。”

那台机器再次靠了过来。

李土芝心里拔凉拔凉的，他悄悄张了张五指，又紧紧握住。

他还留有一丝反抗的余地，趁楚翔和沃德没有防备，他可以挣脱楚翔的控制，摘下眼罩，然后逃走。虽然并不完全清楚来路，但李土芝相信大致的方向还是能找到的。

尤其是确认了他并没有感染斑龙病，他更应该逃走。在这里多待一秒，染病或被害的风险就翻几倍。

但他磕磕绊绊、稀里糊涂地已经到了破解 KING 游戏谜题的核心地域，放弃了就不会再有第二次机会。

机器在他身上重复取血。

李土芝紧握双拳。

“一直没说话，你在想什么？”楚翔突然冷冷地问。

“想怎么样才能活下去，”李土芝坦然地说，“想我现在逃跑的可行性有多大，站在这里不动又不被你们杀死的可能性有多大。”

楚翔低沉地笑了出来：“比起拙劣的伪装游戏，你还是比较适合坦白。”他拍了拍李土芝的头，“放心吧，不会要你的命，只要你感染上病毒。”他扯下了李土芝的眼罩，“走进这里的人，没有人能独善其身。”

他一定不是真的外国人。

李土芝想——哪有外国人能把“独善其身”用得这么阴险这么好？

他眼前所见是一个阴暗的“地窖”。奇怪的是之前他和楚翔一直在往上爬楼梯，难道之前那条漫长的隧道是一直通向地下的？可是他并没有感觉到那是段下坡路。

“地窖”非常大，头顶上有一盏瓦数不小的灯，但灯光还没照到墙壁就被黑暗吞噬了。李土芝只隐约看到紧贴着墙壁有许多柜子，柜子上放着一箱一箱的东西，无从猜测那里面是什么。

电灯下面是一台白色的奇怪仪器，正是给他做检测的那台，不像他见过的任何一种医疗器械。仪器旁有一张颜色古朴的桌子，坐在桌子旁边的是一个高瘦的金发碧眼的外国人，络腮胡，脸上有不少皱纹。

他就是“沃德”。

李土芝目不转睛地看着“沃德”，这个沃德和张少明交代的那个杀人魔王“沃德·西姆森”完全不像。张少明口中的沃德是个高大的胖子，而这个人身材很是消瘦。

他看起来也不像阿拉伯人，完全是一个普通白种人的模样。

楚翔站在沃德旁边，沃德看着李土芝。

沃德那双绿色的眼珠好像在发光，他上半身陷在一张花纹繁复的软皮沙发里，只是坐着就仿佛显得很高大。李土芝一开始没看清他的腿，现在突然看出他的腿只剩半截，而且那半截看起来也不太像人腿。

那是半截发青的肢体，骨骼变形，外包的皮肤上有一些古怪的花纹。

那就像被砍断的青蛙腿一样。

李土芝倒抽了一口凉气。

断腿的沃德端坐在沙发椅内，消瘦干瘪的身躯散发出一种令人毛骨悚然的威压。他抬起右手，手中握着一支陈旧的飞镖，飞镖的尖端呈现暗沉的黑红色，不知道是锈还是油漆。沃德随意地把那支飞镖插进自己肩头，鲜血瞬间流了出来。他连眉头也不皱一下，随即拔出飞镖，扬手随意地一掷——“噗”的一声微响，染血的飞镖没入李土芝的左肩头。

剧痛袭来，李土芝震惊地看着沃德的一举一动，甚至忘了要大叫一声。

这个人对自己身体的痛苦已经无所谓，他已经对自己的肉体完全失望了。

他是一具行尸走肉，并且完全不忌惮将别人拖入地狱。

这是个魔王。

楚翔站在沃德身后笑。

他笑得很古怪，说不上是欣赏还是讥讽，又或者是幸灾乐祸。

李土芝拔出飞镖，挤着流血的伤口，后知后觉地惨叫一声，心想这两个都是妖魔鬼怪。

“欢迎来到‘第三级地域’。”楚翔为李土芝轻轻地鼓了鼓掌，“住在这里的都是斑龙病的受害者，沃德是除‘龙’之外最严重的一个。”他恶毒地看着李土芝的伤口，“斑龙病的病程因人而异，发病的状态也因人而异，真期待你发病的样子。”

李土芝双手染血，不死心地把血往外挤，这显然没有什么用，因为楚翔和沃德都没有阻止他。他问道：“你们原来都是干什么的？为什么会感染这种奇怪的病？‘龙’又是谁？”

幽深的“地窖”另一端是一扇厚实的木门，木门上还刻着花哨的雕饰，只是这当年也许华丽大气的木门上伤痕累累，一道一道深深的划痕横在门上，有宽有窄。

那些痕迹都是由浅入深，木门开始破损的地方都是尖角。

有些地方还残留着一些灰白色的细小碎片。

李土芝不敢想象是什么东西在这扇门上留下这么深的划痕，单看那些划痕就不寒而栗。

楚翔和沃德把他带进了“地窖”隔壁的房间。

李土芝左手臂的伤口仍然在流血，但踏进房间的一瞬间，他忘记了疼痛。

这是一个……“博物馆”。

这个房间比刚才那个更高更大，有着一个教堂似的穹顶，仿佛没有边际的偌大空间里陈列着十几个奇形怪状的……标本？

放在最靠近门口的一个李土芝非常熟悉，那是一个身材纤细、曲线美好的少女。少女仰首望天，似乎希冀着什么。她侧面的皮肤仍旧莹白，仿佛她依然年轻姣好。她双手放在背后，姿势有些俏皮。

就这么个年轻美好的女孩，却被一个冷冰冰的不锈钢支架支撑在仿若展架的圆盘上。

她只有半个身体，整个下半身都缺失了。

而这个“女孩”，李土芝非常熟悉。

这就是那个……死在麦当劳的……死者 A 的脸。

李土芝着了魔似的一步一步向“她”走去，慢慢转到“她”面前。

她就是死者 A。

但她又不是。

她的半边脸青春美丽，半边布满了青绿色的斑纹。

她被截断的……暴露出骨骼和肌肉的半身边缘也同样布满了青绿色的斑纹。

那些斑纹就像有生命的毒草，保持着一个向她上半身旺盛生长的姿态，永远停留在少女柔软的皮肤上。

这是一个年轻、美丽、对生命充满向往的女孩……的标本。

标本旁边立着一个黑色小牌，上面写着三个字：萧梅影。

李土芝闻到了人体标本特有的怪味，眼睛不知道为什么竟然酸涩起来。

放在半身少女旁边的，是一个很高的标本。

这个标本就像一条胖蛇。

“它”仿佛有两米多高，中间还略微盘旋了半圈，呈现一种古怪的黑绿色，依稀有一些鳞片，但不多。“它”有四肢，但是非常纤弱，与粗壮的躯干比较不成比例。“它”的躯体非常长，似乎又非常柔软，用了七根支柱的标本架才将它完全固定，可见“它”本身并不能平衡，在活着的时候“它”行动的能力必然很弱，或者是爬行，或者是游泳。

这个长长的标本长着一个类人的头，但黑绿色的皮肤和鳞片掩盖了容貌，头颅上还有一个巨大的开放性伤口，所以不能分辨“它”是不是个人。

这个标本旁边也有一个牌子，上面写着两个字：简恩。

李土芝后退了一步，身后有一个非常小的标本盒子“啪啦”一声被撞掉下来，盒子里的东西滚了出来。

他盯着那个东西。

那是一条浸泡过防腐药剂、呈现蓝紫色的长长的舌头。

舌尖略有开叉，但仍然像一个人的舌头。

装舌头的盒子里有一张黑色的卡片，上面写着一行花体的英文字，是一个人的名字。

李土芝长长地吐出一口气，放眼望去，在最远的地方立着一个巨大而孤独的标本。

那东西非常高大，拖着长长的尾巴，肌肉发达，全身布满了斑纹。

他相信那东西旁边也有一个牌子。

牌子上也有一个名字。

“这里就是‘第三级地域’。”楚翔靠在门上，看着“博物馆”里安静的标本，语调诡异地说，“现在你知道 KING 游戏第三级的高手们都在哪里了吗？”他对着门内遥远的黑暗阴森森地笑着，“他们都在这里。”

李土芝全身冰冷。

楚翔慢慢走到第一个女孩的标本旁边，轻轻抚摸她的手臂，亲吻她的肩膀。李土芝看见他的眼泪掉了下来——这个凶残又狡猾、阴森又古怪的人也会哭？

“到底是怎么回事？”李土芝听见自己的声音苍白无力地问，“这些……这些都是什么？”

“都是人啊……”沃德那腔调怪异的声音响了起来，“它们都是人。”

这些形状丑陋，或奇形怪状，或残缺不全的标本——都是人。

它们都是人，或者说它们都曾经是人。

“斑龙病的病程根据目前的研究是不可逆的，”楚翔擦去眼泪，语调居然非常冷静，“你已经二度感染病毒，如果不想变成‘它们’之一，就只能加入我们。”他阴森森地说，“用你的高级别警察身份做我们的卧底，和我们合作。”

“为什么？”李土芝还没有从震惊和恐惧中回过神来，“你们想做什么？”

“变成我们的人，听我们的指挥，”楚翔说，“从MSS那里把斑龙病病毒的基因图谱拿出来。”

李土芝猛然瞪大了眼睛：“什么？”

MSS，隶属于国家某部门的绝密情报机构。

这种隐秘的、诡异恐怖的、闻所未闻的病毒，居然和MSS有关系吗？

“病毒和病毒的基因图谱是MSS从‘菲利斯国王’的组员那里截获的，刚开始的时候他们不知道那是什么东西，感染到了自己人。”楚翔低沉地说，不知道为什么声音有些急促，“他们死了一些人，没有研究出治疗方案，又派人去追查这东西最初是从哪里来的……谁也不知道病毒的起源，只知道这东西也许是恐怖组织用来制造‘超级士兵’或‘终极死士’的法宝。但他们都已经等不起也追查不起了，”他轻轻地说，“所有接触过病毒的人都被感染。现在最该做的是拿到基因图谱，研究消除病毒的方法，救我们自己的命——你懂吗？我要救我自己的命！我不想变成这个、这个，或者这个——谁管它将来要毁灭几个国家，可能暗杀多少个国家首脑呢？我不想死。”他指着面前的标本，一个一个点过去，“你也一样，你也不想死，也不想变成怪物，是不是？”

李土芝退了一步，脸色惨白。

晴天霹雳，莫过于此。

被楚翔和沃德暂命名为斑龙病的新病毒，来自“菲利斯国王”从阿拉伯国家窃取的一份秘密文件。这份文件在运输过程中被MSS截获，至于为什么会被MSS截获，楚翔也不清楚。按照MSS一贯的行动宗旨，没有进入中国国境的东西，他们很少出手。

所以这份文件应该是通过某种途径进入了中国。

MSS截获以后，并没有过分重视这份文件。

半年之后，截获文件的专员神秘死亡。

七个月后，MSS档案室发生惨案，共有五人因不明原因死亡，一人重伤。

一年后，重伤的人员在重症监护室停止呼吸。

随后MSS开始重视这份文件，前后派出了七名专员追查与该文件相关的线索，称为“龙首行动”。但错过了最好的时机，追查了两年仍然没有进展。

这就是楚翔告诉李土芝的关于斑龙病的背景，听起来全是不负责任的MSS的错，如果他们一开始认真对待那份东西，调查清楚它的背景和危害，也不至于害死这么多人。

李土芝却仍然很疑惑，尤其这个故事是由阴险狡猾的楚翔说出来的，里面肯定夹杂了不少水分。并且在这个背景故事里完全没有KING组织的存在，如果它的传播是MSS的责任，为什么绝大多数重度感染者都是KING的人呢？

KING在这里面起到了什么作用？

这些高度异化的“人类”究竟遭遇了什么？他们一定经历了漫长

的痛苦，心理的恐惧、排斥、歇斯底里也许比身体的变化更令人难以忍受。

李土芝摸了摸自己的脖子，他不能想象自己将要面对的是什么。

每个人的异化都不同。

斑龙病——他猜测这是一种刺激基因的病毒引发的疾病。

基因是玄妙的东西，我们从一个细胞成长为人类，胚胎在子宫里经历由无脊椎动物到人类的过程。最初胚胎的长相像一只放大的浮游生物，它也曾经有尾巴，拥有和千变万化的脊椎动物相同的基因，我们和虾的差距在基因上只是一点点，和猩猩的差距也只是更微小的一点点。

所以如果有一种病毒损坏或刺激了人基因序列中的某一个或几个，令它突然受到抑制或突然发挥作用，这个“人”就不完全是“人类”了。

他们有可能显现出“蜥蜴”的基因——就像绝大多数斑龙病的病患一样。

也有可能显现出蠕虫或蛇的基因——就像“博物馆”里的二号标本简恩。

就像得了基因病的人类一样无可救药。

因为他们从根本上就坏了。

省森林公安局发生的惨案震惊了全国。

廖璇突发怪异疾病，袭击了宿舍保安和闺密陈燕。陈燕侥幸没有受伤，保安闻鲁却因为伤口重度感染在送医急救后死亡。

廖璇被捕时的怪异表现与闻鲁的死亡立刻让人联想起密码组大楼保安林伟与廖志成被害案。廖璇身上奇怪的斑纹和鳞片，闻鲁那形似遭遇猛兽袭击的伤口，与密码组大楼监控拍摄到的那只怪物之间显然存在关联。

廖璇仍然在昏迷，她身上的斑纹时隐时现，宛如一种阴森的魔咒。那些色素正在改变她的皮肤，将女孩原本柔润细腻的皮肤变得粗糙而坚硬。

韩旌皱着眉头细看关于廖璇的一切资料。技术科联合本省顶级的医院紧急对廖璇进行了全面检查，她感染了一种未知的病毒，病毒通过未知的方法改变了她的行为。她大脑内部高温的区域变化了，而常见的高温区反而温度降低，在不常见的脑域有异常的高温，这说明目前活跃的脑部功能并不常见。

而身体的改变显而易见，她的肌肉正在变形，有奇怪的生长激素促使她再次生长发育，但生长的方向显然不像人类。

廖璇的感染源非常清楚——就是那只莫名其妙被做了急冻复活术，扔在了玉兰公园里的尼罗巨蜥。

省公安厅刑侦总队。

邱局会议室内。

一队、二队正在开会。

韩旌的手非常稳，翻阅文件的速度也很平均。邱添虎就非常急躁，最近发生的事一再超出了他所能控制的范围，一件一件都预示着有什么大事正在发生，而他毫无头绪。

“那只巨蜥，做完解剖后，在哪里？”韩旌问。

“森林公安把它做成标本，放档案室了。”陈淡淡小声说。

“从解剖到制作标本的全过程，有谁经手了，一一落实，拿到名单，先行隔离。”韩旌看了邱添虎一眼，平静地说。

邱添虎点了点头，这是必须的，谁也不知道这种匪夷所思的病毒究竟通过什么途径传播。

然后韩旌非常平静地接着说：“第一个需要隔离的，是我。”

邱添虎和陈淡淡都愣了一下，整个会议室十几号人全都仰头看着韩旌。

韩旌撕下了警服上的警号、警徽，放在桌子上。

大家恍惚了一下，才想起那只巨蜥就是韩旌发现的。

“我希望彻底检查玉兰社区，巨蜥会出现在社区公园不是偶然。”

韩旌淡淡地说，“没有提醒森林公安追查它的来历，是我没有尽到责任，对不起廖璇。”他看着桌上那沓关于廖璇的检查报告，“廖璇曾经怀疑有人用巨蜥进行动物实验，目前看来，可能是一个新的侦查方向。”

邱添虎张了张嘴，韩旌看起来并不太难过，眉目清淡，冷硬如昔，但他能感受到韩旌心里并不平静。

“综合廖璇事件，我相信最近发生的一系列重案，是互相关联的。”韩旌说，“麦当劳红色拉杆箱案的被害人萧竹影手中有一样来历不明的东西，有不同背景的人想要得到她的这样东西，而她急于找一个信得过的人将东西转移出去。”他环视了会议室里的众人一眼，“她选择了我，而我辜负了她。”

二队长，其实你不能算辜负了她，你只是出乎意料的特别不受美女诱惑而已。陈淡淡三分苦涩，七分自嘲地心想，大概萧竹影也没有想过居然有男人直接拒绝和她进一步交流，导致一时没有想好接下去怎么办吧？

从憧憬的人身边路过，只是一瞬错过，便再也没有回头的机会。

接触过或可能接触过那只尼罗巨蜥的人员清单正在整理，韩旌的名字被画上了一个红圈。

韩旌面前有一张白纸，纸上没写一个字。王伟头发凌乱，满眼疲倦，正在对他说话：“……根据数据分析的整体结果，萧竹影画的‘密码’可能不是文字密码，推断不出任何已知密码的模型。”

韩旌定定地看着那张白纸，说：“她没有加密的时间，如果不是约定的密码，那就可能只是一张示意图。”

不是密码。

“密码组大楼杀人案的凶手在走廊顶上画了一个人体轮廓，其中包含了这幅图。”韩旌说，“也许他的意思……是想暗示我们东西在萧竹影的尸体里，她可能人体藏物，但我们并没有往这个方向想。”大家都被监控里看见的怪物惊呆了，根本无法正常思考。

“萧竹影的尸体已经经过解剖。”王伟略有迟疑，“她画的图案实心黑格的位置在第二层，如果暗示的是人体结构，那会是指哪里？胸口的心脏位置？”他满脸的不可置信，却放下手中的材料，“我去申请对她的尸体重新检查……”

韩旌摇了摇头说：“不急。”他拍了拍王伟的肩，王伟看着他，深吸一口气，慢慢平静下来。

韩旌说：“即使这是一张示意图，所表示的应该也不是人体，它不具备人体的显著特征。我想凶手也仅仅是一种猜测，他急于得到萧竹影的那样东西。”微微一顿，韩旌接着道，“这示意的应该是她亲近的、非常熟悉的地方……或者是东西。我们本来不清楚那样东西究竟有多大，但既然急于得到它的某一方认为它可以藏进人体，也许那东西并不大。”

“她什么也没有带，或者那东西就在她的临时住所？”王伟精神一振，“步行到达约定的地点，所以她的住所不会太远。但林静已经排查过几遍，没有人见过她……”

“等一下！”韩旌突然睁大眼睛，看着王伟，“萧竹影出现的时候，尼罗巨蜥同时出现，巨蜥出现在玉兰社区，与案发现场距离不远，步行就可以抵达。案件线索链条中少了‘她所得到的东西’这一环，而‘尼罗巨蜥’是整个链条中多出来的那样东西，我们一直找不到巨蜥和案件的真正联系——那只被使用了急冻复活术的巨蜥是不是就是所谓的‘她得到的东西’？”

“可是我们刚刚猜测那样东西应该不大……”王伟整个人糊涂了，“到底是怎么回事？凶手不是怀疑她人体藏物吗？那么大一只蜥蜴，怎么也不可能藏进人体啊！”

“不！”韩旌喃喃地说，“她得到的时候，是幼体。”

王伟顿时面如死灰：“她得到了一个活体病源，并把它养大了？”这……这有可能是真的吗？萧竹影通过某种渠道得到了一个感染了新病毒的蜥蜴幼体，也许是一个感染了新病毒的卵？

“能诱发基因变异的新病毒。”韩旌说，“如果还包含了控制和利用这种病毒的方法，以及和病毒相关的研究资料，那么就足以使‘人’前赴后继。”停了一会儿，他说，“当然……这个‘人’，是能够利用研究资料的组织或国家。这是一种能够造成高度心理压力的大规模杀伤性生化武器，也是研究人类可控性变异的起点。”

王伟通红的眼睛布满了血丝，他颤声说：“他们只是知道她得到了病毒，却不知道她得到的是活体……”巨蜥的生长速度非常快，只需要一年左右时间，它就能长成一米的成年体型。

“这是一个新方向。”韩旌说，“查证它！”

“是！”王伟立正敬礼。

韩旌脸色如霜，他有一种直觉——这一次，找到了方向。

萧竹影窃取了一种可怕病毒的研究资料，招来了关注这种病毒的各方势力的追逐。一段时间后，也许是迫于无奈，她匆匆回国，想把巨蜥和研究资料交给学生时期就非常倾慕的师兄韩旌。

但她没有成功。

携带病毒的巨蜥就在离她不远的地方匆匆掩埋着，而想象中的“研究资料”想必就保存在那张图里——那一定非常简单，简单得令人恐慌。

萧竹影回国和保存巨蜥的方法如此仓促，显然她没有时间做出谨慎的安排。玉兰社区的住户林静已经排查过几遍，萧竹影并不住在那里。如果巨蜥真的是她掩埋的，她为什么选择那里，而又是怎样掩埋，怎样从那里走出来的？

她并不住在那里，但又应该住在那里。

当日的会议结束后。

韩旌回到自己的宿舍，他被要求在宿舍中进行隔离。听说整个省森林公安局几乎所有人也都被隔离在单位里——那整个单位都被隔离了。

隔离前他做了详细的全身检查，检查出轻度贫血，其他的暂时没有发现异常。

回到宿舍后，桌上的一个小包裹吸引了他的注意。

这是消失了一段时间的李土芝寄回来的包裹，邱添虎说给这家伙放假了，但韩旌相信李土芝不可能突然跑去休假，以他蹦跶个不停的个性，肯定是被派出去做什么任务了。

而以他沉不住气的性格，任务大有可能搞砸。

他寄回来的包裹，里面会是什么?

韩旌不自觉地摸了摸那包裹，在他的思绪绕回来之前，手指已经拆开了那个小包裹。

里面是一个小塑料袋。

塑料袋里是两支看起来几乎空空的针管。

韩旌五指一握，双手紧紧握成了拳头。

这是什么……他几乎可以猜到了。

第五章

龙

李土芝被楚翔强行收入了KING。目前“第三级地域”还能活动的人共有五个半，“北美郊狼”楚翔算一个，“沃德”算半个，剩下的四个属于“龙”集团。

目前绰号是“龙”的人掌握着游戏的管理权限，能够分发大量命令。他手下还有三个同伙，游戏账号分别是“元始天尊”“山河尽处”“我从无间来”。由此启发，李土芝恍然大悟——“沃德”应该也只是一个账号，这个外国人的真名仍旧是个谜。

“龙”是异化程度最高的一个，像“博物馆”标本区的那个高大而孤独的标本一样，他已经无法恢复人形。而他异化的方向也相当奇怪，当年“路德”——也就是最大型的那个标本——异化的方向是越来越高大，越来越像恐龙。而“龙”异化的方向是越来越矮小，越来越像蜥蜴。“龙”原本是个身高一米八八、身强体壮的绅士，现在已经变成了一米五左右的矮小蜥蜴人，心中蕴藏的愤怒和痛苦可想而知。

最可怕的是，“龙”已经不能说话。

在他变成了今天这副模样后，他的声带已经改变，一切交流都要经由电脑完成。

所以得到“基因图谱”，获得能控制病毒的研究资料，是他恢复原状的唯一希望。

“龙”操纵整个KING系统，在广大人群中发布“任务”，不特定的人在红嬷嬷酒吧被注射病毒，或进行病毒实验。“龙”通过红嬷嬷酒吧纸醉金迷的环境迷惑这些年轻人，在他们身上试验病毒，疯狂地做各种尝试。

但试验的结果令“龙”越来越疯狂，病毒并不百分之百传染给这些年轻人，而被传染后表现出来的症状千奇百怪，绝大多数非常轻微，仅仅表现在局部病变或短暂的性格改变。这有可能是“龙”血液里的病毒已经再次变异，或经由人体一再传染之后，毒性降低，对基因段的刺激性不够强烈造成的。

这些实验没有意义，它既不能获得真正的抗体，对“龙”的现状也没有帮助。

除非他使用最初的那批病毒。

“龙”曾经使用最初的那批病毒感染了几个选中的年轻人，楚翔据说就是其中之一。进入“KING”游戏第三级的人就是“龙”选中的“样本”，他们受感染后展现了不同的、无法想象的惊人异化，并且很快死亡。

楚翔的出现曾经是“龙”的希望，楚翔的病毒表现非常可怕，充满了攻击性，异化程度也很严重，他却没有死。“龙”寄希望于这个年轻人传播自己的病毒，从中收集能够使用的抗体，阻止大家进一步变异。

但楚翔根本不听指挥，自从他发现自己被传染了斑龙病，他大发雷霆，砸烂了“KING”的几个重要机构，带走了元老级的“沃德”，并发誓要杀了“龙”。

而后楚翔的女友萧梅影在不知情的情况下，从楚翔身上感染到了病毒，病毒在她身上迅速蔓延，仅仅一个星期就把她变成了怪物。失去理智的萧梅影在攻击楚翔的时候，被他失手误杀。最终楚翔将她身上高度异化的部分切除，保留下人类的肢体，做成标本存放在“博物馆”里。

楚翔对“龙”恨之入骨，就如同“龙”对当年害他感染病毒的人恨之入骨一样。

楚翔不想死，“龙”当然也不想死。

他们彼此警惕和仇视，然后共同盯上了持有“病毒研究资料”的萧竹影。

但他们都还没来得及下手，萧竹影就死了，“资料”也失踪了。

楚翔先一步控制了李土芝，无论萧竹影手里的那份资料在哪里，警方肯定会找到它，而控制了李土芝就能第一时间得到那份救命资料。

“龙”必然也有所行动，只是楚翔不知道他的对策是什么。

以上是李土芝从楚翔的冷笑和怪腔怪调中总结出来的“楚翔与‘龙’的恩怨情仇”，但他意识到——在这段恩怨情仇里，至少有两个断层。

第一，“龙”的病毒是从哪里感染的？

第二，萧竹影从哪里得到了“病毒研究资料”？

而这两个问题互相印证出了一个答案——“龙”和萧竹影在同一个地方得到了病毒和病毒研究资料——而这种前所未见的病毒居然有“完整基因图谱和研究资料”，说明它极有可能是实验室病毒。

但如果“龙”和萧竹影在同一个地方得到了病毒和病毒研究资料，他们之间又怎么可能仅仅是“KING”游戏幕后黑手与手下喽啰的女朋友的双胞胎妹妹这样的关系？

难道是萧竹影在认识“龙”以后对他新奇冷僻的形象万分倾慕，和他谈了一场恋爱，所以有了密切的交集？

总之，这里面一定有什么东西不对。

李土芝心里暗暗盘算，还略有几分扬扬得意，好像自己得了韩旌附身，但表面上还是装作恍然大悟的样子。

李土芝被扣押了几天，一直到楚翔通过那台机器确认他已经感染了斑龙病，才放他自由。楚翔对李土芝也没有具体要求，他一再声称自己有渠道得知警方是否已经拿到病毒和研究资料，只要一有机会，李土芝就要窃取那东西，交到他手上。

他说“沃德”有一间秘密研究室，可以通过病毒样本和资料研制出抗体或杀灭病毒的药。“沃德”已经对斑龙病做了三年的研究，只差一点点就能取得成果，而寄希望于警方的科研能力是不现实的。

李土芝当然相信他们对斑龙病已经做了深刻研究，但他也相信，楚翔告诉他的这些忽而狗血、忽而离奇、忽而支离破碎、忽而废话连篇的故事不是全部，楚翔有大量隐瞒。如今既然已经感染了病毒，付出了想都没有想过的代价，不把事情彻底搞清楚，他就不是李土芝了。

楚翔放他离开，要求他回去报告一切正常。李土芝却觉得他可以见一见这整个故事中最重要的人物“龙”。

存放着“第三级地域”标本的巨大“地窖”是楚翔和沃德的藏身地，

以藏身地本身的状况，足以映射出“KING”对广大人群持续伤害的时间，有大量不明真相的人们承受着人体实验，必须马上阻止这件事。

“龙”并不居住在这个“地窖”，李土芝想真巧，他可以去某个地方试一下。

离开的时候，他又被蒙上眼睛。

这一次眼罩被李土芝悄悄扯歪了一个角，视线最下缘可以看到地面和部分墙壁。

楚翔和沃德藏身之处真是个奇怪的地方。地上铺着橙红色的旧式陶砖，两边墙壁都是斑驳的黄色涂层，这个地方大得难以想象，还有各种奇形怪状的杂物堆积在光线无法到达的角落里。他走过的地方都只是简单拉着电线，电线上挂着最陈旧的灯泡。即使是在那间“博物馆”也是一样，通道都非常宽阔，能够并排开进四辆普通汽车，转角处更加宽阔足够让那只最高大的标本轻松通过。

他回忆着那条仿佛很长很长的地下通道，以及不断向上攀爬的台阶——这里到底是什么地方？

林静因为接触过那只巨蜥，被隔离了。王伟和陈淡淡组成了新的调查小组，他们对萧竹影的尸体二次检查的申请很快通过，王伟亲自对萧竹影的尸体做了第二次检查。

从冰柜里取出来等候解冻的尸体仍旧青春、苍白、美丽。王伟近乎着迷地看着萧竹影的脸，他在想她走投无路的时候该是多么焦急？如果那只尼罗巨蜥真的是她随身携带的“病毒活体”，她的日子过得该有多艰难？在面临死亡的时候，她究竟有多害怕？

她才二十几岁……不该遭遇这些。

当她在遭遇磨难的时候，他还不认识她。

当他认识她的时候，她已经死了。

一滴眼泪自王伟的眼角沁出，很快消失。他拿起手术器械，开始为萧竹影检查。陈淡淡在旁边瞪大眼睛，她确定自己看到了王伟的眼泪。

再没有什么比爱上一个死人更糟的了。陈淡淡从没想过一向尽职尽责、以韩旌为榜样、不修边幅、日子过得毫无质感的王伟居然会爱上萧竹影。看着可靠的同事受痛苦折磨，她有些心疼，又不以为然地想：这根本是毫无根据的迷恋。

鉴于王伟正在“给心上人做尸体解剖”，陈淡淡在一整个检查过程中充当了完美的助手，基本没说过一句话。

萧竹影体内并没有藏匿物体，但也没有遭受病毒感染的迹象，没有任何组织发炎或变异。王伟松了一口气，即使她已经死了，他也希望她保持尊严和信仰，像廖璇那样的事不要发生在她身上。

“等一下。”就在王伟即将把萧竹影的尸体封袋装好，重新送回停尸房的时候，陈淡淡突然发现了一处异常——在萧竹影的右手虎口处，隐约有一个淡淡的伤疤。

她指着那块伤疤：“这是什么？”

王伟给那块地方拍了照，伤疤颜色很淡，混在虎口的褶皱里，很难辨认：“这看起来……像是一个……牙印？”

他惊讶地看着那被电脑放大了的照片。

那是一个残缺的牙印，有两个犬齿的痕迹，左边的犬齿印深一点，右边的几近于无。

“怎么在这种地方会有牙印？”王伟喃喃自语，“看伤疤的愈合程度，这是个新伤口，刚刚脱疤不久。”

“右手虎口——”陈淡淡挥了两下手臂，“应该是抵抗伤吧？她正在把咬她的人往外推，在推的那一瞬间被咬了。会不会是尼罗巨蜥的牙印？”如果萧竹影真的饲养了那只“病源”，总不可能从来不被咬吧？

巨蜥的牙齿是细密的一排，并不是这个样子，在萧竹影手上留下牙印的人牙齿很大，犬齿发达，不可能是巨蜥。陈淡淡也就是随便说说，王伟摇了摇头：“不是巨蜥，这是狗的牙印。”

这回换陈淡淡惊讶了：“你一眼就能认出来是狗的牙印，不是人的牙印？”她知道王伟是学霸，但从来不知道他居然还精通分析狗的牙印和人的牙印。

“我被狗咬过。”王伟很老实地回答，“人的犬齿很难留下明显的伤痕，人类的咬伤一般都比较整齐，呈现半圆形。狗的咬伤就会带有撕裂伤，因为它会这样甩头……”王伟做了个摇头摆尾的动作，居然学得惟妙惟肖。

陈淡淡忍不住笑了：“她最近被狗咬过，可能是一只大型犬——大型犬在省城是禁养的，这只狗没有登记，可能很难查。”

“但我现在知道她遭遇过一只具有攻击性的大型犬。”王伟说，“这也是线索，谢谢你。”

陈淡淡笑了笑，情绪突然有些低落：“我们都在工作，又不是私人帮你忙，谢什么？”

过了一会儿，从萧竹影的头皮和指甲缝内取的采样被送去实验室，王伟终于还是把她送进了停尸房。

陈淡淡陪王伟静静地坐在法医尸检的房间里。过了一会儿，她问道：“你是怎么想的？”

王伟正在出神，闻言愣了一下，摸了摸自己憔悴的脸：“我就是想……要为她报仇。”他轻声说，“这种事不该发生。”

“她不会活过来了，”陈淡淡说，“也不能陪你谈恋爱。”

“我知道。”王伟苦笑，“但这就是我们的工作。”

陈淡淡看了他一眼，叹了口气：“你该去好好睡一觉，我等你一起去玉兰社区彻底地看一看。”

王伟睡了一整个下午，等他清醒过来的时候已经是下午六点半，陈淡淡还没有下班。

“你不回家？”王伟嗓音沙哑，从办公室的沙发上坐起来，去洗手间刷了个牙。

“不是去玉兰社区看一看吗？”陈淡淡很是淡然，在王伟睡着的时间里，她坐在另一张沙发椅上给自己泡了一壶茶。

“现在会不会太晚了？”王伟捂着头，睡醒了之后，好像清醒了很多，也没有那么焦虑了。

“答应你了。”陈淡淡说，“你不是心里着急吗？走吧。”

王伟看着正在喝茶的女警，突然觉得一队的队员有点像他们队长，看起来没什么特别突出的地方，却都很温暖。看着李土芝、陈淡淡，就好像能感觉到生活一直很好，很有希望。

对了，还有胡酪。

看着胡酪也好像能感觉到生活很热闹。

“胡酪呢？”王伟问。

“听说也接触过那只蜥蜴，被隔离了，就在二队长宿舍隔壁。”陈淡淡忍不住笑起来，“二队长是自愿被隔离的，听说胡酪发誓他只是‘看见’蜥蜴，从来没摸过，拒绝被隔离然后被绑进去的。”她想了想补充一句，“听说他最近在谈恋爱。”

“我知道，他今年交的第三个女朋友，叫池梨，才谈了两个星期。”王伟似笑非笑。

“管数据的，你到底有什么不知道啊？走吧。”

两个人在天色由白变蓝的时候，开车到了玉兰社区。

一到社区就被车流堵住了，原来是交警在拖“僵尸车”，有几辆长期停在玉兰社区不开走的车被逐一拉上拖车。这个老式社区没有车库，社区里的私家车一直随便停在路边，如果有几辆一直不开走很容易激起民愤。而社区的绿化上个月刚做了调整，将绿地取消了一些，腾出空位来做车位，仍然供不应求。据说就在上个月还发生了一起由抢车位而引发的严重车祸。

王伟和陈淡淡慢慢将车倒出去，以便交警的拖车退出。

就在交警拖车载着一辆，拖着一辆，艰辛地离开小区的时候，王伟一眼瞥见，被交警拖车拖着的那辆白色轿车的车门上，有两个狗爪的痕迹。

等一下！他来不及阻拦拖车将白色轿车拉走，只能匆匆记下车牌。

陈淡淡奇怪地看着他："怎么了？"

王伟握着刚刚记下的车牌："虽然不知道为什么她'住在这里'，但我可能知道她是怎么住在这里的了！她没有租房子，她住在车里！"

"刚才那辆'僵尸车'？"陈淡淡吓了一跳，"赶快联系老大让交警把车还来！直接拉去我们院子里！"

夜里九点五十分，被拖走的白色轿车和另外一辆黑色皮卡车原封不动地移交到了一队院子里。

交警同时移交了与这两辆车相关的调查资料。

其中黑色皮卡车正是上个月在玉兰社区造成车祸的那辆车，档案显示当时它载着一件沉重的货物，在途经玉兰社区的时候，因驾驶不当，货物撞破皮卡车的铁皮板，滚到了绿化施工现场。黑色皮卡车为了追回货物，疯狂驱车撞入社区，整辆车陷入泥里。

黑色皮卡车是租的，租车的人不出所料，登记的是一个叫作"楚翔"的死人。

白色小轿车车主是一个叫王桃的大妈。

事情已经很明显，萧竹影开着用楚翔的证件租来的皮卡车运载"一件沉重的货物"。所谓的"货物"应该就是尼罗巨蜥，而这个危险品在途经玉兰社区修整绿化带的工地的时候出了意外，因为颠簸，它掉进了泥地——而萧竹影显然不可能独自将它拖出来，也不可能租拖车来拉，于是她选择了驱车冲入泥地，将那东西压进了烂泥里。

之后萧竹影不得不乔装打扮，蹲守在这个陈旧的小区，看守意外陷入绿化带的巨蜥。她为尼罗巨蜥定时补充冷冻剂，害怕病源外泄伤害到周围的人们，所以万分焦虑，铤而走险，决意将这个东西交给韩旌处理。

但奇怪的是，王伟和陈淡淡推定萧竹影"借住"的那辆车应该是印有狗爪的白色轿车，现在看资料，白色轿车和萧竹影好像完全没有关系。

可是黑色皮卡车里没有任何女人生活过的痕迹，纸巾、零食、水杯、毛巾、拖鞋……什么都没有。

它干干净净的，除了车外蒙了一层灰，车内就像刚刚被专业清洗过一样。

黑色皮卡车里没有萧竹影居住的痕迹，也许推理是错的，她并不住在车里，又或者——她住在另外一辆车里？

另外一辆车里放了一些常见的用品，有纸巾、零钱、靠枕，还有个狗咬胶，到处都是乱七八糟半黑半白的短毛和毛絮，显然车主人养了狗，而萧竹影似乎不太可能养狗。

她已经养了一只棘手的巨蜥，难以想象还有闲情逸致去养狗。

所以这辆印着两个狗爪印的白车也就和萧竹影毫无关系了？

王伟蹲在白车旁边，给两个爪印拍照。

这是一只大狗，爪印宽度达到六点七厘米，指甲的痕迹不明显。

大狗、狗爪、狗毛……

一个养狗的大妈。

大妈的白车和萧竹影的皮卡车停在一起，很多天没有开走。

萧竹影被某种大型犬咬过。

王伟的眼睛渐渐发亮——这就是关联！

萧竹影手上的牙印已经痊愈，那只狗大概在一个月前袭击过她，她的车却仍然和狗主人的车停在一起。

这不是偶然！

她们认识！

这个看似和事情毫无关系的王桃大妈，究竟是谁？

王桃。

女，五十五岁，外省户口，在省城没有社保记录，意味着她是个无业人员。

她的车从来没有违章记录，所留的电话号码是空号。

白车是一辆非常普通、经济实惠的国产车，新车价格都在十万元以下，从车本身也无法看出什么线索。

王伟一边搜索有关王桃的所有信息，一边把进展上报给了韩旌。

韩旌困坐在自己的宿舍里，听完了报告，一字一句地说："如果王桃本人没有突破口，那么突破口就在那只狗身上。一只黑白相间的大型犬，它咬过人，也许没有申请养犬证，但它应该打过疫苗，或者在宠物医院洗过澡剪过指甲剪过毛……临近的宠物医院可能会有线索。"

"是！"王伟被提醒后有了新的思路——那只狗非常显眼，如果打听"萧竹影"或"王桃"，玉兰社区的人难有印象，那么那只狗呢？总有人会注意到那只狗。

他正要把想法告诉陈淡淡，却听陈淡淡"啊"的一声低呼："好多条信息……"

"什么？"王伟奇怪地问。

陈淡淡指着系统："关于王桃……系统跳出来这么多条……我简直惊呆了，刚才还以为她是个神秘人，可是你看！这么多！"

王伟和陈淡淡一起震惊地看着警务系统中不断跳出的关于"王桃"的奇怪信息。

这个大妈原来根本不是神秘人物，她是丽晶花园小区门口报刊亭的临时工，爱好是打110，有事报警，没事闲聊，几乎每天都有她的报警记录。就是近期也有很多条，什么丽晶花园有人跳楼，丽晶花园有女孩失踪，丽晶花园来了一个可疑的贼，丽晶花园又有个男孩失踪……

她只有很罕见的几天没有玩"打爆110"的游戏，而电话报警的时间也非常有规律，都在每天晚上十一点半左右。那应该是她"下班"的时间，离开了丽晶花园她就不再打电话。

她在丽晶花园门口干了将近一年的报刊亭临时工，打了近三百个报警电话。这样的报警量，不必询问指挥中心都知道她肯定在接线员的黑名单上。

究竟是热心过度、过于寂寞，还是这个人精神有问题？

又或者……另有目的？

她没有打电话的几天，其中有一天就是萧竹影在玉兰社区发生车祸的日期。

这是巧合吗？还是她们正是在这次车祸中认识的？

白车没有机械故障，油箱也是满的，丽晶花园离这里很远，王桃有什么理由把车停在这里？

车内狗的气味还没有完全散去。

王伟凝视着王桃的报警记录，所有的警情都围绕着丽晶花园，有人跳楼，有人失踪——等一下，有人失踪？失踪者是年轻女孩，住在丽晶花园 14 号楼？

他突然伸出手指，抚摸着电脑液晶屏上的信息——她们认识，这条报警记录就产生在萧竹影死亡当日！这会是王桃给的提示吗？

王桃和萧竹影的车都在玉兰小区，她们是轮流看守这个绿化带，或是一起看守？十一点半下班后的王桃究竟在做什么？她究竟是谁？

大量的报警记录展现了一个多嘴又琐碎、热心过度得近乎令人讨厌的无知妇女的形象。

但她很可能并非如此。

萧竹影是一个拿到了绝密情报的高级特勤人员。

和她“认识”的王桃……是谁？

当王伟和陈淡淡正在搜索“王桃”是谁的时候，李土芝已经被释放了。楚翔监视了他一会儿，等他返回省公安厅刑侦总队就消失不见。

而李土芝一进总队的大门就心急火燎地直奔自己的宿舍，他在被转移到保安室的大量包裹里愣是没有找到那个危险的快递。

发现他突然回来，人们大为诧异，好多同事都以为他在放长假，把最近总队发生的各种八卦争先恐后地告诉了他。

当然，近期最热门的一件八卦就是王伟爱上了萧竹影，萧竹影美则美矣，奈何是死的。

第二个八卦是陈淡淡暗恋王伟，她和王伟、萧竹影之间是三角恋关系。

李土芝对这类人鬼情未了兼白莲花第三者插足的言情故事毫无兴趣，他问的第一个问题是：最近有没有人突然变异？像得了狂犬病或者基因病那样？

一队的黎京吃了一惊，以为他知道了廖璇的事：“廖师妹一直在医院隔离，前天听说醒过来了，她还记得自己做过的事，非常痛苦，一直在自伤自残。”

“廖师妹？”李土芝傻眼了，“哪个？”

“你不知道？”黎京把发生在廖璇身上的恐怖事件简略说了一遍，最后说，“因为检测出那只巨蜥携带了超级病毒，所有接触过那东西的人都被隔离了，连二队长也被隔离在宿舍里。”

李土芝忍不住缩了缩脖子，他这个活生生“感染了病毒”的人就站在这里，他顿时想离黎京远远的，连忙说：“我去韩旌那里看看。”

黎京看着他一溜烟逃走，莫名其妙，喊道：“喂！宿舍区在隔离……”

李土芝早就跑远了。

他边跑边想原来恐怖至极的“初级病毒”是来自巨蜥，可是那只巨蜥在被萧竹影拿到手的时候是个卵或者幼体，那么“龙”当初手上的“初级病毒”——那个将“KING”游戏第三级的高手全部变成了怪物的病毒又是从哪里来的？

既然有“卵”或者“幼体”，那是不是也存在着——母体？

李土芝因自己的想法倒抽了一口凉气，母体？会存在着一只活生生的、携带着病毒的、更大更强壮的巨蜥吗？又或者不仅是一只？他突然爆出了一身冷汗，“也许不止一只”这个念头几乎葬送了他的斗志。

它们会藏在哪里？萧竹影从哪里得到了那个卵？李土芝努力厘清自己的思路——不不不——在“龙”将第三级的高手感染之后，他没有再使用过初级病毒，那不是他不想使用。李土芝记得楚翔说过，“龙”希望他传播病毒以期待从感染人群中得到抗体，那就是说“龙”自己已经得不到“初级病毒”了，无法传染更多的人。

所以即使曾经存在很多只，它们现在也不存在了，或者是被转移走了。

它们在什么时候被销毁了或是转移走了呢？

李土芝又感觉到了似曾相识的“缺失感”，在这个假想中又存在一个断层——是谁把它们销毁或转移了呢？在与超级病毒相关联的这许许多多的人当中，缺少一个有动机和能力“销毁”初级病毒的人。要知道“龙”在很久以前就无法再使用“初级病毒”了，而萧竹影是在近一年才带走了那只幼体，以及得到大家想象中的“研究资料”。

就好像原本一个有头有尾的长篇故事被剪下了某个重要人物的情节，再随意胡拼乱凑在了一起，让他抓耳挠腮地总是想不通。

不行，一定要去找韩旌！

这种伤脑筋的事一定要找韩旌！

然而宿舍区被封锁。

几个戴着头套的医务人员看守着楼梯，李土芝有些傻眼，光天化日之下，他总不能硬闯进去。他捏捏手机，他被楚翔绑架了几天，手机早就没电了。

揉揉手腕，李土芝决定晚上再来。

现在距离太阳落山还有几个小时，既然楚翔不再监视他，他可以偷偷地去见一见“龙”。

李土芝开走了自己的车，决定去见一见传说中的“龙”。

韩旌站在二楼的窗边，看见李土芝在宿舍楼下绕了一圈，开车走了。

这蠢货肯定是发现了什么。

韩旌一边想，一边接听着王伟的电话。

王伟和陈淡淡去丽晶花园找“王桃”，出乎意料的是，这几天报刊亭居然没有营业，王桃突然消失了。她虽然不在，但丽晶花园到处留下她的传说，大部分人都认为她还在乡下的女儿要结婚，就有事先回去了。剩下一部分人以为是她那只心爱的狗被人打死了，她伤心过度，回家养老去了。

王伟打听到王桃那位“还在乡下要结婚的女儿”叫作尹竹。

事情发展到这一步，王桃和萧竹影之间的关系已经非常明显。她们认识，不但认识，王桃还知道萧竹影当年的名字，在读书的时候，萧竹影叫作尹竹。

她们显然一开始就认识，而不是偶遇。

而王桃各种各样奇怪的行径，似乎是在暗示着什么，可能她不能明说。

丽晶花园的很多住户都说看见王桃的狗死了，这可不是一个好征兆，王桃走到哪里都带着的狗死了，王桃失踪了几天，她还活着吗?

报刊亭周围没有留下线索，那只被很多人目击已经死亡的大狗也无处寻找，谁也不知道狗的尸体最终去了哪里。

王伟在丽晶花园唯一能继续调查的线索，只剩下萧竹影死亡当日，王桃关于 14 号楼有人失踪的报警。

他有一种直觉——这是一条至关重要的线索。

在 14 号楼里，有着什么。

王伟和陈淡淡穿着制服在丽晶花园小区里并肩走着，这个小区里居然没有人感到惊奇——王桃的日日报警让警察出现在社区里的频率太高了，大家早已见怪不怪。

警察这么不引起注意地出现在调查案件的现场，实在是非常少见的事。

王伟找到了 14 号楼的保安蒋岸，询问他一个月前是不是有警察来这里调查女住户失踪的案件。丽晶花园的保安蒋岸和警察配合习惯了，这几天没看到警察上门他还有些奇怪，听王伟在打听“失踪的女住户”，他“咦”了一声：“怎么你也问这个？前几天有几个警察也在问这个，那个住户犯了什么案件吗？那是1004的楚小姐，已经失踪很久了。”

“除了我们，还有人在问？”王伟相当奇怪，“是哪个单位的警官？”

蒋岸端出了一份来访记录，翻阅了一下，指着上面一行字：“就是这个警官签的字。”王伟仔细去看，只见就在三天前，有个人在来访记录本上登记了“公安局……”后面几个字龙飞凤舞，根本无法辨识。

再翻到之前的登记记录，被王桃的报警招来的民警基本上并不登记，都只由保安代签为“110”。

“你为什么要让这个警官签字？”王伟一边翻阅着记录本，一边观察着保安的表情。

保安笑得十分耐人寻味：“那位警官看起来和别的警官不太一样，我们这里一般都是有人报警，警官来看看，前几天那个是自己带人来查案的。”他努了努嘴巴，“我让他签字，他就签了。”

王伟给登记表拍了照，准备将它收作物证。

而一起来的陈淡淡环视着丽晶花园，这里是个特别的地方吗？王桃在这个小区门口卖报纸和刊物，她是不是另有目的？她是在等候谁？保护谁？或监视谁？

14号楼在丽晶花园也是一栋不起眼的楼，既不是最高，也不是最偏僻，视野也不是最好，以至于王伟和陈淡淡一起打开1004号房的大门的时候，门内光线昏暗阴晦，简直像个黑洞。

王桃报警的时候，1004号房曾经被出警的警官进入过，门上有封条。

现在封条已经撕开了。

陈淡淡给撕开的封条取证拍照，王伟小心翼翼地进入了房间。

扑面而来一股奇怪的味道，有一点像腥味，又有一点像什么东西被捂坏了的闷味，或者是长期不通风的怪味。

王伟打开灯。

“啪”的一声，白炽灯亮了起来，这个三室一厅的房间原本窗明几净，一张落满灰尘的小木桌上还很小清新地摆放着一盏香熏灯，可香熏灯已经被摔碎，沙发和液晶电视前横躺着两个人。

或者说……

两具尸体。

王伟和陈淡淡屏住了呼吸，他们没有想到会发现尸体。

几天不见踪影的王桃躺在沙发椅边上，她身上没有明显伤痕。

另外一个全身黑衣的男人不知道是谁，仰躺在液晶电视前面，咽喉处开了一个小洞，喷出的血液曾经染红了地面和沙发，但现在早已干了，成为一片不起眼的黑点。

陈淡淡去呼叫增援，王伟戴上手套，迅速去摸了一下王桃的脉搏。

触手冰冷，她已经死亡。

他轻轻地把她翻过来，发现王桃的死因可能和萧竹影一模一样——她胸口的衣服因为搏斗而撕裂，在撕裂处有一个发黑的针孔。

那看起来和萧竹影胸口的一模一样。

而仰躺在液晶电视前面的黑衣人会是前几天自称是警察的人吗？会不会是这个人走进房间的时候，发现王桃就在这里，两个人起了冲突，同归于尽？

王伟发现躺在地上的男人穿的并不是警服，在他身上各个口袋搜了一下，没发现任何证件。看来这个人不是在登记本上留下签名的人，要么他是那位“警察”的跟班，要么他就是第三方闯入者。

那么在那个“警察”进入这个房间的时候，这两具尸体就在这里吗？又或者……正是那个来历不明的“警察”杀害了王桃和黑衣男？

1004号房间乍看一眼似乎没什么异样，但仔细观察就会发现不少家具都微微地移了位，房间的门锁也都轻微歪斜了。

这里遭遇了一场粗暴的全面大搜索，可能已经没有什么东西留下。王伟的心弦绷紧了，有人先他一步查到了这里，然后将一切席卷而去。

客厅的抽屉里空无一物。

主卧的床上只剩一张床单，连棉被和枕头都被拿走了。

阳台上的花盆空空如也，植物和泥土都不翼而飞。

次卧有一张沙发床，它被整齐利落地划开，里面的海绵和弹簧暴露在外，即使里面藏过什么，也都不可能保存下来了。

还有一间应当是书房的房间空空如也。也正是这个房间散发着一股奇怪的气味，不管里面曾经有过什么，都已消失。

闯入房间的人拿走了房间里所有的东西，几乎连一张纸片也没有留下。

他留下的可能只有地上的两具尸体。

王伟的表情非常凝重，又出了命案，而这次的命案证实了他的推论并没有错——这个地方，的确曾经是萧竹影的落脚地。

王桃在萧竹影死亡当天的报警的确是一种提示，只可惜……没有引起注意。

1004 号房虽然可能已经空无一物，但王伟必须马上找到一个人确认一下，那就是在王桃报 1004 号房女住户失踪后，前来出警的警官。

那天他进入现场的时候，到底看到了什么？

十几分钟后，一队和二队的警员接管了 1004 号房。王伟拿到工具，重新勘察整个现场，越是勘查，心里越是发凉。

王桃是被注射了什么致命的液体死亡的，她曾经和凶手短暂搏斗，但算不上多剧烈。

电视机前的那个黑衣男却是被利器刺破咽喉毙命的。

一种小而坚硬的箭镞类利器击中他的喉结软骨，同时刺破气管和动脉，令一个体重一百五十斤的男人当场毙命。

那么杀死无名黑衣男的利器会是什么呢？

陈淡淡轻轻碰了碰王伟的胳膊：“你过来一下。”

王伟带着一脑子疑问，跟着她走到一边。

陈淡淡低声说：“我查到了王桃报警那天，处理 1004 号房女住户失踪事件的民警。”

“是谁？”王伟没有反应过来，“这么神秘？”

“是长理生。”陈淡淡说。

王伟愕然，和陈淡淡大眼瞪小眼：“长局？”

长理生是负责这片辖区的副局长，按道理来说，他不该处理这种警情。但根据报警记录，当天正好是长理生副局长带队出警，王桃报警后，长理生就去了，并在现场等候出警民警，当辖区民警到达的时候挨了长理生一顿批评，全局通报。

至于现场是什么样子的，鉴于民警正在挨批评，并没有太大印象，而长理生先到达现场，他有没有命令人拍照取证，那就不知道了。

陈淡淡产生了一种微妙的感觉，她看着王伟，压低声音：“还记得林静那张证据照片是怎么丢的吗？他说他在局里喝了一杯水，觉得头晕，醒过来的时候发现仓库起火了，长局叫人去救火……”

王伟脸色微微发白：“你是说……长局有问题？”

“还有那杯水。”陈淡淡说，“长局管后勤，不管是水有问题，还是杯子有问题，我总觉得和长局有那么一点关系。”她说得很认真，并不是开玩笑。

王伟轻声说：“又是直觉？你和你们一队长真是一个类型。”

陈淡淡不太喜欢听他说“你和你们队长”，忍不住说：“难道你和我们不是一样的？”

王伟摇了摇头，他不想相信公安局高层与这种事有关，但这件事背后长理生的影子出现了几次，应该不是巧合。

正当陈淡淡和王伟轻声议论，忧心忡忡的时候，勘验现场的一队队员孙琦突然发现了什么：“淡淡，你过来一下。”她正在检查一个空的斗柜，“你看这里。”

她指的是这个斗柜的一个抽屉。

这个普通的斗柜散发着一股淡淡的香味，来源是第二排第三个抽屉。

那抽屉里面没有东西，但是曾经放过带有香味的东西。孙琦戴着手套的手指轻轻在抽屉里抚摸：“这里面涂过什么东西，味道很熟悉。”

陈淡淡用手电筒对内照射，抽屉里有一些条纹在反光，但看得不是很清楚。她凑近轻轻闻了一下，又用棉签轻轻沾了一下。白色棉签上反射着柔润的色泽，还有一些细微的反光碎屑。

“唇膏？唇釉？润唇膏？”孙琦猜测。

“润唇膏。”陈淡淡沉吟了一下，“有颜色的润唇膏，比唇膏颜色淡很多。”

王伟不知道她们在讨论什么，只听陈淡淡说：“她是不是在这个抽屉里写了什么？”

孙琦和陈淡淡把抽屉卸了下来，当斗柜的第二排第三个抽屉被拔出来的瞬间，王伟突然一愣……

大家也都呆了呆——有种很熟悉的感觉从大脑里一晃而过。

密码！

王伟从携带的材料里抽出了那张托盘密码的照片——眼前的斗柜，五排抽屉，每行四个抽屉，缺少了一个抽屉的方形黑洞就在第二行第三个抽屉位置上。

和托盘密码或者说韩旌认为的“示意图”一模一样。

不会错的——萧竹影那示意图的意思就是这个！

她有一个特殊的斗柜，找到斗柜，拔掉它的第二排第三个抽屉！

但他们一直没有理解这个简单的意思，甚至是在偶然拔掉了抽屉后，才懵懂地知晓萧竹影的本意。这个意思非常简单，而所有人拼了命地把它往复杂的地方想。

可能萧竹影从来没有想到，在她死后，知道她是谁和知道她做过什么那么难，甚至直到现在也没有人完全搞清楚她神秘的经历和令她丧命的事业。

这个拔出来的空洞里，会有什么？

陈淡淡非常谨慎，还是小心翼翼地把涂过润唇膏，不知道有什么含义的抽屉装好，准备带回去检测。孙琦和王伟各拿着一个手电筒一起向抽屉的黑洞里照射，直把里面照得纤毫毕现。

抽屉的空洞里看似什么都没有，但在最里面的木板上有一块不起眼的透明胶在反光。

王伟拍了照片以后，将它撕了下来。

薄而微小的透明胶下粘着一支针头。

针头非常不起眼，透明胶也非常普通，如果不是有意去寻找，它就像肮脏的柜子里一块偶然的污渍。

这会是什么东西？王伟马上把针头封进了密封袋，他立刻联想到了带着病毒的巨蜥和廖璇。这针头暗示的一定不是什么好东西，很有可能与病毒有关。

陈淡淡瞟了一眼针头，一直感觉抽屉洞里就算有什么也不是重点，萧竹影这种小女孩似的藏匿东西的思路也只有女孩才能理解。以香味做标记，在抽屉后面藏东西，这都是小儿科。

抽屉里面才是重头戏。

润唇膏的香味很熟悉，陈淡淡认出这是个国际知名品牌，这个牌子有一样标志性产品，就是一款变色润唇膏。

抽屉里有很多条痕迹，质地略有不同，似乎并不全是润唇膏。陈淡淡一直俯身在嗅着那些气味，屋里淡淡的尸臭令抽屉的香味越发明显——这里面不只是润唇膏的甜香，还有一些别的香味。

还有一些和润唇膏质地类似的东西在抽屉里画过，也一样颜色淡淡的，还有一些细小的碎屑掉在抽屉角落里。

陈淡淡夹起一块，那是一块藕粉色的蜡质碎屑，凑近一闻，散发着淡淡的葡萄柚香味，也属于甜香。她想起在进门的时候看见的香熏灯，也许这里面曾经放过的，就是香熏灯里的蜡烛，所以有很多蜡烛的痕迹。

这是不是闯进来拿走所有东西的人没有注意到这个抽屉的原因——它里面本来就放着更香的东西——倒是像孙琦这样，因为它变得空空如也，反而因为香气去注意它，是在萧竹影意料之外的。

香熏蜡烛的痕迹掩盖了润唇膏的痕迹。

不是女生，很难分辨出其中带有润唇膏的痕迹，也无法区分润唇膏的品牌。

一款知名品牌的变色润唇膏。

陈淡淡沉吟了一下，在房间里找了一把吹头发的电吹风，开了个微热的低挡，对着抽屉轻轻地烘了一下。

孙琦好奇地看着她的动作：“你在干吗？你怀疑它会变色？”

“我觉得它是那款 D 牌变色润唇膏，”陈淡淡说，“越干，温度越高它就越红。”

那在抽屉里尘封了一个多月的润唇膏痕迹本来保持着蜡的光泽，只有一点微微干裂，在温度的作用下，它原本风干的蜡质部分开始重新融化，融化后其中残余的水分又被电吹风吹走，很快，抽屉下面展露出一张简单的地图来。

王伟看着这女人间神奇的把戏，几乎是瞠目结舌，这就是萧竹影的图示？这不写成教程他怎么能明白？怪不得韩旌、林静和他想破了头也不明白这是什么密码！女人的密码，关键完全不在于密码的复杂程度，而在于那些少女的小秘密。

抽屉里面，乱七八糟的蜡烛痕迹中，几条泛红的润唇膏痕迹呈现出一个简单的地图。

地图上有两条弯曲的平行线，疑似河流。

河流旁边有几个小圈，不知道什么意思。在小圈圈的河对面，有一个耸起的山包，山包上画着一个粗大的箭头，箭头指天，箭头下有一些乱七八糟的纹路。在山包里面，萧竹影画了一个小小的爱心，爱心下面还长了两个脚。这个地图她画得简单粗暴，显然绘画的技艺不但没有天分，恐怕还有一些残缺，但这个爱心人她画得分外用心，十分规整。

这张奇怪的图旁边，她画了一只四脚怪，四脚怪有一张大嘴，大嘴下面有一撮胡子。

那只四脚怪也就在她画的那些小圈旁边。

然后没有了。

王伟和陈淡淡面面相觑，孙琦莫名其妙，萧竹影精心藏匿的、被几方势力追逐的所谓的“最大秘密”“研究资料”难道就是这样一张奇怪的图?

鉴于萧竹影画示意图的本事出人意料，恐怕一时之间，谁也不敢轻易猜测这幅画的本意。也许在萧竹影当时看来这张图简单易懂，可是现在没有人能理解她的意思。

能画这么简单而可爱的图的姑娘心思一定很单纯，王伟的眼睛酸涩，可是她已经死了。

早就死了。

王伟的酸涩眼神，陈淡淡看在眼里，各种不以为然，这个爱心长脚的意思，肯定是指“心爱之人”。

萧竹影在地图里画了一个她心爱的人，说明心有所属，而王伟这个蠢材仍旧在幻想他的清纯无辜美少女，那才是无可救药。何况萧竹影怎么可能单纯?她做的事就绝不单纯。

她画的那个“心爱之人”一定在整个巨蜥病毒的事件里占据了主角的位置。

萧竹影不过是那个“他”手下的卒子。

韩旌正在用一台光学显微镜细看李土芝寄回来的那两支针管。这台显微镜是他十六岁生日收到的生日礼物，伴随着他长大，少年时代他用这台显微镜观察过很多东西。

花朵果实，细沙落叶，都是少年韩旌曾观察过的东西。

但用它来查看两支空针管是第一次。

他并不敢轻易切开针管，只是简单观察它的外形和内容物。针管的外围有指纹，有可能是李土芝的。第一支针管的内部有一些细微的、红色的沙。

那并不是血液凝结成的血痂。

那就是红色的沙。

韩旌的眉微微蹙了起来，如果这是病毒，那么针管里的应该是血液、唾液、汗水，或者是尿液。

可这里面是微乎其微的红色细沙。

这是什么东西？

李土芝从哪里得到的这个奇怪的东西？

第二支针管里也有一些东西，一些细微的条纹，不仔细看的话，就像一些液体凝固留下的痕迹。

韩旌观察了半天，没看出是什么东西，似乎是一些常见的……凝固的黏液或者是……胶水？

针管内部附着着黏液或胶水的地方有针尖划过的痕迹。

韩旌心里微微一动——黏液？红色细沙？

他用回形针的针尖在第一支针管的内部挑起少许红色细沙，放入第二个针管内部，轻轻吹了吹，又摇了摇。

细微的红沙沾在了凝固的黏液上，在针管内部形成了一些微妙的图案。

似乎是一些弯曲的线条，显然是人工画的。

韩旌又挑取了一些红色细沙，在针管内摇了摇。

更多的细沙沾在黏液或胶水上。

半透明的针管内部慢慢显露出几个字：我正在被它同化。

韩旌的眼睛眨也不眨地盯着那几个字，要在针管内部用胶水写字，需要极大的耐心和非常稳的手，并且要有工具。应该是用一把顶端弯曲的细长夹子，夹住细小的针头，沾上胶水，伸入针管内部。

这非常难，没有经过长期训练是做不到的。

“我正在被它同化”七个字之后还有，下面是一个字：龙。

李土芝把车开到了“小胡椒”酒吧附近，那家酒吧还在营业，大白天看起来一切正常。仍然是戴着面具的服务生检查进入的人是不是有国王卡，有卡的就能进去免费喝下午茶。

怎么办?

李土芝摸了摸口袋里的警官证，忍住了上门查消防、查暂住证、查工作证等借口。

找借口也许可以进门，但见不到“龙”。

“小胡椒”只有两层，必须想个办法溜进去，直接找到“龙”，再想个办法和“龙”聊聊，只有两边都拿到了口供，他才能搞清楚楚翔所说的话里有多少水分，有哪些是假的。

但当然，这两个“想个办法”中的“办法”他都还没想出来。

正当李土芝对着“小胡椒”酒吧抓耳挠腮的时候，韩旌突然给他打来了电话。

韩旌的声音很淡，似乎没有情绪，但李土芝太了解他了，既然破天荒地主动打来了电话，说明他有了什么重要发现。

韩旌说：“回来。”

李土芝很久没听到韩旌的声音了，这会儿听到还有些高兴：“我在办要紧事，今天不回宿舍，听说你被隔离了？哈哈，被隔离待遇好不好？会不会照发加班费？”他本来想说“今天过去看你，结果楼下还有看守，太麻烦了就没上去”，想想又觉得毫无诚意，索性假装没去过。

韩旌的声音突然微微带了点笑意：“有重大进展。”

“你们发现了什么？”李土芝立刻打起了精神，“我也发现了很多很多东西……”

“邱局说放你的假，肯定是假的。”韩旌说，“你做了暗线？”

呃……本来是去做暗线的，结果被暗线给做了。李土芝一时不知道怎么解释，只好说：“这事太曲折，一会儿告诉你。你那里发现什么了？”

“王伟查清了死者 A 的身份，破译了托盘底下那张示意图，得到了另外一张新的示意图。”韩旌说，“她……”

“我也查清了死者 A 的身份。”李土芝毫不迟疑地说，“她叫萧竹影是不是？”

韩旌有些惊讶：“是。”

李土芝得意扬扬地说：“她还有个同胞姐妹叫萧梅影。”

韩旌的语气开始变得慎重：“是，你从哪里查到了她们的身份？”

“我见到了萧梅影的尸体。”李土芝说，“回去再说。”他最后瞟了一眼“小胡椒”，正要离开，突然发现二楼的露台上，一个暗绿色的身影正站立在园艺花卉丛中，眼睛眨也不眨地看着他。

那只……巨大的蜥蜴……

李土芝从没觉得自己会怕蜥蜴。

但这么一只与人几乎同高，细节被放大了十几倍，鲜活又灵敏的巨兽就站在那里，回忆起那天夜里猛然目击的惊悚，李土芝还是觉得全身发凉。

“小胡椒”门口人来人往，那只布满暗绿色花纹的巨兽躲在花草之间，不刻意去辨认，根本不可能想到那里会有一只巨大的蜥蜴。

它站在那里也许只是巧合。

但李土芝有一种直觉——它就是在看他。

甚至它就是站在那里等着他。

这怎么可能呢？如果它就是“龙”，楚翔和它是敌人，它不可能知道李土芝会试图来找它。最重要的是“龙”并不认识他，即使是上一次在“小胡椒”门口，也只是李土芝单方面看见了“龙”。

距离几十米，不远也不近，李土芝其实根本看不清“龙”的姿态和目光。

但他就是有种毛骨悚然的直觉——它认得他！

李土芝从“小胡椒”门口落荒而逃，回到了刑侦总队大院里。

韩旌还在宿舍里被隔离，但趁着看守的医务人员去吃饭，李土芝熟练地抓着空调机位爬上了二楼，潇洒地钻进了韩旌的房间。

韩旌的房间和他每次看见的都一样，白色床单、白色被子——

总队统一发了一套像盖死人一样的大白布丧气四件套，几乎所有人都不用，只有韩旌在用。统一配置的桌椅上干干净净，不多的几本书靠墙放着，李土芝房间里的书比韩旌的多得多，却不能像这样自然地散发出书卷气。

大概是因为他那里的有一半是什么《星空大士》《重生之战甲英豪》《天际为家之看我统领十三个位面》之类的书，和书香墨气并没有什么相干。

整洁如新的桌面上放着有些过时的显微镜，李土芝念初中的时候就知道有些土豪家长会买这种东西给小朋友当生日礼物，鼓励他们好好读书，却不知道韩旌就是其中之一。这种无聊的东西死贵死贵，毫无用处，大概也只有真学霸能把它保存这么久了。

两支熟悉的针管就放在显微镜旁边，李土芝大惊失色，正要解释这东西的来历的时候，王伟也从他刚才翻过的窗口翻了进来，他身后的陈淡淡姿势比王伟更轻盈。

大家都熟门熟路地爬进韩旌的房间，虽然都是第一次爬，却疑似都在心里默默模拟过很多次了。

“这两个东西是病毒！”李土芝大惊失色，“怎么会在你这儿？我明明寄到我房间……”

“你寄到你房间，然后写着邱局收？”韩旌淡淡地说，“又写错地址了吧？这两个东西不是病毒，你从哪里拿回来的？”

“它怎么可能不是病毒？”李土芝脱口而出，“这是一个感染了斑龙病的变态连环杀手用来给自己打药的！里面有他的血，斑龙病能通过血液和飞沫传染，暴露在空气中太可怕了，快收起来！”他冲到桌子前想去抓那两支针管。

韩旌拉住他：“别冲动，等一下。”

李土芝冲到桌子前面，突然看见了针筒里奇怪的红色花纹：“哎？”

“这不是病毒，是信息。”韩旌正色看着李土芝，“这两支针管你确定是从凶手那里拿回来的？”

“这是杀死王磊的凶手用过的。”李土芝莫名其妙，“他发病的时候神志不清，我趁他不注意的时候偷的，想寄回来给你们化验一下。后来他醒过来，说自己带有一种非常可怕的病毒，那种病毒可以通过干燥血液的碎末传染……”他又凑近看了看针管里的字——他已经认出来那些是字了，“可是这是什么东西？”

“非常隐秘的消息。”韩旌沉吟，“他可能不是你眼前看到的身份，也可能有更复杂的秘密。”他看着李土芝，“你知道他叫什么名字吗？”

“楚翔。”李土芝毫不犹豫地说。

“啊！”王伟和陈淡淡都忍不住发出惊呼。

楚翔！

这个在调查中一再出现的名字，和尹竹一样被洗去身份的人，萧竹影使用他的身份，他是萧竹影曾经的男友，比她早几个月以相同的方式进入中国。

这个人——一定就是整起系列案件中最重要的角色！

“他就是萧竹影画的那个心上人！”陈淡淡脱口而出，除了楚翔，还有谁值得让不会绘画的萧竹影那么用心地画上一个爱心小人呢？

李土芝皱着眉头：“所以到底——他是什么有名的人吗？干吗我一说楚翔你们就都这种脸色？他不是萧竹影的心上人，他是萧竹影同胞姐妹萧梅影的男朋友！”

啊？

王伟、陈淡淡和韩旌都很吃惊，李土芝居然好像很了解他们之间的关系？韩旌长长的眉紧皱着：“你究竟去做了什么？又是在哪里查到了萧竹影的身份？你说你看到了萧梅影的尸体？”

李土芝松了口气，终于能把最近几天发生的倒霉事找个口子宣泄出来。

他先说了他登录了“KING”游戏，认识了一个古怪的北美郊狼，然后被卷入了王磊被入室枪杀的案件，随后邱添虎同意他借此接近北美郊狼，而这个北美郊狼就是楚翔，并且楚翔还强迫他加入了“第三级地域”，带他参观了斑龙病晚期患者的那些奇形怪状的标本。

听到他试图做卧底而未遂，还被别人绑架去要挟做对方的卧底，王伟和陈淡淡简直不忍心听下去。虽然李土芝遭遇了一个强大的对手，但窝囊成这样也很少见，他的计划没有一步成功，倒是分毫不差地全部落入了别人的算计里。

韩旌的脸上隐约多了一些表情，李土芝可以看出那算是有一些哭笑不得，他自己倒是心胸宽广毫不在乎：“我对做卧底这种事不熟，又没被培训过，你以为我是你啊？暴露了就暴露了，留着一条命回来不错了，想笑就笑吧！”

“‘北美郊狼’就是楚翔。”韩旌的手指轻轻敲着桌面，“你看似‘偶然’遇上了楚翔，可如果是偶然，你从他那里‘偷’回来的针管里为什么藏着信息？”他摇了摇头，“不，你不是偶然遇上了楚翔，是楚翔精心策划找上了你。”

李土芝皱眉，他虽然粗神经，心胸宽广得可以装下一个太平洋，但也不是傻子：“但是——他要找上我，首先要认得我，知道我是谁。可是……”

“他找上了你，然后一直在试探你。”韩旌平静地说，“他在你面前杀了王磊，打乱了你的步调，然后用信息把你引诱去丽晶花园小区，同时提醒你注意报刊亭里的王桃，可惜你并没有在意。然后他设法令自己发病，而如你所说，当时房间里除了这两支显眼的针管，再没有其他值得注意的东西——显而易见，杀王磊、要求你杀王桃、故意在你面前发病——都是为了试探你的人品和性格，看是不是值得相信。”

李土芝倒吸了一口凉气，楚翔居然是这样处心积虑的人吗？

“你拒绝了杀人，又照顾了他，当他认为可以相信你的时候，就给予了你一个机会，让你偷走这两支针管。”韩旌缓缓地说，“他的目的不是与你交流，而是与你背后值得他信任的势力交流——这说明他很清楚警方内部有问题——而他在寻找单纯派的势力。”

“单纯派？”李土芝差点笑了，“也就是我们这帮什么也不知道的人，一直傻傻地按照常规程序在办案的。”

“是。”韩旌的表情正在缓慢冻结，像一块冰涌上一层霜白，越发严肃冰冷，“他在寻找单纯派的帮助，就像王桃一样，忌惮于警方内部的隐秘势力，不断通过暗示试图引起单纯派的注意，却一直没有成功。”

“按照你这么说，”李土芝觉得不可思议，“他和王桃是一伙的？王桃就是他让我去杀的那个报刊亭的大妈？这太奇怪了。”

“更奇怪的是，”陈淡淡忍不住说，“王桃和萧竹影是一伙的，所以楚翔和萧竹影也是一伙的，这简直是昭然若揭，他们都住在丽晶花园，这么明显的线索却被他们互相掩饰糊弄了过去。”

“萧竹影是情报人员，楚翔和王桃也会是。”王伟略微镇定一些，“不管楚翔是不是变态连环杀人凶手，他利用一队长传递消息，说明他正在寻求帮助。萧竹影死了、王桃死了……他们这些人的处境非常危险，我们在奇怪王桃守在丽晶花园门口做什么，她在监视谁？也许她就是在监视楚翔，或者是在保护楚翔。”

“可是如果他们是 MSS 的人，假设是这样——”陈淡淡发出疑问，“他们为什么不找上线，却试图把手里的‘那样东西’交给二队长？”

“他们和上线的联系断了。”王伟回答，“他们的上线也许死了。”

韩旌摇了摇头，大家都看着他，却听他平静地说：“你刚刚说楚翔对你说……在 MSS 内部曾经发生过一起事故，然后他们展开了‘龙首行动’，为了查明某样东西的来历，结果死了很多人？”

“是。”李土芝还记得他觉得这个故事缺少了一部分，楚翔说 MSS 的专员感染了斑龙病，可是“博物馆”里陈列的都是“KING”游戏“第三级地域”的人。

“在你来之前我找了一些资料。”韩旌敲了敲鼠标，电脑显示屏亮了起来，显示出一些简报的照片和论坛杂谈。

“在三年前，首都某部门档案室发生过一起大火，死伤情况每个消息来源计算的都不一样。”韩旌指着简报，“官方报纸说的是死亡五人、重伤一人，和楚翔说的一样。但在当地各个论坛上都能找到一些当时的目击者说明，有的还有照片。”他打开了一张路人拍摄的现场照。

档案室位于一个没有挂牌的大院边角处，院墙外停着三辆消防车，火势似乎不是很大。路人配的感想是：消防车占道又不喷水，搞什么？

另外一些目击者的发言就更耐人寻味，有些人声称在大火中看到了巨兽。

还有人自称看到了有翅膀、能飞翔的天蛾人，并洋洋洒洒地写了一堆欧洲天蛾人的历史传说。

韩旌凝视了那张救火的照片一会儿，打开了一份政府内参消息。

那是一份 MSS 的内部文件。

内容非常简单含糊，只是宣布曾归 MSS 第八局管辖的一支特别行动组编号取消。

李土芝盯着文件里的那个编号。

一股寒意从背脊直冒了上来。

“KING”。

特别行动组被取消的编号，叫作“KING”。

“他们可能不是和上线失去联系。”韩旌慢慢地说，“他们是被上线抛弃了。”

李土芝克制不住地回忆起“博物馆”里陈列的那些“标本”。他只认真看了还有人形的萧梅影，那些漆黑的、丑陋的、远处的标本根本没有认真看，以至于无法分辨他们是不是被火焚烧过……但它们漆黑一片，姿态扭曲，都有开放性伤口……还有的只剩下了一条舌头……

楚翔说 MSS 派出了专员调查“那样东西”。

楚翔说死了很多人。

烈火中悲惨死去的……是不是“博物馆”里的那些“标本”？

他们可能不是和上线失去联系，他们可能是被上线抛弃了。

他们更可能是被上线灭口了。

这就是为什么楚翔必须再三试探李土芝才敢传递消息，也是为什么王桃发出这么多古怪的暗示，他们在寻求救援，却惶恐于被 MSS 的某些人发现他们还活着。

他们不但还活着——他们还持有 MSS 可能早就以为被毁灭了的“那样东西”！

这……就是全部的真相吗？

“还记得我们当初想要追查‘沃德案’，而 MSS 内部却打来私人电话，表示‘沃德’已经到案，不需要追查的那件事吗？”韩旌说，“当时我们就有所怀疑，也许‘KING’的这件事和‘沃德’事件一样，都是 MSS 内部有问题的映射。”

“说到沃德案，”李土芝说，“在楚翔身边有一个断腿的外国人，那是楚翔的盟友，他的名字就叫作‘沃德’，我不清楚那是他的真名还是代号。”他的脸色变得沉重，“也许‘沃德案’和‘KING’游戏案件也有关联。”

“‘沃德案’是一起收藏人头的连环杀人案，‘KING’案件是因神秘实验室病毒引发的严重伤亡，并因此关联一系列人体实验、连环谋杀及盗窃等案件。”韩旌看了看王伟，“你有什么想法？”

王伟摊了摊手：“我觉得大家的想法应该都一样。”

陈淡淡点了点头：“‘沃德案’并不是变态杀手在收藏人头，张少明与沃德接触的时候年纪太小，理解错了。”

她看着韩旌，韩旌并不反对，而李土芝也是若有所思，于是她继续说：“沃德在做的是实验，收藏的是实验样本，而他研究的对象，很可能就是斑龙病病毒。”

“张少明小时候待过的别墅不是变态杀人狂的收藏馆，而是那个‘实验室’！”李土芝突然说，“萧竹影从那里偷走了巨蜥的幼体，‘龙’从那里得到最初的病毒，MSS 截获的那个神秘东西肯定也是从那里流出来的！”

他兴奋地看着韩旌，大力拍着对方的肩：“韩旌！这样——只有这样——一切才有联系！”

韩旌并不闪避，任由李土芝在他身上拍得“砰砰”作响，只是淡淡地说：“还记得他们说‘沃德’已经到案了吗？也许他们当初不仅仅是从那里得到了‘那样东西’——”他一字一字地说，“他们还得到了沃德。”

王伟和李土芝都微微一震，陈淡淡失声说：“对！这很有可能！这太有可能了！”

MSS在和刑侦总队争夺“沃德”，并能提供他的一些基本信息，可见对沃德非常熟悉，有些东西不可能凭空捏造，不管现在“沃德”是不是在他们手上，他们必然曾经密切接触过“沃德·西姆森”。

最好的解释就是他们抓住过他，从他那里得到过一些东西。之后MSS内部有些人做了一些错误的决定，使用了他们得到的那个“东西”，导致重大伤亡和病变。然后他们又转变作风，试图将这一系列的事全部掩盖。

韩旌的儿子韩心死于沃德·西姆森的模仿杀手张少明之手，间接也是死于沃德案。韩旌全身一直绷得死紧，虽然他什么也没有说，但大家都能理解。李土芝单手圈住他的脖子，把他往下压：“韩旌，沃德我们一定能抓住！”

韩旌动了动嘴角，随手就把李土芝甩开了：“我们从头对一遍信息，分头查证刚才的猜想——记住，猜想只是猜想，无论多么合情合理也不是真相……”他正说得慎重，下一秒突然全身一顿，整个人绷直得像木板一样栽倒了下去。

他的头重重撞在瓷砖地面上，发出“砰”的一声巨响。

“韩旌？”

“二队长？”

房间里发出惊呼，王伟的手已经拉住了韩旌的衣服，李土芝立刻制止了他。

他的脸色非常郑重：“你看。”

韩旌的后颈浮起一片猩红的血斑，就像无数只奇异的眼睛一样一张一缩，那些环状的血斑浮动着爬过颈部皮肤，消失在衣领下。

感染。

韩旌是冰冻尼罗巨蜥的第一个发现者，他钻进存放巨蜥的洞穴，触摸过那具尸体。

感染爆发得太过突然，李土芝让王伟和陈淡淡迅速远离韩旌，自己冲上去将他拖上了宿舍床。

王伟和陈淡淡惊异地看着李土芝，他们都以为李土芝看韩旌一直不怎么顺眼，却见李土芝拉开T恤衫的领口，坦坦荡荡地说："我也是感染者。"

他的肩头有一个刚愈合的伤口，在王伟和陈淡淡这种专业技术警察看来，是短小的利器伤，几乎可以肯定是飞镖刺的。

"你们赶快退出去，找医生说明情况，给自己做个检查。"李土芝说，"韩旌我来照顾。"

王伟和陈淡淡迟疑了一下，眼看李土芝非常坚持，两个人轻声议论着退了出去。

李土芝把韩旌翻了过来。

韩旌并没有昏迷，他睁着眼睛，只是说不出话来，四肢僵直，微微有些抽搐。

红色环状的斑纹在他身上游弋，李土芝解开他的衣领，只见白皙的皮肤上布满了触目惊心的红斑，浑如一只只猩红的血眼。

这又是什么方向的变异？李土芝看着韩旌似乎没有要扑起来咬人或就地化作一只蜥蜴的倾向，倒是那些血斑在他身上游来游去，慢慢地韩旌的眼睛开始变红。

他身上的斑纹变淡，一双眼睛赤红如血，加上一身白皙的皮肤，就像一只红斑白豹。

李土芝只见过变成焦炭的、变成绿油漆蜥蜴的、变成蛇的，还没有见过变成豹子的，很是稀奇了一会儿。他还以为这种病毒专门针对人类基因序列中爬行动物的残余，现在看起来并不是。

韩旌变得像只大猫似的。

李土芝摸摸自己的伤口，伤口正在愈合，微微发痒，他无从想象自己会变成什么样。

听说变化开始了就不可逆转，自己和韩旌……都会死的吧？

在死前一定要把沃德抓住，结束所有的一切。

这是一场……史无前例的噩梦。

韩旌在床上静静地抽搐，他极其坚忍，身上的异变也许极端痛苦，但他极力促使自己不动、不喘气、不变色。

“那个……韩旌……我听他们说感染了这个……”李土芝帮不了韩旌，只能陪着坐在一边。

李土芝突然叹了口气：“是好不了的。你……你除了给韩心报仇，还有没有什么其他的心愿？”他知道韩旌回答不了，只自己坐在一边自言自语，“你向玉馨求婚的时候都说了什么？”

韩旌痛苦的神色中透露出一丝惊讶，似乎完全没有想过在这种痛苦的时候李土芝会问出这种问题。

“你知道我一直没女朋友嘛，”李土芝仰头看着天花板，“其实……陈淡淡挺好的，可惜听说她喜欢王伟，唉……”他知道韩旌初次发作，应该很快就会恢复，也并不怎么着急，叹了两口气说，“那个老是模仿你的无趣青年有什么好，你要让他多从技术室里走出去，找点自己的小爱好小兴趣，才有点生活的味道。你说像我们这种人，整天和死尸打交道，看的都是阴暗的事，总该找点什么寄托让自己高兴点。可惜我都要死了，居然也没什么放不下的寄托，也没想到什么心愿……你说我活了二十几年……”他又真实地叹了口气，轻声说，“……都在干什么呢？”

韩旌微微合上了眼睛。

二十几年……奔波忙碌。

大部分时间都在焦虑、烦恼、辛苦和忍耐中度过。

为什么高兴早已遗忘，连为什么不高兴、不开心、不向往都想不起来。

这样的人生，就是少年时的自己刻苦拼搏奋斗来的……好的生活吗？

李土芝，我并没有向玉馨求婚。

我只是命令她嫁给我，让我了结责任。

而她断然拒绝了我。

十分钟后，韩旌的抽搐停止了。

大体上，李土芝看不出他有什么太大的变化，除了眼睛微微有些发红。韩旌的姿态矜持，他并不想让李土芝看出他有什么不妥，于是若无其事地坐直，看了李土芝一眼，说："言归正传，我们从萧竹影的房间里找到了一些特别的东西。"

"不要糊弄我，"李土芝斜眼看着他，"你觉得怎么样？"

韩旌唇色青白，拒绝回答。

"我听说发病以后会觉得饿，你要不要吃点泡面？"李土芝关心地问，然后开始在韩旌房间里东翻西找，结果什么都没找到，只找到一包绿茶。

他看着手里的绿茶直皱眉，感觉这东西只会越喝越饿。他回过头来看韩旌："不然我给你叫个外卖？"

韩旌忍无可忍地说："我没事。"

"你眼睛都红了，病毒都集中到眼睛里去了，说不定明天眼睛就瞎了。"李土芝耸耸肩，"趁着还没变成妖怪，能吃就吃能喝就喝，说不定吃饱了你就不会进化成茹毛饮血的品种……"他对着韩旌肆无忌惮地胡说八道，心里也没觉得愧疚，反正韩旌什么都承受得住。

"我不饿。"韩旌敲了敲桌子，"坐下来，有件事我们确认一下。"他指了指桌上的针管，"里面写的什么你看过了吗？"

"还没看清楚。"李土芝老实地回答。

“根据楚翔告诉你的信息，他和‘沃德’是盟友，和‘龙’是敌人。‘龙’得到了病毒一直在做人体实验，害死了‘KING’游戏‘第三级地域’里的高手们，楚翔和‘沃德’都是受害方。如果楚翔能从你这里拿到被萧竹影盗走的资料，交给‘沃德’，那么‘沃德’就能研发出治疗这种病毒的方法。”韩旌说，“但是这里面有一个问题。”他指了指桌上的针管，“为什么——楚翔要自称‘龙’？”

“哈？”李土芝愣住了，“什么？”

“楚翔让你带走的针管内写了一句话——‘我正在被它同化’‘龙’。”韩旌说，“‘龙’这个字毫无疑问是个签名，如果他和‘龙’是有深仇大恨的敌人，为什么他要以敌人的名义传送消息？”他站了起来，发病对他似乎真的没有太大影响。

韩旌在屋里慢慢转了一圈：“‘龙’操纵着整个‘KING’游戏，他有三个盟友，他们和‘沃德’是什么关系？如果‘KING’游戏的原始成员……一如我们的猜测，来自被MSS抛弃的特别行动组‘KING’，那么他们的首领‘龙’是什么人呢？在楚翔的说辞里，‘龙’丧心病狂，为了治疗斑龙病不惜在普通人群里做人体实验，并引诱他人犯罪，杀人放火贩毒无恶不作，‘KING’已经沦为一个恐怖组织——来自MSS的专员，遭遇了什么自甘堕落至此？或者另有隐情？”

这也是李土芝一直觉得楚翔的故事胡拼乱凑、狗血阴暗，还不合逻辑的原因，里面有很多解释不通的地方。

“刚才我去‘小胡椒’那里转了一圈，在二楼露台上看见了‘龙’。”李土芝皱了皱眉头，“不知道为什么，我觉得‘龙’好像认得我，它在二楼看人的那种眼神……不像看陌生人的眼神。”

“楚翔具体对你说了什么？”韩旌摊开一张白纸，拿起了铅笔，“我们一条一条厘清里面的关系。”

李土芝早已在心里把楚翔那段狗血故事反复想了好几遍，忍不住就想说楚翔和萧竹影、萧梅影那对双胞胎姐妹与“龙”之间的超级八卦，韩旌却要求他从北美郊狼开始说起。

一个多小时后，李土芝终于把他和楚翔的恩怨纠葛说清楚了。饶是他记性好、头脑灵活也说得晕头转向，不知道什么时候他和楚翔之间已经有了这么多交集，而重现这些交集，的确楚翔处处都有意有所指的痕迹。

韩旌在白纸上写下了许多疑问，他沉吟了一会儿，接着目不转睛地凝视着李土芝："你在'KING'接到的第一个任务，是在橘色巷1号鸟箱租用一个箱子，为期一天？"

李土芝点头，他让陈淡淡去租了那个箱子，然后真的在系统里就得了5分。

"那里是总队宿舍门口。"韩旌显然很是诧异，"你没有怀疑过为什么这么近？"

李土芝当然怀疑过，但是"KING"游戏上活跃的众多玩家打消了他的疑惑："我以为没有具体的注册信息，就算后台能查到登录IP的地址，也不可能确认我的身份，所以……"

"你是在总队宿舍里登录的游戏。"韩旌简直难以置信他如此蠢，"如果他们在后台看得到你的登录IP的范围，然后试探性地给你一个范围内的任务，最后发现是总队宿舍出来的人租了那个箱子——他们自然就知道你是个警察。"

李土芝张口结舌，他那时候就是随便登录一下，哪里能想到后来会发生那么多事。

他为自己辩解："可是我那时候也没有真的想认真玩'KING'游戏，我就是进去看看……"他觉得冤枉，他那时候并没有想过要试图在游戏里接近谁，只是随便了解下它的运作模式。

"橘色巷任务之后，"韩旌说，"楚翔突然和你进行接触。"他的脸色郑重，"而密码组大楼林伟和廖志成被害，张主任失踪，至今没有结果——公安局内部有严重问题，密码组其他成员仍然没有摆脱嫌疑。而是谁？又是通过什么渠道观察到橘色巷的任务被完成了？根据你的情报，'KING'游戏后台能清楚地了解到每一个人任务完成的情况，谁能做到这种事？”他盯着李土芝，“你说呢？”

“全城蓝网监控？”李土芝低声问。全城蓝网监控是省城这几年最先进的系统，在全市范围内密布高清摄像头，能监控城市几乎所有角落。

韩旌沉默了一会儿，点了点头。

“那必须有警方的权限。”李土芝又说。

韩旌又点了点头。

“或者有黑客侵入了警方的系统。”李土芝说。

“警方的系统和互联网并不连接。”韩旌慢慢地说，“即使是黑客侵入了警方的系统，他本身也在公安局之内。”

他和李土芝互视一眼，各自转开了目光，彼此陷入沉默。

“KING”游戏的运行方式显示了游戏后台能时时监控玩家在现实中的动向，而这种能力除了借助全城蓝网监控，几乎无法实现。显而易见这个利用职权侵入或利用全城蓝网监控的人，就是“KING”在警方内部的卧底之一，大概也就是“元始天尊”“山河尽处”“我从无间来”之一，甚至与张主任被绑架案也有关系。

这个人会是谁呢？是陈淡淡和王伟怀疑的长理生吗？

不对，长理生并不居住在总队宿舍，他进入刑侦总队宿舍和密码组大楼必然会引起注意。

楚翔说“龙”和他的手下操纵着整个游戏的权限，而他从“杰克”和“威廉王后”开始杀起，冲击红嬷嬷酒吧，从外围一步一步瓦解“KING”游戏，意图破坏它所有的重要部门。既然如此，他为什么以“龙”的名义传递信息？他想传达的真正内容是什么？

“韩旌，”李土芝突然说，“这不对！如果他们都是被 MSS 抛弃的成员，为什么其中有人却是警员？ MSS 和公安部不是一个部门，如果有人能从 MSS 转职到公安局，肯定经过上级的层层批准，那就不是抛弃。MSS 不可能为被他们抛弃的人做这么多，他们为什么被 MSS 抛弃了？楚翔说的‘龙首行动’肯定有更大的问题。”

“举个例子？”韩旌凝视着李土芝，“比如说？”

“也许特别行动组内有人本来就是警员，也许将其中不能抛弃的人调到公安部门是一种补偿，相当于封口费。”李土芝说，“比如说体制内的高官，不能被抛弃。”

“那么这个人非常容易追查，”韩旌平静地说，“一个八年前从其他岗位调离，空降公安部门的高官，也许是一个精通情报工作的技术人才——比如说——”他看了李土芝一眼，吐出两个字，“张光。”

李土芝愣了一下，呆滞地看着韩旌。

张光，失踪的张主任，被绑架而迟迟没有线索的密码组秃头。

张光有没有蓝网监控的权限他们不知道，但张光和管理蓝网监控的部门有合作关系。

可是张光有这么穷凶极恶？他明面上是特别部门密码组的组长，暗地里却是恐怖组织的成员？

李土芝印象里的张光长着一张皱巴巴的菊花脸，一个秃头光得流油，腿短人残颜值低，感觉就算在恐怖组织这条道路上逆袭成了灭霸，人生也没什么意思，何况他在密码组要地位有地位要名望有名望，手下还有一票美人儿供他使唤，何苦做贼？简直是无法理解。

而如果张光就是“KING”组织在警方的卧底，他是不是在深夜杀害两名保安的人呢？监控里突然出现的巨型蜥蜴，无故消失的张光，他们是一个人吗？

“张主任在这个案件中的作用，我们需要重新考虑。”韩旌表现得很镇定，但微微颤动的眼睫毛暴露了他的不平静，“他失踪了，当夜两名保安死亡，视频里出现了蜥蜴人——造成的后果是密码组几乎全体成员都被调查，除了我，几乎没有人完全摆脱嫌疑。”微微一顿，韩旌沉吟，“还记得那天晚上我和邱局在一起吗？其实那天晚上并没有什么急事，是张主任要求我和邱局连夜讨论一件事，这不寻常。”

“韩旌。”李土芝非常认真地看着他，“有没有这样一种可能——秃头知道当天晚上有事要发生，或者是发现了什么，于是他逃走躲起来了？就像楚翔和王桃他们一样，为了从要灭口的人手中逃走。”他不想假设张光是一个凶徒。

“张主任的失踪……”韩旌凝视着窗外逐渐暗沉下来的天色，“是有预谋的。他把我派遣去和邱局待在一起，是对我的保护。而密码组的其余人员都成了嫌犯，既是对他们的保护，也有可能是对凶手的制约。我至今认为凶手仍然在密码组内，密码组内有某个人是——”他骤然一顿，蓦然转向李土芝，“我们一直在考虑内部是不是有‘KING’的卧底，也许凶手并不是‘KING’的卧底，而是‘MSS’的卧底呢？”

李土芝恍然大悟。

只有与当年“龙首行动”有关的人才会试图杀“KING”特别行动组的人灭口，而张光可能发现了什么，“MSS”的卧底一发现张光掌握了什么不该掌握的线索或证据，当夜就试图杀了他。

而张光逃跑了。

他不但逃跑了，还给“MSS”的卧底下了个套，把整个密码组设计成了嫌疑犯被严密监控，限制了那位凶手的下一步行动。

而张光所能发现和掌握的，一定就是萧竹影所画的那张稀奇古怪的密码或示意图。

他难道能从萧竹影的画中看出什么不一样的东西？

萧竹影所画的两张示意图都被摆到了韩旌的桌子上。

一张是暗示了润唇膏地图所在处的画，抽屉里还带了一支针头。

另一张是变色润唇膏画出来的奇怪地图，疑似有一条河流和一个山包。

针头正在做检测，结果暂时还不得而知。

省城内并没有河流，也没有山丘，附近唯一的较大的河流在邻近的县城，距离市中心一百多千米。而邻近省城的山丘不少，但与河流的位置如图所示的却没有。

山峰上的箭头又是什么意思？

李土芝还是第一次见从萧竹影的房间里拍回来的“新示意图”，刚看的时候也很是傻眼了一阵。但是他看到萧竹影所画的那只四脚怪——大概是一只蜥蜴吧？如果说那只蜥蜴的位置指的就是玉兰社区尼罗巨蜥所藏身的洞穴，那么这些奇奇怪怪的圆圈和河流之类的应该以那只蜥蜴为中心，分布在距离玉兰社区不远的位置。

可是市中心更加不存在什么河流。

如果这只怪模怪样的四脚怪不是指那只尼罗巨蜥，而是另外一只携带病毒的巨蜥，风险系数将成倍上翻，它又可能在哪里呢？

张光并没有得到萧竹影的第二张图，如果他能发现什么，一定是从第一张图中发现的。

可那会是什么呢？

李土芝皱眉看着萧竹影画的第二张画，再看看第一张。

这个美少女画图的意图不能往复杂了猜，只能按最简单的想法猜。

所以——

SOS

OOUOO

□□□□

□□■□

□□□□

□□□□

□□□□

结合她特地在柜子的第二排第三个抽屉里留下地图，也许——就是最简单的表面意思——0、1、0、0、0？

或者是反过来，4、3、4、4、4？

或者竖过来，0、0、1、0？或者是5、5、4、5？

那么上面的OOUOO是什么意思？

“韩旌，”李土芝指着“OOUOO”中间的“U”，“这是USE的意思吗？用？”

韩旌微微一怔，U——USE？他没有往这个最简单的方向想过。

李土芝拿了支笔，随意画了四个圈，在中间写了个“USE”，然后在四个圈圈里乱填。

00,10？

55,45？

“等一下。”韩旌看着他乱写，突然开口，“如果……这个U真的只是USE，也许这个密码只有一个意思。”

“什么意思？”李土芝看不出被他乱填的这些东西有什么含义，却突然听韩旌说“只有一个意思”，“我怎么没看出来？”

“19。”韩旌说，“20USED1，剩下19，正和萧竹影房间里的柜子一样，20个抽屉用了一个填写地图，剩下19个没有用过的。”

“啊！这是瞎猜胡说的新境界啊！”李土芝目瞪口呆，“这样也行？19又有什么意思？”

韩旌拿起萧竹影画的第二张示意图，指着那条疑似河流的东西：“这不是河流，我们已经比对过附近的河流，它没有这种形状。如果不是河流，也许它是一条公路。”他指着图上的长线条，顺手在手机里搜索了一张地图，将它放大，“19号公路。”

手机屏幕里的19号公路略带弯曲，有个滑滑梯般的小弧度，果然和萧竹影的画有点像。在萧竹影画了几个圈的地方包含了玉兰社区，而公路对面画了个山包的地方的确有一座山。

地图上相应的山丘叫作“红灵山”。

这座山解放前叫作戒灵山，因红军曾经来过山上，后改名红灵山，到现在还是革命景点。

萧竹影在红灵山上画了一个箭头，箭头下有许多横七竖八的线条。

李土芝灵光一闪，脱口而出：“这东西会不会不是箭头，是个火箭呢？”

火箭？

韩旌沉吟了好一会儿："红灵山里曾经有一个军事基地，听说是个弹药库，不过已经废弃了……"

"军事基地？弹药库？山里？"李土芝恍然大悟。

他终于知道楚翔把他带去了哪里，以及为什么他们走了一条很长的隧道，并没有深入地底，却要一直往上爬台阶才能到达楚翔和沃德的"地窖"！

他们待在废弃的军事基地里！在弹药库里！

而萧竹影知道这个，她把它画了出来。

这就是为什么"地窖"的规模这么庞大无边，里面的灯光却如此昏暗，楚翔和沃德如此行踪诡秘，他们居然潜藏在废弃的红灵基地里，把死亡的朋友的标本也运了进去。

而如果山丘代表红灵山，那四脚怪代表什么呢？

李土芝和韩旌在地图上寻找带胡子的四脚怪所对应的位置。

萧竹影把那只四脚怪画得很大，以至于覆盖了很大一片区域。

区域里包含了李土芝一直跃跃欲试想要探查的"小胡椒"酒吧，包含了模仿犯张少明频繁袭击的那几片富人小区，包含了韩旌的儿子韩心当年住过的地方，甚至包含了省公安厅大院的一角。

巧的是省公安厅大院最靠近四脚怪图形的那一角，正是位置偏僻的密码组大楼。

这真的是巧合吗？

第六章

红灵山探秘

李土芝向韩旌描述过他被楚翔“绑架”去“地窖”的经过，“地窖”作为沃德的藏身地，里面又收集了那么多斑龙病患者的标本，如果能对此地进行调查，对厘清案件有巨大作用。

但韩旌手里并没有足以进行调查的证据，他又被隔离了。

“韩旌，虽然听说斑龙病很容易传染，但是像你和我这样初期感染的，传染性也不强。”李土芝的眼珠子转了转，“趁我大概还认得路，不如——”他压低声音，“我们去红灵山瞧一瞧？戴个口罩，深更半夜，不开车不打的，搭最后一班公交车，神不知鬼不觉就去了。”

他本来以为韩旌不会同意，却听韩旌说：“在去红灵山之前，我想先去一趟‘小胡椒’。”他的表情异常严肃，“我想确认一件事。”

“什么事？”李土芝随口问。

韩旌并不回答。

他不想说的再问也没有用，李土芝本能地就放弃了。

“今天晚上十点半我再来找你。”李土芝拍拍韩旌的肩，“你的病既然发作了，门口的看守肯定更多，十点半你自己翻出来，我估计是进不来了。”

正要从窗口溜走的时候，李土芝突然想起一件事，回头问：“去‘小胡椒’可是要有国王卡的，你有吗？”

韩旌淡淡地说：“如果我们的推测是正确的，我就有。”

这么厉害？李土芝耸耸肩：“我去准备，你先休息。”

“你的病发作过吗？”韩旌淡淡地问。

“还没有。”李土芝已经从窗口窜出去了，“晚上见。”

韩旌站在窗户前，他并不是在看李土芝离开，只是看着远处的阴云，晚上可能会下大雨。

过了一会儿，手机轻轻振动了一下。

邱定相思：在秃头办公室找到了八支笔，里面果然有东西。

韩旌删掉了那条微信。

张光如果是“KING”的成员，他隐藏过去，肯定有充足的理由。

韩旌和李土芝一样不相信张光会是一个两面人生的恐怖分子，而唯一有问题的，就是楚翔口中的“龙首行动”了。

那到底是一次怎样的行动？

在张光办公室门口放录音笔的可能并不是别人，正是张光自己。

他在拍摄有谁要对自己不利。

他很可能拍到了，所以逃走了。

他拍到的人是谁？

邱定相思收到韩旌的微信，让他去张光的办公室找笔。聪明如他一下子就猜出韩旌的想法。虽然他身上的嫌疑没有洗清，但他还没有被限制人身自由，依然住在密码组宿舍内。密码组的工作因张光失踪而放缓，但手头上的活儿仍然在做。邱定相思正在破译一组考古队员从清朝古墓里挖出来的老密文，如果不是最近出了这么多事，这活儿还是很有趣的。

工作既然在进行，邱定相思就有机会摸进张光的办公室。

那里并不是案发地，而只是案发现场对面。

中午十二点，邱定相思煞有介事地拿着一沓清朝古墓的资料，进了张光的办公室。他拿不准这里面有没有人偷窥，在张光的书架上找了好一阵子有关清朝晚期文字如何加密的书——当然是没有找到。却在张光密密麻麻的藏书夹缝里找到了一张照片。

那是一张非常陈旧的照片。

照片里，有的人穿着清朝晚期的褂子，有的人穿着西服，人人一脸行尸走肉的模样，站在一团怪模怪样的东西旁边和它合影。

照片的背景是一栋灰暗的小洋房，小洋房的位置在一条行人如织的小路旁边，那头怪物就躺在路中间。有人用树枝简易地为它搭了个围墙，一个人坐在围墙前面，挨个收钱，等着看怪物的人队排得老长。

而和怪物合影的这几个可能就是怪物的拥有者。

他们穿着当年自己最新潮的衣服，即使是西装也掩饰不了身上旧时代的气息。

邱定相思一翻手就将照片藏进了口袋，继续找书。

张光书桌上八支各种各样的水笔，也被他扫荡。这里面也许有秃头自己悄悄拍到的东西——如果录音笔就是张光自己放的，那么一切都解释得通。没有人在盗拍密码组的什么，有的只是一个担忧自己安全的老头子。

隔了好几十本书，邱定相思又发现了一张照片。

照片夹的位置都非常随意，似乎只是随手塞进了那里。这几张照片和之前的老照片并没有什么关系，是一些张光在外的旅游照。矮瘦且秃的老家伙对着镜头露出各种灿烂的笑容，背景是一些青山绿水。

出于职业习惯，邱定相思留意了被插入照片的那些书的书名和被插入页的内容。

第一本有老照片的书，书名叫作《我爷爷养过龙》，居然是一本玄幻小说。老照片夹在书里第一章的位置，分不清是书里自带的宣传卡片还是张光自己的收藏。

剩下夹有旅游照的几本书分别是《中国梦在飞翔》《斯里兰卡红宝石研究》《不可碰触的灵魂》《优秀的庭院植物介绍之勿忘我栽培技巧》《来阿拉斯加看雪》。

最后一本居然是本言情小说。

照片分别夹在这些书的第四章、第五章、第六章、第十一章和第一章的位置上。

邱定相思被秃头这无所不包的藏书路线震惊了，一时忘记正事，把《我爷爷养过龙》拿起来看了几章，觉得还不错。这故事的主角是作者的爷爷，故事讲述清末民初的时候，作者的爷爷捡到了一条身受重伤的“龙”，那条“龙”居然没有死，老爷子一直把它养在柴房里……那是一只没有人见过的“怪龙”，没有尾巴，只剩下半截身体。

邱定相思一直等着看那条“龙”修炼化形成为千娇百媚的美女嫁给男主角，结果看了半天也没等到，相当不满意。这如果是他爱写诗的母亲大人来写，一定是个人“龙”相恋缠缠绵绵到天涯的大故事。

“你在看什么？”一个轻柔的声音响起。

差点忘了自己在干什么！邱定相思抬起头，一个身穿黄色襦裙的女孩推门而入，正是热衷中国传统文化的黄襦。她今天穿着淡黄色的汉服襦裙，梳了个不戴簪钗的发髻，双手戴一对白玉手镯，煞是清秀动人，就像从古画中走出来的美人。

邱定相思看着她，恍了恍神：“《我爷爷养过龙》，秃头居然藏了一本玄幻小说，还不错。”他已经看到三十几章了，“你要不要看？”

黄襦看到那本《我爷爷养过龙》也愣了一下：“我来找耗材室的门卡，A4 纸没有了。”

邱定相思帮黄襦从张光的抽屉里拿门卡，她也没多话，拿了门卡就走了。

一会儿手机响了，赵一一约他晚上吃饭。

邱定相思欣然同意，带上那本夹着老照片的《我爷爷养过龙》，堂而皇之地从张光的办公室走了出来。

然后下楼梯的时候，他左脚绊到右脚摔了一跤，鼻青脸肿地去了一趟医务室。

那本《我爷爷养过龙》摔飞出去，落在一楼的草地上。

邱定相思去了医务室。

给韩旌的那条微信就是在医务室里发的。

他并没有去捡《我爷爷养过龙》。

但是从医务室的窗户望出去，刚才掉在草地上的书已经不见了。

晚上九点半。

邱定相思和赵一一在吃烧烤。

韩旌还在自己宿舍里被隔离。

同时，韩旌一条一条地收到邱定相思发来的微信。

邱定相思把中午在张光办公室里的发现巨细无遗地告诉了韩旌。

韩旌的想法和他一模一样——张光留下了信息。

《我爷爷养过龙》《中国梦在飞翔》《斯里兰卡红宝石研究》《不可碰触的灵魂》《优秀的庭院植物介绍之勿忘我栽培技巧》《来阿拉斯加看雪》。

第一本书里的照片夹在第一章，第二本书的照片夹在第四章，第三本书的照片夹在第五章，第四本书的照片夹在第六章，第五本书的照片夹在第十一章，第六本书的照片夹在第一章。

一、四、五、六、十一、一。

分别映射在相应的书名上。

那就是我、在、红、灵、勿、来。

张光留下了信息。

他逃走了，去了红灵山，希望大家不要跟去。

张光相信他自己能解决问题。

韩旌删去了微信中邱定相思发来的所有信息，他相信对方也正在这么做。

张光去了红灵山，那么他不得不去。

但在去红灵山之前，韩旌必须去“小胡椒”确认一件事。

晚上十点半，李土芝在总队宿舍后门那边的小巷里等韩旌，他想了半天也没想出来韩旌要怎么翻墙出来——衣冠楚楚从不违规的韩旌可能不知道总队围墙的突破点在哪里，要不要给他发个定位？

正当他胡思乱想的时候，韩旌已经从小巷一头慢慢走了过来，依然穿着万年不变的白衬衫，路灯的投影尤显得他的腿修长笔直，就像一款热卖的人偶玩具。

有一瞬间李土芝觉得走过来的并不是韩旌，而是一个装好了发条将一切数得清清楚楚的躯壳。

韩旌是一个遵规守纪，几乎没有爱好或偏好，从不吐露烦恼或痛苦的人。

大概他没有烦恼？

李土芝还记得，抓住杀害儿子的凶手张少明的时候，韩旌面目狰狞，差点徒手打死张少明的样子。

那大概是他见过韩旌最失控的时候，韩旌好像理当执法清正，勇往直前，披荆斩棘，无所畏惧，无所不能。

李土芝抓了抓头皮，不知道是谁给了韩旌这种见鬼的三观，快死了都端得一副若无其事的样子，太让人看不顺眼了。

“先去一趟‘小胡椒’。”韩旌说，同时伸手递给李土芝一张卡。

国王卡。

“哇！哪里来的？”李土芝震惊了，“你从哪里顺来的？”

“张主任的宿舍。”韩旌面不改色，“这证明我们关于他是‘KING’的人的推测没有错，这张卡就在他的贴身衣服的口袋里。”微微一顿，他说，“张主任留下信息，他一个人去了红灵山。”

这句话的信息量可太大了，张光留下了关于“红灵”的字样，说明之前韩旌关于“20–1=19”的 19 号公路的猜想也是正确的，而那神秘的地点就在红灵山。

这同时也说明萧竹影所画的那个山包正是红灵山，而她画的那个长着腿的爱心小人就在红灵山里面。

那里面就是李土芝曾经去过的弹药库。

那么她心爱的人儿……是沃德呢？还是楚翔？

答案显而易见。

她用着楚翔的身份证，在楚翔的身影下起舞，纠缠于楚翔所讲述的古怪故事，并因此而死。

想起她所画的那个丑丑的爱心小人，她画的时候有多痴心，看画的人就有多叹息。

李土芝纠结了半天，叹了口气：“该死的楚翔！阴险的男人！好好的一对姐妹花都死在他手上……对了，你为什么去红灵山之前还要去一趟‘小胡椒’？你想见那只大蜥蜴？”

韩旋点了点头。

“你发现了什么？”李土芝凝视着他。

“‘龙’的身份。”韩旋简略地回答，“‘龙’夺得了‘KING’游戏的控制权，排挤了沃德和楚翔，而他们原来是一伙的。沃德和楚翔这一方受到‘龙’的打击后，龟缩到了红灵山的军火库里，‘KING’游戏遭遇了楚翔的疯狂袭击，却始终没有做出正式回应——它没有明显的展开报复。为什么？楚翔过于自由，行为太过肆意，这不合理。我们在怀疑张主任是‘KING’的人，他会是‘KING’的谁？而‘龙’身边另外的三个人，他们是谁？从来没有浮出水面的他们究竟起了什么作用？”

“你怀疑‘龙’就是张秃头？”李土芝瞪大眼睛，“不会吧？我听说‘龙’那个样子已经很久了，而且他变不回去，他也不能说话，已经直接变成蜥蜴了！”

“还有什么比一个‘变不回去’‘不能说话’的蜥蜴更能隐藏身份的呢？”韩旋慢慢地说，“别忘了，楚翔对你讲述的故事里，‘龙’曾经是一个高大的男人，而现在‘它’变成了一个矮小的人，没有任何可供辨识的特征，‘它’有可能是任何人。”他的表情异常平静，“我要确认的就是——‘龙’究竟是不是敌人——他是谁？以及——战斗究竟在哪里？”

“什么叫‘战斗究竟在哪里’？”李土芝瞪眼，“我们都还没开始，哪里有什么战斗？”警方都还没对这个涉嫌杀人、危害公共安全、涉黑涉恶的恐怖组织正式展开抓捕，哪里有战斗？

“前 MSS 和前 KING 特别行动组之间的战斗，”韩旋平静地说，“当年的‘龙首行动’让他们分道扬镳，他们之间持续多年的敌对将无辜群众卷入其中，涉嫌散播未知病毒，连续杀害多人……”微微一顿，他又说，“他们在远离我们视线的地方战斗，我们所看见的，一直是这场持续多年的战争遗留的痕迹和尸体……我们并不了解他们为什么而战……”

“但你希望至少其中有一方战斗的理由是正义的？”李土芝看着目光渐渐变得深沉的韩旌，突然有些不忍心，轻声问。他心里却想——这世界上古怪的事那么多，涉及利益的战争到处都是，哪里……真的有那么多好的理由、正义的事让你去期待？人类纵然不全都是坏的，也大多数都不怎么好，有什么可期待的？

否则他怎么会出生？安沉焕怎么会死？

像他看得这么开，才会每天都开心；像韩旌这么傻，这么认真，就会到死都一直皱着眉头。

“是的。”韩旌并不否认，“关于‘龙’的一切都非常古怪，我倾向于相信它对你并没有恶意。”

“哈？”李土芝糊涂了。

没有恶意？

难道和阴谋家楚翔作对的“龙”其实是个天使般的圣母？

怀着对韩旌所谓的“我倾向于相信它对你并没有恶意”的极度不信任，李土芝和韩旌去了“小胡椒”酒吧。

夜里十点多了，“小胡椒”酒吧正当生意最兴隆的时候，两层的小楼内坐满了人。大门依然紧闭，李土芝敲了敲门上的小窗口，递上“国王卡”。

门内的服务生依然戴着面具，接过了那张卡。

国王卡上并没有照片，只有一串感应条码，服务生拿着它刷了一下，装在大门口的读卡机闪烁出紫光。李土芝感觉到门内的服务生似乎愣了一下，他打了个电话给后台：“经理，我刷到一张闪紫光的卡，一般不是闪蓝光吗？是不是读卡器坏了？”

哎？难道张秃头的卡有什么特别？

李土芝心里暗叫坏了坏了，说不定这张卡能刷出来张秃头的资料，那一看就知道持卡者不是本人啊！怎么办？

韩旌表情平淡，一如往常一样，看似非常镇定。

过了一会儿，门内的服务生打开大门，对他们两人鞠了鞠躬：“两位，你们的桌位在楼上‘孤独囚笼’。”同时他把卡还给了李土芝。

李土芝装模作样地指了指身后的韩旌：“这是我朋友，没卡，没事吗？”

戴着面具的服务生说：“您这张卡属于三级卡，可以带您的组员进去。”

嘀！李土芝感觉手里小小的黑色卡片简直烫手——传说中的“KING”游戏第三等级的高人——张秃头居然是第三级的人！所以他和楚翔、沃德什么的……真的是一伙的。

表面上，李土芝勉强控制住震惊，装模作样地和韩旌上楼去了。

二楼有三个房间，每个房间里都有人。

所以所谓的“孤独囚笼”到底在哪里？

李土芝带着韩旌在每个房间里乱窜，不停地给房间里的人道歉，正准备按服务铃叫服务生来带路的时候——韩旌突然发现在采光天窗下靠墙装饰着一段生锈的怀旧铁管楼梯。

楼梯以老式水管焊接而成，钉在裸露的红砖墙壁上有一种微妙的神秘感。

韩旌抓住楼梯，爬了上去。

那个楼梯在二楼所有房间的正中间，几乎每个房间里的客人都能看见韩旌在爬墙，大家不约而同地停下交谈，好奇地看着韩旌往上爬。

这感觉实在太羞耻了，这么大的人了，在公众场合玩别人的装饰品……李土芝捂着脸，跟着韩旌爬了上去。

铁管楼梯真的通向采光的天窗。

只不过在夜里，它能透过来的仅仅是微弱的星光。

韩旌一推窗户，窗户向上打开，它并非封死的。

一阵沁凉的微风拂过他的脸颊，非常舒服，微风中有一股淡淡的清香。

是竹叶的香气。

韩旌爬出天窗。

眼前是一片完整的天台花园，不大不小十五平方米左右的空间，靠近天窗的地方种满了琴丝竹，夜里的微风吹来，竹叶纷纷摆动，发出细碎的声音。

在纤细但茂密的竹林中间摆放着一张石桌，石桌旁边有几个竹凳。石桌上点着一支蜡烛，烛光在微风中明灭。

这是一个私密却又清爽的空间，极具情调——如果没有包围着天台的那些铁丝网的话。

不知道什么原因，“小胡椒”的主人用极粗的铁网格将整个天台全部罩住，上下左右，前前后后，不留一点缝隙。

在蜡烛闪烁的微光中，巨大的铁网就如同囚笼，给进入这个空间的人带来了巨大的心理压力。

竹叶纷飞，但不再让人感觉到美。

这个地方，就是“孤独囚笼”。

李土芝跟着韩旌爬了上来，心里有些诧异，又觉得理所当然——他曾经看到“龙”在二楼的花园里现身，那显而易见，当时“龙”就是站在“孤独囚笼”的竹林里。

张光的国王卡能让他们进入这个私密空间，这到底又是表示了什么？

李土芝胡乱点了两杯咖啡，和韩旌坐在“龙”曾经出现过的地方，到处查看痕迹。

韩旌看了一会儿竹子，突然说：“张主任有国王卡，但是可能从来没有来过这里，或者很长时间没有来过了。”李土芝点头，显然如此——看门的小弟都不认识这张卡。

“但不管怎么说，张主任和楚翔还是可以联系的——他们都有国王卡，他们可以通过 KING 游戏互相联络。”韩旌沉吟，“楚翔在针管里留下的信息是要给张主任的，可能性不大……”

毕竟他们推测 KING 游戏能监视玩家有没有完成游戏的权限来自“蓝网系统”，而又推测“蓝网系统”的黑客权限是张光给的。

他们之间一定早有联系，只是一直极力避免被人发现。

那么楚翔的秘密信息是要给谁看的呢？

“喂？”李土芝突然没头没脑地说，“你说他会不会就是要给你看的？”

韩旌愣了一下。

“你看他把东西给了我，而我显然只会把东西给你看。”李土芝耸耸肩，“我这种人是很容易被了解的……”

韩旌哭笑不得，他并不是什么位高权重、能左右一切的重要人物。楚翔不可能甘冒奇险，就为了让韩旌涉入其中，何况他和韩旌简直没有交集……

“你不要忘了，根据调查结果，这个楚翔是你师弟，你们是一个大学的……虽然他被开除了。”李土芝一本正经地说，“萧竹影是你的脑残粉，说不定楚翔也是，他迷信你能解开他的密文有什么奇怪的？何况你真的解开了！”

韩旌微微一震。

“我觉得说不定楚翔不信任张秃头，他藏着什么大秘密……萧竹影不是一直想联络你吗，她想把关于病毒的机密交给你。”李土芝越想越兴奋，“楚翔是她男朋友，说不定他也想联系你……呃……”当李土芝顺口想说“他也想把关于病毒的机密交给你”的时候骤然发现了一个严重的悖论——楚翔的立场和萧竹影好像并不一样。

楚翔绑架他就是为了从他手里早一步取得所谓的“病毒资料”，他是为了活命想取得病毒资料，理由非常充分，可见他手里没有那份机密。所以他怎么可能像萧竹影一样想找到韩旌，秘密地给韩旌什么东西？

哎？又出现了一个严重的问题——如果楚翔真的是萧竹影的心爱之人——她为什么不把机密给楚翔，救他的命，却要冒险带着东西逃走，试图转移给韩旌？

楚翔的故事里一直有难以解释的断层。

萧竹影身上一样也有。

她画了一个心爱之人，为之而死，而她手里有心爱之人急需的救命之物，她却要给韩旌。

李土芝慢慢抬起头看着韩旌：“会不会是其实你有什么特别的地方……而你自己不知道？”

韩旌蓦然转头看着李土芝，他一瞬间想到的并不是自己有什么特殊之处，而是李土芝的这几句话恰好证明了他一直在怀疑的一件事。

“他们是情侣……或者萧竹影爱着楚翔，”韩旌说，“至少在萧竹影画示意图的时候，她仍然爱着楚翔，还把他画为心爱之人。但他们之间是什么时候出了问题，让萧竹影与其把资料给我也不给他，让楚翔卑劣到需要通过绑架你来获得那份东西？”他喝了一口咖啡，也许是忘了加糖，味道太苦，他多看了咖啡一眼。

李土芝撕开黄糖的包装，递了过去：“可能是因为萧梅影的死？听说她是被楚翔传染的，作为双生妹妹，萧竹影可能恨他？情侣之间反目成仇？可是我听说萧梅影才是楚翔的女朋友，这里面没有萧竹影什么事啊！难道是姐妹两个都爱上了楚翔？他的魅力这么大？”

韩旌把黄糖倒进咖啡杯里，搅了搅，说：“萧竹影和萧梅影是双胞胎，萧竹影是我的师妹。”他不动声色地看了李土芝一眼，“可是当年的同学里面，没有人记得尹竹有双胞胎姐妹。楚翔是我师弟，尹竹是我师妹，在学校里他们是情侣。”他还学了一句李土芝的话，“并没有萧梅影什么事。”

萧竹影长得青春甜美，如果她还有一个双胞胎姐妹，和她长得一模一样，即使不在一个学校读书，也不可能没有人知道。在学校里她和楚翔是一对儿，几年后，凭空出现的她的双胞胎姐妹和楚翔是一对儿。

这岂不是很奇怪？

“你的想法？”李土芝皱着眉头看他，“什么意思？”

“没有萧梅影，也没有萧竹影。”韩旌说，“从头到尾，只有尹竹。”

“不不不，我看到了萧梅影的标本，变态的楚翔给她做了个半身的标本，像活人一样，她就和萧竹影长得一模一样。”李土芝连连摇头，“萧竹影的尸体在太平间，萧梅影的尸体在红灵山，不可能是一个人，除非她们都是修炼多年的妖怪。”

“你也说了。”韩旌说，“红灵山里的萧梅影，是一具标本。”他又撕了一包黄糖，倒进咖啡杯，“而标本，是‘制作’的。”

李土芝变了脸色：“你是说——那具标本是假的吗？”

“我怀疑是的。”韩旌非常坦然，“只有它是假的，才能证明我一直在怀疑的事——我怀疑‘龙’也是假的。”

“什么？”李土芝愕然，“‘龙’怎么可能是假的？如果‘龙’是假的，KING 是谁在领导？王桃和萧竹影是谁杀的？密码组大楼的保安是怎么死的？红嬷嬷酒吧里散布的病毒是哪里来的？还有我看见的那个……”

那个大蜥蜴……

“嘘——”韩旌压低了声音，“冷静。”

他怎么冷静得了？韩旌居然说“龙”是不存在的！李土芝怎么接受得了，都恨了那么久的假想敌，说是假的就是假的啊？

“我怀疑萧竹影就是萧梅影，双胞胎姐妹从来不存在。”韩旌说，“这个念头已经很久了，自从知道萧竹影就是尹竹，我就有这个想法，而王桃的存在更是证明了这点。”

“为什么？”李土芝莫名其妙。

“王桃对人说她在老家的女儿叫作尹竹。”韩旌说，“我不知道她出于什么目的，但她没有提过萧梅影的存在。除了楚翔的故事，从尹竹曾经的同学、她的微信照片、她的手机，包括她租住的房间、她画的示意图——没有任何地方显示她还有一个姐妹存在。”

韩旌苍白的手指轻抚咖啡杯的边缘：“假如你有个兄弟，他死了，你们曾经那么亲密，怎么会连一张照片、一个牌位……或者一个摆牌位的地方都没有？”喝了一口咖啡，韩旌继续说，“而如果‘萧梅影’并不存在，那具‘标本’就很可疑——我猜它是假的。”

“那和‘龙’有什么关系？”李土芝不能理解为什么韩旌非要说“萧

梅影”是假的。

“有很大的关系……”韩旌说，“如果‘萧梅影’不存在，‘萧竹影’和楚翔之间是怎么反目成仇的？‘萧竹影’为什么要出逃？为什么要冒险把什么东西交给我？他们假造了一对双生姐妹，是为了什么？”

他撕了第三包黄糖，李土芝的目光看了过来，韩旌并没有停止，继续说：“‘萧梅影’的死是他们之间‘反目成仇’的合理理由，让‘萧竹影’出逃的行为变得合乎逻辑。如果没有这件事发生，‘萧竹影’无论如何也不该带着资料潜逃——不管楚翔到底是谁的情人，她都不可能见死不救。”微微一顿，他又说，“也是楚翔歇斯底里，变得疯狂和不可理喻的理由。受到刺激而疯狂的人，即使做出很多不合逻辑的事，也都可以说得过去。”

李土芝听出了弦外之音：“听起来像很大一盘棋？”

“的确是很大一盘棋。”韩旌说，“有一个……或者一些一直在下棋的人，他们冒险深入其中，不得不跟着下。‘萧梅影’的身份能混淆那个人的视线，就像‘龙’的存在一样。”

他终于说到了“龙”，李土芝兴奋了起来：“为什么？”

“任何人都能伪装成‘龙’，”韩旌说，“它比萧梅影更好伪装，甚至根本不需要假装自己有个双胞胎兄弟。你还记不记得，当楚翔和你说‘龙’的故事的时候，是不是表现得尤其激动，显得非常怨恨，把‘龙’描述得十恶不赦，欲杀之而后快？”

李土芝想了想，好像还真是，楚翔说起“龙”的确是恨的，那股怨毒根本是深入骨髓，无可救药了，导致虽然他的故事有诸多断层和漏洞，却依然说服了李土芝。

“他说故事的时候，沃德在场吗？”韩旌问。

李土芝仔细回想了一会儿：“基本上都在。”

断腿的沃德就像隐入洞窟深处的鬼魅，几乎一直都在房间角落阴暗古怪的灯光下坐着，一声不吭，仿佛陈旧古老的时光中古怪的装饰品。

“他的故事不是说给你听的。”韩旌听到了自己想要的答案，舒了一口气，“还不明白吗？有一种古老的，在强敌面前自保和求胜的手段，叫作‘拥敌自重’。”

“哈？”

“‘我’想要接近你，而‘你’并不好接近。”韩旌一字一字地说，“最好又最快的方法，就是让‘我’和‘你’拥有共同的敌人，敌人的敌人，就是盟友。”

“沃德和楚翔，就是盟友。”李土芝开始听懂韩旌的意思，逐渐变了脸色，“而‘龙’就是他们共同的敌人。”

“对！‘龙’的存在让楚翔的存在变得重要，这就是我说的‘拥敌自重’——假造一个强大的敌人作为自保的方法，去接近真正的敌人。”韩旌说，“‘龙’很可能和‘萧梅影’一样并不存在，它可能是‘元始天尊’‘山河尽处’，或‘我从无间来’之中的谁，更有可能的——它就是楚翔。”

它就是楚翔！

李土芝蓦然站起身——他想到他在“小胡椒”酒吧第一次看到“龙”，他从来没有见过楚翔，楚翔却莫名其妙地找上了他；他想到楚翔对着KING杀人放火，“龙”却没有报复过他；他想到楚翔的针管留言所留的签名是“龙”；他想到他被楚翔送出红灵山“地窖”，分道扬镳后他偷偷溜去“小胡椒”酒吧，二楼恰好有“龙”在等着他；他甚至想到楚翔把他带去“地窖”，对他各种威逼利诱，几次要把斑龙病病毒传染给他……但……

他渐渐瞪大了眼睛，脸色变得铁青，他瞪着韩旌。

但韩旌发病了，他没有！

楚翔冷笑着说他感染了斑龙病——那该死的到底说的是不是真的？

他真的被感染了吗？

还是其实没有？

一切都是……这一切都是……那个该死的打入敌人内部的卧底为

了完成任务而冒的险、布的局？

“如果‘萧梅影’只是个另有作用的身份，如果‘龙’真的并不存在，那么打入沃德身边的人从头到尾就只有尹竹和楚翔。”韩旌的表情非常慎重，“他们为了得到沃德的信任做出了难以想象的努力，然后他们从沃德那里得到了一份重要的东西——出逃的‘萧竹影’被各方势力追杀至死，但除了一只带有病毒的巨蜥，谁也没有得到想要的东西。”他看着李土芝，“这说明什么呢？”

“说明……‘萧梅影’的作用……非常重要。‘东西’从来不在萧竹影身上。”李土芝慢慢坐了下来，“说明……如果没有‘萧梅影’的死，很快就会有人猜到东西还在楚翔……那里。”

他内心惊骇无比：“但是已经有人翻查了萧竹影的房间，带走了她所有的东西，有人甚至能从公安局内部盗走照片，各方势力都在追查那个‘东西’，甚至为此杀人。这里面不知道有哪些人就是沃德的人，楚翔的处境非常危险……极其危险……”

“斑龙病在蚕食他的思维，影响他的行为。”韩旌说，“这才是他最终决定通过你向我传递信息的原因，他的确在求助，只是这个求助……起点太高，风险巨大。”

楚翔已经再三展示了他是个极端危险的男人。

尹竹毫无疑问是为他而死的。

为了保护楚翔，尹竹调虎离山，以一只巨蜥，带走了所有人的注意力，直至死亡。

她一直爱着楚翔，愿意为他而死。

他们也许从未彼此仇恨，只是一场绝恋。

“第三级地域”里，楚翔抚摸着“萧梅影”的标本所流下的眼泪，其中岂止是伤心成狂？

她成尸成鬼。

他入狂入魔。

韩旌所猜测的故事，比楚翔自己所说的，更悲伤痛苦十倍。

“啪啪”两声，有人鼓了鼓掌。

韩旌毫不意外，端坐不动。李土芝吃了一惊，但也不是很惊讶。

自从刷了张光的国王卡进入“小胡椒”酒吧，他们就知道此时的一举一动都在酒吧的监视之下，而韩旌愿意冒这个险，自然是对自己的“猜测”非常有信心。

“小胡椒”酒吧是“龙”的基地。

但杀死“萧竹影”的凶手也正是潜入了这里——李土芝现在想通了——王磊在这里做服务生，他做兼职的目的不单纯，与萧竹影的死一定有关，这就是为什么楚翔持枪破门而入当场杀了他。

那是赤裸裸的复仇。

王磊是别人放入“小胡椒”的卧底。

而另外一个神似韩旌的男人，那个真正动手的人至今没有找到，消失得无影无踪。

还有一个练习钻入拉杆箱的女孩，她会是谁?

李土芝大脑里的念头还没有转完，铁丝网的外面赫然出现了一张他非常熟悉的脸。

楚翔站在铁丝网的外面，琴丝竹当中，细碎繁多的小竹叶挡住了他身体的大半部分，让李土芝看不清他的下半身有没有变成大蜥蜴——不过料想能随心所欲地把自己搞成半人半蜥，斑龙病就不是一种病，根本是特异功能了吧?

“虽然是第一次见韩师兄，但是你和传闻中一样，非常聪明。”楚翔不知道是什么时候藏匿在那里的，显然刚才韩旌的话有一半是说给他听的，他听见了，却也没什么表示，表情讳莫如深。

“李土芝没有被传染。”韩旌说，语气很确定。

楚翔不为所动，过了一会儿，他淡淡地说：“也不是我好心放过了他，他的血有问题，少了一些这种病毒能够感染的载体，不受感染，他是一个很好的实验体。”

李土芝有一点轻微的血友病，难道居然是这种遗传病让他幸免于难？

“我知道你们在查沃德。”楚翔后退了一步，让自己整个人隐没在小竹林里，“沃德·西姆森，他不是阿拉伯人，他的国籍我至今没有弄清楚。他会三国外语，中文也说得不错，但几乎不在中国人面前说。”他讽刺地笑了笑，“我告诉他我是越南人，他相信了。”

“你们的身边有间谍。”楚翔说，“我不知道‘他’来自何方，但警方的行动——尤其是师兄的动向，沃德非常清楚。我不该让尹竹投奔你……在说服她逃离‘第三级地域’的时候，我不知道……韩师兄身边已经有‘他们’的人，‘他们’抢先一步冒充师兄和尹竹联系，最终害死了她。”顿了顿，他面无表情地说，“不，是我害死了她。”

“那天晚上你看到了我？”李土芝突然问，在追踪王磊而来的那天晚上，“小胡椒”院子里的那只大蜥蜴一直是他的梦魇，“那只大蜥蜴真的是你？”

“是我。”楚翔轻声说，“我看到了你，知道你是谁，你和韩师兄的材料，一直放在沃德房间的桌上。他在研究你们……主要是研究韩师兄。”

当然，楚翔的斑龙病表现并不是完全变成一只蜥蜴，但为了在沃德面前将“龙”与自己区分开来，在扮演“龙”的时候他特意夸大了病状，使用了一些软胶道具将自己伪装得更像一只蜥蜴。

“所以韩旌身上真的有问题？”李土芝惊奇了，他本来以为萧竹影和楚翔都是韩旌的迷妹迷弟，所以才千方百计联系韩旌想要把什么宝贝送给他，结果居然是因为沃德在研究韩旌？

韩旌也很是意外：“我？”

“‘沃德’只是一个代号，在 MSS 截获带有‘龙首’的那份材料之前，‘沃德’已经进行了长时间的研究。他们并不是一个人，而是一伙来历不明的外国人。”楚翔说，“他们并不是想制造一种新病毒，而是在研究超级武士。大概在七十年前，有人在营口展出了一具所谓的‘龙’

的干尸，当时那具干尸的来历现在我们还不知道，但那具干尸很快消失了，再次被人发现的时候，就在被 MSS 截获的那份绝密材料中。”

他突然说起了一段历史，韩旌和李土芝都有些吃惊。

只听楚翔继续面无表情地说：“当时 MSS 在追击‘菲利斯国王’潜入中国的小队的时候，截获了一个密码箱，箱子里面是一份密文和一块头颅的碎片，那个头颅碎片就是所谓的‘龙首’。”

“这和沃德研究韩旌有什么关系？”李土芝诧异极了，“七十年前？七十年前还是民国啊……那么久以前的事，你们怎么知道人家密码箱里装的骨头就是属于七十年前的那具干尸？”

“密码箱里有密文和照片，很详细地解释了‘龙首’的来历。”楚翔说，“那具来历不明的尸体上带有神秘病毒，而 DNA 实验证明那并不是一条‘龙’，而是……”

“一个人？”韩旌问。

李土芝吓了一跳，只听楚翔说：“嗯，那是一个人。干尸身上的伤痕表明了这个‘人’经历了激烈的搏杀，身上的许多伤放在‘人类’身上都足以致命，但‘他’当时并没有死，不但没有死，伤痕还都有愈合的迹象。他的肌肉和骨骼发生了二次生长，几乎进化成了另外一种生物。‘沃德’得到了那具尸体，试图发现二次生长的奥秘，但他们只是从尸体中发现了一种新病毒。”

“所以其实那只是一个……也许是第一个感染了斑龙病的人？”李土芝喃喃自语。

韩旌只是目不转睛地看着楚翔的方向，那里只是黑夜中的一片竹林，细小的枝叶纷飞，飘散出“沙沙”微响，景象安逸，但隐在那个方向的人在叙说一段惊心动魄的往事。

“他们研究了很多年，死了很多人，杀了很多人……”楚翔说，“他们在八年前彻底破解了这个病毒的基因图谱。但阿拉伯人获取了情报，知道‘沃德’正在研究的‘超级武士’项目取得了进展，于是他们雇用‘菲利斯国王’从沃德那里抢走了‘龙首’和资料。”他面无表情地看了韩旌一眼，“没有合法文件和手续，新中国成立后没有人能从中国运走一具来历不明的尸体。所以从七十年前在中国得到那具神秘干尸开始，‘沃德’就一直在中国本土进行研究，从来没有离开过。”

所以在研究中死去的都是中国人？李土芝骇然，这么多年，到底有多少人无声无息地消失在这项实验中？张少明在沃德的别墅里发现的人头是多少年罪恶的积累？

“而MSS阴错阳差地又从‘菲利斯国王’那里截获了‘龙首’。”韩旌突然接话，“他们不知道那是什么东西，没有隔离处理，整个行动组因此受害。但这和我有什么关系？”他非常冷静地回想，“八年……八年前……”他蓦然抬头，“当时我还在上学，遭遇了一场严重车祸，肇事车辆逃逸，至今没有找到。”

“没错。”楚翔说，“肇事车辆就是当时正在逃逸的‘菲利斯国王’的车辆，MSS的行动组在追击他们，他们开车撞上了你。”

那场车祸撞碎了韩旌高傲的自尊，让他走下神坛，甚至和玉馨纠缠在一起，生下了韩心。幼小的韩心还没有来得及与父亲相认，就死于张少明之手，而张少明居然是沃德的模仿犯。

生活就像一个一个的怪圈，你不知道因果，不知道所谓正义与光明在何处，不知道混沌与邪恶在何处，只迷茫地摸索……蓦然回首，却是撕心裂肺。

李土芝看着韩旌的脸色越来越白，知道他想起了韩心，忍不住伸手拍了拍他：“你还好吗？别想了。”

韩旌的脸色苍白如纸，宛若当初他在张少明的密室里看见韩心的头颅时的模样：“他们开车撞上了我，可是我并没有从他们那里得到什么东西。”

“事实就是东西不见了。”楚翔说，“那伙人逃走了，而当‘沃德’再从MSS那里拿回密码箱的时候，发现最重要的东西不见了。”他一字一字地说，“当时密码箱里有两支用于实验的病毒针剂，十二个病毒培养瓶，它们失踪了。”

韩旌被撞成重伤，休养了大半年才痊愈，对撞击时的记忆非常模糊。他摇了摇头：“我记不清有没有针剂，也不记得有密码箱，当时我在等红绿灯，那辆车突然失控，从对面车道冲出来撞上了我，过程只有几秒。”他连肇事司机的脸都没看清，否则怎么会这么多年都找不到肇事者。

并且事发路段的监控并没有朝向这个方向，也没有留下任何视频资料。

“‘沃德’追查那些东西很久了。”楚翔冷冰冰地说，“MSS在交通事故的现场取得了那个密码箱，当时箱子没有打开。现场遗留下的人，只有你。”

“我？”韩旌微微蹙眉，反问了一句。

“MSS带走了和‘菲利斯国王’相关的所有东西，包括密码箱。当时他们调查后认为事情和你没有关系，你只是被牵连的普通人，所以没有告诉你事故的真相。”楚翔说，“当然，当时他们也不知道密码箱里应该有些什么，但沃德知道。当沃德重新拿到那只密码箱的时候，密码锁完好无损，可是箱子里的药剂不见了。从车祸发生到警方赶到现场，前后相差的时间不过几分钟，那个时候，留在密码箱旁边的人，只有你。”韩旌看不见楚翔的身影，但他的目光宛如实质，似乎正穿透黑夜和竹林，深深刺入韩旌的胸膛。

他甚至补了一句：“而你是一个聪明人。”

言下之意连李土芝都非常明白——聪明人，有解码的天赋，所以破译一个密码锁不在话下。

只要韩旌有心。

沃德在追查韩旌，在无法可想的情况下，他们怀疑当年还是大学生的韩旌出于未知的目的偷走了病毒，这就是萧竹影和楚翔为什么要联系韩旌。

“我以为你得到了针剂和病毒，这么多年以来一直涉入其中，我以为你是我们的人，所以我让尹竹联系你，向你求助……”楚翔的声音开始发颤，说不上是痛苦还是凄厉，扭曲着一种令人不忍听闻的声调，“可是其实你……什么都不知道……”他控制住自己，停顿了好一会儿，淡淡地说，“事到如今，尹竹死了，王桃也死了，‘KING’只剩下我一个人。沃德早就对我起了疑心，再坚持下去也没有意义，而我大概……也保持不了多久的理智。李土芝可以信任，他相信你，我也希望你可以被信任。”他显然有交代遗言的意思，但李土芝和韩旌都还没考虑清楚这一切。

“等一下，当年的‘KING’只剩下你一个人，那张光呢？”李土芝失声问，“张光跑到红灵山去了，他不是你的人，为什么有‘小胡椒’的卡？”

“张光是我们的恩人。”楚翔淡淡地说，“真是奇怪，你们居然什么也不知道。”他终于慢慢地从竹林里走了出来，让半边身体暴露在黯淡的灯光下。

楚翔裸露衣服之外的皮肤布满了正在蠕动的斑纹，就像上一次李土芝看见的那样，斑纹之间的皮肤通红，似乎正在发着高热，但这一切痛苦从他脸上都看不出来。

八年前，楚翔和尹竹都还是警官学校里憧憬着未来的大孩子。和尹竹不一样的是，楚翔没有父母，五岁的时候他被人从福利院带走收养，他的舌头肌肉有一点轻微的畸形，导致发音和常人不太一样。收养他的是一对在 MSS 工作的夫妻，他们丧生于“龙首行动”，甚至他的养父就死在焚毁档案室的那场大火中。

楚翔从高中起就策划着要为养父母复仇，他考上警官学校就是直奔着这个目标去的，而与尹竹在一起起初就是为了私心。尹竹的母亲正是王桃，王桃是当年“KING”特别行动组的幸存者，侥幸没有感染斑龙病病毒，一直隐姓埋名生活。

楚翔和王桃、尹竹有着共同的目标，当 MSS 到警官学校来招聘特殊专员，指派到国外处理一起留学生间谍案件的时候，楚翔和尹竹抓住了千载难逢的机会，进入了MSS。处理了留学生间谍案件后，楚翔和尹竹借机查询到了当年“龙首行动”的部分真相。

真相令人震惊。

当年MSS“KING”行动组追击“菲利斯国王”小队，获得了“沃德”的密码箱。一开始他们的确不知道那是什么东西，破译了密码之后也没有当一回事，就将证物简单封存在档案室内。

但当时MSS内部有一个人对这些东西产生了好奇，他姓黄，叫黄夔，是“KING”特别行动组的组长。他私下研读了密码箱里的资料，发现了一片新天地，不知道出于什么原因，没有将事情上报，而是窃取了那块“龙首”残片偷偷进行研究。

结果可想而知，黄夔染上了斑龙病，随后在一次例行会议上斑龙病发作，他袭击了与会的“KING”行动组成员。共有八名专员被他咬伤，其中一人当场死亡，那就是楚翔的养母。

MSS的高层对这件事深感震惊，下令严查，并将黄夔关了禁闭，请专家对他进行治疗。但黄夔的病程发展极快，不过几个月他就几乎失去人形，最终因为体形过大，内脏受挤压破裂而死。死亡的时候，黄夔的体重达到了四百三十五公斤，身高近三米，完全失去理智，成为一个袭击任何事物的疯狂怪物，任何一点声音或色彩都能引起他的狂躁。治疗他的专家数次遭到他的袭击——当时还没有人意识到这是一种传染性疾病。

一个月后，“KING”特别行动组集体发病，治疗黄夔的专家同时发病。

大家都亲眼看见过黄夔发病时的样子，意识到这是恶性传染病之后，不可遏制的集体恐慌爆发了。治疗黄夔的赵姓专家当即自杀身亡。当时处理这件事的高层意识到这件事一旦爆发，就将成为最严重的公共卫生事件。而他们因为自身管理失职，处置不当，将被全部问责，甚至锒铛入狱。

不能让更高管理层的人发现这个严重的事件，于是当时管理特别行动组的领导下令将有被感染可能性的所有人关禁闭，这里面包括楚翔的养父，以及尹竹的妈妈。

谁都知道这个病是治不好的，整个行动组被关在档案室底下最坚不可摧的安全屋内，那里面墙壁钢板厚达十厘米，屏蔽一切信号。MSS放弃了他们，静静等待他们集体死亡。

那是一场沉默的谋杀。

而被放弃的人们并没有罪。

十五天后，安全屋上方燃起了大火，就像流言所说的那样，有人在大火中看见了异兽的影子，有人看见了翅膀，也有人看见了尾巴。那场火火势极强，消防车到达了现场，但一直没有得到进入的许可。MSS当时坚称安全屋内并没有人，没有允许消防车进入。

当时拒绝消防车进入安全屋的值班领导是张光。

奇怪的火灾事件后，张光被调离MSS，空降到F省公安厅当了一名辅导情报侦查的教员。

大火后，地下的安全屋内的确留下了几具焦尸，但更多的专员消失在大火之中。

自此之后，“KING”的编制被取消，当年最精英的行动组销声匿迹。

活下来的只有惧与仇恨。

当年下令将“KING”特别行动组整体关入安全屋的领导胡谷昌在大火后不久也辞职，离开前胡谷昌秘密带走了“沃德”的密码箱——那个密码箱宛如魔盒，似乎无论是谁打开了它，都抗拒不了它的诱惑而滑入深渊。

胡谷昌找到了“沃德”，他们之间密谋了一项交易。而后“沃德”的人出现在MSS和“KING”行动组之间，“沃德”的人开始追杀可能从安全屋逃离的前“KING”专员，专员的信息是胡谷昌提供的。

他和“沃德”都在灭口，而被MSS抛弃的“KING”就如丧家之犬，被病毒感染，四处碰壁，狼狈逃窜。

王桃就是在逃离安全屋之后为自己起名“王桃”，从事起了报刊亭的工作。

她很幸运，没有被黄夔咬伤，在安全屋中只有她一名女性，所以大家保护着她，没有让病发的同事靠近过她。

但邱月死在病发的简恩手里，孙小河死在病发的萧顺顺手里，张华死在病发的杨迪手里。在黑暗的安全屋里，他们像蛊虫一样自相残杀。当毛国强终于弄开安全屋的密码锁，张光帮他们放了一把大火，掩护他们出逃的时候，邱月、孙小河、张华，以及楚翔的养父楚流云都死在安全屋里，被烧成了焦炭。

感染了斑龙病病毒的简恩等人在短至几日，长达数年的时间里慢慢发生变异，有些人和黄夔不同，自始至终没有失去理智，让变异的死亡来得更加痛苦不堪。

为了联络四散求生的前“KING”队员，寻找他们的下落，为他们提供帮助和防止他们失控，张光和“山河尽处”“元始天尊”“我自无间来”等人着手秘密建立了“KING”现实网络游戏。

免费咖啡、免费住宿、各种打折的国王卡应运而生。

建立之初，它是为了帮助感染了斑龙病而无法在社会中生存的战友而存在的，网站上留有“KING”特别行动组的联络暗语，期待战友回归。网站上描述的获取“国王卡”的方法只是掩人耳目，但网站一运行起来，那些乱七八糟的游戏规则居然有不少人响应，产生了意想不到的效果。

发布命令的“国王”可以操纵完全不认识的“平民”去做任何事，并且能让它看起来像个游戏、是一场有趣的巧合。

有些事在不经意之间悄然变了味道。

当时被找到的有简恩、萧顺顺、杨迪，以及收留他们三个人的房东爱德华。爱德华是一个土耳其人，身材高大，几乎胖成了一个球。他和简恩三人一起加入了“KING”游戏，负责照顾感染了病毒的专员。

随后他们找回了段春、欧阳笑、马吉利，以及那位自杀的医学专家赵钰庆的妻子贺华。可是其他人在烈火中化为了灰烬，那把火是张光放的，虽然大火掩盖了痕迹，残留的同伴尸体让 MSS 不再追究，但

“KING”的幸存者仍然无法面对放火的张光。

他放了一把火，那把不可控的火既是一些人的求生希望，也是另一些人的死亡之焰。

张光二话不说就离开了“KING”游戏，留下了所有权限。

简恩继承了游戏的最高权限，在张光之后领导起了自救组织，同时开始追查“龙首”的来历，希望找到自救的办法。他刚查到“沃德”的存在，就死了。

死因是体形过大，看上去和黄夔的死因一模一样。

简恩死后，欧阳笑继承了他的职责，但他在这个位置上只待了三天。

三天后，欧阳笑病情发作，攻击了杨迪和萧顺顺。

他们三个同归于尽。

但在这之前，欧阳笑的病情是所有人里面最轻的。

在简恩、欧阳笑、杨迪和萧顺顺去世之后，继承权限的是擅长技术的毛国强。他产生了强烈的怀疑——他们死得太蹊跷了。

他们刚刚查到“沃德”的存在，还没有进行下一步分析，团队中的精英就突然死去。毛国强认为组织内部有鬼，有人是MSS的卧底或“沃德”的卧底，阻扰他们追查“龙首”的隐秘，甚至正在进行胡谷昌没做完的事情——让“KING”彻底从世界上消失。

胡谷昌和黄夔一样，从密码箱的资料里看出了什么，无法控制住得到它的欲望，黄夔为之不幸疯狂，胡谷昌为之杀人灭口。

毛国强查到了贺华头上——贺华不是“KING”的成员，在赵钰庆死前，他们夫妻和胡谷昌还是亲密好友，这也是为什么黄夔病发，胡谷昌第一时间请了赵钰庆来为他治疗。贺华是赵钰庆所在医院里的一名护士长，毛国强查出她和胡谷昌有私情，虽然贺华否认她是胡谷昌埋伏在这里的卧底，毛国强还是杀了她。

没错。

杀了她。

所有的事情在这个时候失控，人生前景黯淡无光、光怪陆离，精神世界崩塌的前“KING”行动组专员在病毒、恐惧和血腥的交叉作用下互相怀疑，自相残杀，最终……居然是爱德华掌握了“KING”的最高权限。

他才是“沃德”的人。

可那个时候，人们并不知道“沃德”是一帮外国人的组织。

失控的“KING”扭曲成“沃德”的工具，他们开始发现人体实验不但能在阴森的“地窖”中进行，也可以光明正大地在网络中进行。

以蛊惑之气、以应许之诺、以撩人之息、以明媚之色。

让无聊与放纵的人们在充满恶意的环境中狂欢是那么容易，只需要四个字——前两个字是“游戏”，后两个字是“免费”。

为了自救而成立的组织，最终沦为了“沃德”狂欢式人体实验的温床。

这些信息一半是楚翔进入 MSS 查阅到的，一半是潜入“沃德”内部得到的，连当年离开的张光也未必有他清楚。而基于女人的敏感和怀疑，一直没有轻易暴露自己的王桃成了他最坚实的后盾。她从来没有回应过“KING”的呼唤，“沃德”从来不知道她的存在。

当年她在 MSS 中的名字并不叫王桃。

也从来不是一个头发花白，皮肤黝黑，膀大腰圆，说话尖声怪气的穷大妈。

王桃，原名苏渐寒，出身于书香门第，古汉语专业博士生，看尹竹的模样，就知道她年轻时候的样子。

这是一个荒诞而悲惨的故事，故事中没有正义。

韩旌和李土芝听完了楚翔的故事，或者这仅仅是故事的一部分，就生出了更多的疑惑。

韩旌沉吟了一会儿：“你说‘沃德’调查我，是因为他认为我从密码箱里偷走了药剂？可是密码箱被打开过很多次，密码并不能阻止 MSS 的解码人员打开它，黄夔看过，胡谷昌也看过，为什么‘沃德’

却怀疑是我偷走的？”他还是很理智，楚翔的故事虽然人物众多纷繁复杂，但他依然能厘清头绪。

“沃德认为他制作出了两支‘完美版’的药剂，如果黄夔和胡谷昌得到了‘完美药剂’，他们不可能死，也不可能与他合作，唯一的解释就是药剂在到达 MSS 之前就丢了，他们没有拿到。你就是那个盗走‘完美药剂’的嫌疑人。”楚翔面无表情地说，“我一直以为……你拿到了药剂，隐藏了起来，没有交给任何人。如果是这样，你就是我们最后的救星，只有你手里有证据，证明我爸妈、王姑姑、尹竹和我的遭遇不是无中生有，而那两支‘完美药剂’才是让斑龙病病毒成为人类可控制的异能的关键。”他的眼中迸发出狂热的光，“斑龙病不可逆转，但是‘完美药剂’会让我们能够从‘龙’的形态转变回‘人’，我们将能在‘龙态’和人形之间变化，即使病毒无法消除，也算是获得了新生。”

韩旌和李土芝相视一看，他们发现楚翔的神志已经有一半陷入了歇斯底里，如今的楚翔和他当年立志要做的那个人已截然不同。感染了斑龙病的楚翔有一种莫名的狂热，似乎和故事里的黄夔和胡谷昌也没什么不同，他们都相信得到那种“完美”药剂之后能获得巨大的满足，整个人生都能得到奇迹般的变化。楚翔相信自己能变成超人，而黄夔和胡谷昌大概也有类似的想法。

人就是人。

韩旌嘴唇微抿，李土芝一看就知道他陷入了一种玉石般冰冷的漠然中——韩旌这人在某些方面意志极其坚定，他绝对不会因为群体狂热或领袖意志改变自己的观点，同时对一切意志动摇笃信怪力乱神的人深恶痛绝。楚翔这一出无疑是踩在了他的雷点上。

人就是人，不会变成鬼，也不会变成妖怪。

一切和生物书上的表述不一样的东西，都是病态。

李土芝无比了解韩旌，隔壁冷成一块石头的人就是这样想的，说不定还对楚翔没能彻底坚持“查明真相、消灭病毒”的理想，反而自己深陷进去的行为气得要命。

不是谁都能坚守到底的，何况有些东西……换个人来看，“真理”就不一样。李土芝就能接受世界上有蜥蜴人，有恐龙人，有蛇人，有老鼠人，有狮子人……也能接受超人、绿巨人、钢铁侠、蝙蝠侠。楚翔幻想能拥有在“人”和“某种怪物”之间自由转换的能力，也不是罪大恶极。

罪大恶极的……是他是不是在这种狂热之下失去理智，让化名“萧竹影”的尹竹出逃向韩旌求救，最终害死了她？而那份传说中的“重要资料”“病毒基因图谱”在哪里呢？

“我没有带走任何药剂。”韩旌抿了好一会儿的唇，淡淡地说，“甚至对‘密码箱’也没有任何印象，那就是一次单纯的车祸。”顿了顿，他又说，“你和尹竹从泰国回来，通过什么办法取得沃德的信任，进入‘KING’高层？又是通过什么渠道拿到了那个密码箱？”

楚翔正烧得通红的脸微微白了一瞬，脸颊上的斑纹蠕动了一下，似乎因韩旌直接就猜测到他拿到了那个“密码箱”而感到惊讶，他说：“我们疯狂地刷了 KING 的任务，在很短的时间内达到了三级，得到了进入红灵山的权限。”

“你们真不怕死。”李土芝啧啧称奇，楚翔和尹竹为了复仇，真是什么都敢做，“后来呢？你们真的直接去了？他们抓住你了吗？”

“当然。”楚翔的语气又喜又悲，说不上是骄傲还是痛苦，“他们当天就告诉我们，在‘任务’中我们已经感染斑龙病病毒，并且做了多少宗与贩毒和走私有关的任务，我们已经是罪犯，绝不可能向警方求救，必须一切听他们指挥才有生存的希望。在那个时候我们才知道，在后期实验中所有的病毒反应都没有第一代病毒那么强烈，人类正在快速适应这种病毒，弱化的病毒很容易被免疫系统杀死，只有一代病毒能引发致命的后果。而只有斑龙病病征明显的、必须依靠组织才能存活的人，才会被他们信任——所有第三级权限里的人，都是病程晚期的患者。但尹竹其实没有被感染，她没有去过红嬷嬷酒吧，所以被排除在第三级权限外，而我被感染了，她……她非常自责，觉得一切都是她的错。”

韩旌对他脆弱的感情部分只作未闻：“‘沃德’本人也拿自己做实验？”他不被任何事干扰，一直清醒地记着关键，“李土芝说，红灵山弹药库里的‘沃德’感染了病毒，砍断了双腿。”

“这就是我取得沃德信任的‘那件事’。”楚翔说，“‘沃德’是一个组织，当年‘菲利斯国王’在抢夺‘超级战士’项目的时候，他们枪杀了两个‘沃德’，而在斑龙病闹得 MSS 元气大伤的时候，MSS 也曾经派人重新追查这条线索，那就是‘龙首行动’。他们虽然没查出什么结果来，却抓住了一个‘沃德’，就是那个土耳其籍的胖子，曾经拿到 KING 管理权限的那个人。”

他说起自己得意的事迹，语速情不自禁地快了起来：“我知道你们也在追查他，他杀了不少人，但 MSS 不可能把人让给你们。这个人知道 MSS 当年那么多事，包括胡谷昌指挥的禁闭一整个特别行动组——实际上是让他们等死的丑闻。‘沃德’失去了三个关键的研究员，它的研究中断了，‘完美药剂’就这样昙花一现，他们怎么能死心？当时作为一个实验品，我身上的病毒反应微乎其微。”楚翔嘴角忍不住上扬，露出了得意的表情，“作为一个‘惊恐的外国学生游客’，为了在沃德那里表现出研究价值，为了让他们相信我是个重要的实验品，我表演了一切我所知道的、想象到的斑龙病反应，果然……”

“你的病是假的？”李土芝怪叫一声，“难道你一直在骗我们？”

韩旌却不吭声。

楚翔的斑龙病已经是晚期，看他全身的斑纹和肌肉的变化就知道绝非伪造，更不是“微乎其微”，他很快就将失去理智，踏上前人的后尘，变成某一种奇形怪状的生物，最终死于进化不合理。

“我成了沃德最重要的样品，毫无疑问，他们很疑惑。”楚翔说，“因为抽样结果和我表现的状况不符合，但我看起来又很像那么一回事，攻击性很强，行为异常，又狂躁。”微微一顿，他又说，“在这整个被研究的过程中，我知道他们一共剩下四个人，四个人都没有感染病毒，非常健康，他们对斑龙病的认识非常详细，对自己保护得也非常严密。”

“可是那个沃德的腿断了，我看他变得像青蛙那样……”李土芝好奇地看着楚翔，“你弄的？那你太了不起了，你怎么能折腾出这么多事？”他忍不住问，“胡谷昌作奸犯科又不是整个国家都和他一路货色，你为什么不报警？”

楚翔奇怪地看着李土芝：“报警？连你们都查不到‘沃德’的身份，我要报警说有一伙不知道名字、长相、人数的外国人正在我国搞人体实验，有前高官包庇他们，他们可能杀了很多很多人，但我一具尸体都提供不了……你们会理我？你们会信我？”他冷笑了一声，“说得好像你们真的是救世主一样，你们救得了谁？没有我，到现在你们还像蠢狗一样在门外打着圈乱转，连事情的一根皮毛都摸不着。”

这么恶毒的嘴！一定也病变了！李土芝张口结舌，韩旌皱着眉头，抬手阻止他继续犯蠢，淡淡地问：“你用什么办法让他们染上病毒？”

楚翔的目光漫不经心地掠过李土芝的脸，已经不屑于和他说话，径直转向了韩旌。

韩旌猜到了那件让他得到信任的事——楚翔破坏了胡谷昌和“沃德”之间的势力平衡，取代了胡谷昌和“沃德”合作，他们有共同的敌人——胡谷昌的势力。

那只有让“沃德”的人感染上病毒，并让他们以为是胡谷昌做的。

“他们四个几乎天天穿着防护服，我连脸都看不清，但是其中有一个人喜欢养宠物。”楚翔说，随即冷笑一声，“阴暗恶毒的人喜欢阴暗恶毒的宠物，他养了很多蜥蜴和蛇。”

“再没什么比阴暗恶毒这四个字更合适形容你现在的鬼样子了。”李土芝吐槽，韩旌却问：“蜥蜴？”

哦！是的，蜥蜴！在楚翔的故事里终于出现了“蜥蜴”两个字，李土芝顿时精神了：“对！蜥蜴！到底掌握游戏权限的人是不是你？为什么‘龙’会是蜥蜴那样的？”

“那时候胡谷昌和‘沃德’在钩心斗角，胡谷昌怀疑‘沃德’已经有了成果却不告诉他，是想拖到他死，沃德却一直在提防胡谷昌的势力渗入内部，他们博弈很多年了。”楚翔阴森森地说，“我接触不到人，连他们的宠物也接触不到，我能接触到的东西不是宠物蜥蜴，而是壁虎。”

“壁虎？”李土芝眨眨眼。

“他们用壁虎喂食蜥蜴？”韩旌问。

“他们用壁虎喂食蛇和蜥蜴。”楚翔说，“还有一些其他的碎肉，你们大概不想知道那是什么肉。当我弄清楚他们会用壁虎喂宠物的时候，我把我的血涂在任何一只能抓住的壁虎身上。我每天都在被采样，身上有很多针孔可以挤血，他们也不是二十四小时一直在监视我。我希望蜥蜴感染上病毒，然后感染它的主人，无论是多微弱的病毒都会让他们互相怀疑——他们肯定会怀疑是胡谷昌要让他们全部感染上病毒，把他们拖进同一条船——没有‘完美药剂’，大家都要死！”楚翔陡然大笑起来，“哈哈哈……但结果……结果实在太出人意料了！”

韩旌看着楚翔半疯癫式地狂笑，微微皱了皱眉头。他不知道楚翔没有染病之前是什么样子，没有比较就不知道斑龙病病毒对楚翔的影响有多深，他只坚信自己无论如何都不该沦落成楚翔这种样子。

而楚翔所讲述的“结果”惊心动魄。

那一年，在红灵山阴暗潮湿的洞窟中，发生了一起无声的人间惨剧。

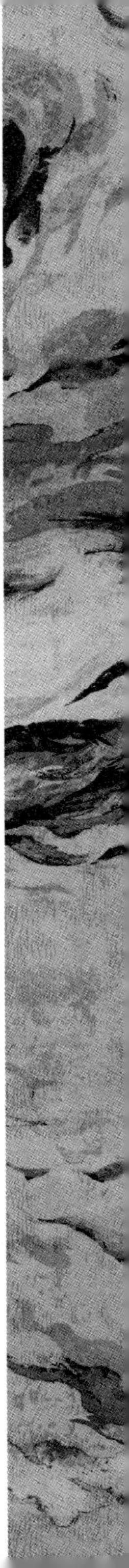

第七章

蜥蜴之髯

SI WANG MI MA

艾利是他在“沃德”的代号，他知道自己和其他人有些不一样，其他人都是些项目的狂热爱好者，把研究那具死人骨头当作信仰，但他不是。他更希望回自己加拿大的家，在院子里堆个雪人，和孩子们玩个雪橇或者弄个圣诞树什么的，烤个姜饼或蛋糕，闻一闻那种香甜的气息。

那才是生活。

艾利不知道自己为什么要来中国进行这种又脏又臭的研究，他已经来了五年了。和他一个项目的同事来得更久，据说在中国待了十七年。艾利在遭遇“菲利斯国王”袭击之前，他甚至不知道这个项目有这么危险。

居然还会死人。

在被奥利维亚忽悠来中国之前，他只知道这是个违法的人体实验项目。“超级战士”计划，听起来很酷，他就是被这一点忽悠了，头脑发热偷渡到了中国。

一来就回不去了，自从进入这个又黑又大的地洞，他从来没有被允许出去哪怕一次——他连中国现在是什么样子都没看清。项目的BOSS（老板）说这个项目已经持续很久了，在中国，人太多了，只要给钱，有很多自愿成为实验品的穷人，有些研究者在这里已经研究了几十年了。

他的挪威女朋友奥利维亚就对那些“实验品”很看不起，她觉得他们又脏又蠢，在他们身上进行“超级战士”计划是对他们的恩赐——毕竟通过了实验的人有可能成为“超级变身战士”。

奥利维亚迷恋着BOSS手上的那半具干尸，据说那是个结构非常完美的“变身战士”，只可惜死了。艾利一直等着奥利维亚对“变身战士”的热情消磨完，他们好快点儿回家。

真的——“超级战士”的主意在艾利看来真是蠢透了。

阴森又百无聊赖的生活，研究始终找不到方向，他们一直在制造各种各样的疯子，艾利养了一些蜥蜴和蛇——别的东西在地底下很难存活，他曾经养了一只兔子。

那兔子没几天就被惨叫的实验品吓死了。

兽医说是因为环境让它过度紧张。

艾利养了两条眼镜蛇，普通款，不带王字的，还有几只颜色花花绿绿的蜥蜴。他会给它们喂壁虎和碎肉，这个巨大的地洞里没有老鼠，他也不知道为什么。

今天他抓到了一只非常大的壁虎，以前从来没有在地洞里发现这么大的壁虎——足有一个手掌那么长，大概十几厘米。它有好看的绿色环纹尾巴和红色的胸部，还有一双奇怪的绿眼睛。

他把那只没见过的壁虎丢进了蜥蜴的箱子。

很大一块肉。

艾利想。

那天夜里，凌晨四点。

艾利没睡着，他把即将向奥利维亚说的话想了一遍又一遍，准备等她从实验室回来就和她说清楚。

他想放弃项目，回加拿大。

如果她不同意的话，他们就和平分手，他自己一个人回加拿大。

但晚上奥利维亚不知道为什么一直没有回来，艾利等了很久，没有等到身高一米八五的金发美人，奥利维亚打电话回来说，他的宠物箱子破了。

蜥蜴和蛇都逃了出来，眼镜蛇咬伤了细柱，他是项目的BOSS之一，好像是个日本人，年纪很大。奥利维亚说细柱被咬伤之后很不高兴，叫他最好别出现在细柱面前，现在整个实验组都在抓他那两条眼镜蛇，没抓到之前回不去。

她聊天的语气很正常，甚至有一点“发生了点什么让无聊的生活变有趣了”的愉快，这让他在电话里说不出要分手。

艾利很失落，有一种准备了很久的节目突然被取消了的感觉。他躺在床上反复思考人生，直到天亮。

奥利维亚始终没有回来，第二天打电话再问的时候，他们说她被另一条眼镜蛇咬伤了。

然后他再也没有见过她。

逃走的眼镜蛇被打死，而那些小蜥蜴消失无踪，这阴暗潮湿的地底正是适合它们生存的环境，也许它们还需要一点阳光，总会有细小的通道通向外面，它们早就逃走了，大家都毫不怀疑。

除了艾利。

奥利维亚消失了。

除了艾利，没人关心她。

这是个冷酷的、充满了隔阂的项目，每个人都很神秘，每个人都来历不明，他们从来不聊彼此的背景和经历，见面的时候基本都穿着防护服和戴着面罩，合作了很多年，他们互相称呼的只是代号。所以有谁消失了他们根本不会知道，艾利一直在想……奥利维亚呢？也许……不只是奥利维亚。

他不知道还有谁消失了，但从某一天开始，他默默地在数参与实验的人数。

研究员在减少。

那些“自愿的实验品”也在减少。

实验的频率降低，他被禁止进入“最佳实验品”的房间，有什么事正在发生。

而没有任何人告诉他发生了什么。

在装蜥蜴和蛇的宠物箱破了后的第三个月零十七天的早晨。

闹钟响了，早晨六点三十分，基本上每天这个时候研究员就得起来观察“实验品”的表现。艾利迷迷糊糊地伸手去按手机，一伸手，他没有摸到手机，摸到了一个冰冷、略带棱角的粗糙的东西。

他猛地坐了起来。

在他面前，他的床上，他的宿舍里——躺着一个全身斑驳、头颈细长，鼻骨隆起，眼睛被隆起的鼻骨挤到脸颊两边的怪物。

那怪物有着女人的胸部，全身赤裸并遍布着菱形的角质鳞片，呼吸的时候每个鳞片的一角微微张开，就像得了炸鳞病的鱼一样，既恶心又恐怖。

艾利吓得魂飞魄散，拔出自卫的手枪，对着躺在他身边的女怪物连开三枪。

“砰砰砰”三声枪响，血花飞溅，迸裂的脑浆喷了他一身一脸。那睡着的女怪物睁开了眼睛，那是一双浅蓝色的眼睛，她向他伸出手——但什么也没来得及说——然后死在了他的床上。

艾利的心狂跳得几乎冲破胸膛，这是……这是什么？他抹了一把脑浆和血，那死去的女怪物仍然睁着眼睛，蓝色的眼瞳。

这鬼东西为什么能无声无息地钻进他的房间？艾利后退了一步，软倒在墙角。

地上掉着一串钥匙。

钥匙上挂着一个巨大的粉色桃心。

奥利维亚……

奥利维亚？

艾利呆滞了——奥利维亚的钥匙？她的钥匙在这里，人呢？

蓦然，他抬头看着床上脑浆迸裂的女怪物，全身瑟瑟发抖——不不……不不不……

在艾利发出第一声撕心裂肺的惨叫之前，红灵山漆黑的洞窟中，有一些四足生物正在隧道中爬行的身影。

它们自然地转入实验区，往艾利以往放饲料的柜子走去。

李土芝和韩旌听楚翔满怀恶意地讲到艾利枪杀了他变异的女友奥利维亚，都忍不住变了脸色。那发生在罪恶洞穴里的往事真是邪恶透顶，这些做人体实验的研究员固然本就是恶魔，但恶魔和魔王之间显然也有高下之分。

楚翔感染了很多壁虎，而壁虎终于感染了艾利的蛇和蜥蜴。

于是它们攻击了人类。

但失控的是，谁也不知道已经弱化的病毒经过爬行生物这个载体再次传播，居然焕发出前所未有的活力——那些被蜥蜴或蛇感染的人类变异速度极快，能力极高，而大脑被病毒摧毁，失去理智的时间也极短。

被眼镜蛇攻击的奥利维亚和细柱发生了不可逆转的变异，细柱在三个月时间内发展成一只近似霸王龙模样的黑色巨怪。而奥利维亚变成了一个全身炸鳞的女怪物，一直被锁在楚翔隔壁的笼子里。

但楚翔知道她还有理智，她不能说话，眼神还是清醒的。

“沃德”的多米诺骨牌翻倒得异乎寻常，感染了病毒的蜥蜴生长速度加快，长成了大个子，冲击了“沃德”的地下实验室。它们撞破了好几个房间，冲破隔离室，并袭击了人类，轻而易举地咬死了几个人。

奥利维亚终于找到机会打开笼子，逃了出去。

在逃出去之前，或许是因为感同身受，她也为楚翔打开了笼子。

“我逃到资料室的时候，看见一只爪子从门后面伸出来，钩住资料室的木门，试图把它打开。”楚翔说这段的时候面无表情，“但它的身体太大了，爪子在门上钩出十几条痕迹，门早就开了，可它就是进不来。”他顿了顿，“我认出来他是细柱，但我还是希望这鬼东西立刻就死……我被他挡住……在资料室里到处找武器，然后他就撞破墙壁冲了进来。”

李土芝想起了“地窖”里那些遍布抓痕的门，看门上残留的那些痕迹，就能想象到当时情况的惨烈。韩旌却眉头紧皱，不知道他又想到了什么。

“到处都是惨叫声，子弹到处流窜，我躲在资料架后面，细柱冲进来以后……有人从细柱背后向它射击，那是威力很大的子弹，我亲眼看见细柱在我面前倒下去。”楚翔说，“细柱的血是紫色的。”

“你是被细柱传染的？”韩旌皱眉问。

“不是。”楚翔说，“细柱的血流得房间到处都是，整个资料室都变成紫色……我一直很清醒，抓住一切拼命打他，但我知道他拼命冲进这里，一定是因为这里有什么东西。”他面无表情地说，“那时候我看起来很疯狂，但一直很清醒。细柱是项目的主要负责人之一，他在中国研究了超过三十年，一定知道什么别人不知道的秘密。看他身上的伤就知道为了冲到这里，他被攻击了很多次。”

李土芝听得惊心动魄：“资料室里有什么？”

楚翔看了李土芝一眼，那目光让李土芝不寒而栗。

楚翔答非所问：“那时候端着步枪一路追杀细柱的人，就是西姆森。”

西姆森。

李土芝和韩旌相视一眼，他们在听到了蜥蜴之后，终于又听到了最重要的一个人名——一个隐隐约约能把一切都联系在一起的名字。

“西姆森枪杀了细柱，接着就要来杀我。”楚翔说，“他射中我三枪。”

“你没逃掉？中了三枪居然没死？”李土芝诧异极了，像楚翔这种魔王级别的角色，居然真的中枪了？

“我赌了一把。”楚翔说，“细柱死了，实验组死了，大家都死了，但胡谷昌还在，西姆森需要合伙人。”他长长地吐出一口气，脸上的表情逐渐变得迷茫，“我中了三枪，如愿以偿没有死。当我醒过来的时候，整个红灵山洞窟内……几乎都是尸体，人和蜥蜴的尸体，空气中的味道真是让人难以忘怀……而西姆森在做标本。他把细柱和奥利维亚做成了标本，存进了那个……‘博物馆’。”他眨了眨眼睛，“他一边亲自照顾我，一边处理尸体。他的手真巧，几十具尸体被他搞成了各种各样的艺术品，摆在角落里。”

李土芝听得快吐了：“那个……杀了爱人的艾利呢？死了没有？”

“艾利留下了一本笔记。”楚翔说，“我打扫过他和奥利维亚的房间，看得出当时发生过什么，他把奥利维亚杀了，然后自杀。自杀前他在床头放了一个笔记本。”楚翔摇了摇头，“那时候西姆森沉迷于做标本和艺术品，艾利的笔记是我在红灵山得到的第一个重要证据。

除了笔记，房间里还有一串钥匙，奥利维亚的钥匙。”

“西姆森到底为什么不杀你？”李土芝又问，“你有什么值得他和你合伙的？”

“他不相信任何人，这次病毒爆发造成了毁灭性后果，每个人都可能是胡谷昌或警方的卧底，每个人都是他的敌人。”楚翔说，“除了我。”

“为什么？”李土芝惊奇地瞪着他，“除了你？除了你？你哪里来的自信？”横竖都感觉你是个散发着谜之阴谋气息的魔王啊！

“我已经配合实验很久了，是一个毫无反抗之力的‘外国大学生’。”楚翔说，“我既不是胡谷昌的人，也不是警方的人，这点西姆森反复确认过了，我还有个把柄在他那里——尹竹在他手上。我是唯一可以完全控制的傀儡。”

韩旌紧皱的眉没有松开，却算是认可地点了点头：“胡谷昌没有动静？”

红灵山洞窟发生重大事件，胡谷昌怎么能没有动静？但楚翔没有亲眼见到他——在他中弹昏迷的一个星期里，胡谷昌已经带着人手来过，重新为西姆森安排了一组人手。虽然这一次的失控不是胡谷昌主使的，但胡谷昌对这件事喜闻乐见，毫不犹豫地在西姆森身边安插了自己的人手。

形势逆转，如果不是胡谷昌还需要西姆森研究“完美药剂”，大概连西姆森都可以被取代。而胡谷昌的趾高气扬，更促成了西姆森和楚翔的合作。西姆森开始训练楚翔为他做事，西姆森不能离开红灵山，但楚翔可以。

“KING 的控制权后来究竟在谁手里？”韩旌问。

他听得很认真，很少发问，当他发问的时候，楚翔也回答得很认真：“在我的手上。”楚翔的眼睛眨也不眨，“细柱死后，KING 曾一度落在西姆森手上，他试图通过游戏选拔自己的人，就像我一样，通过考核，进入红灵山，被他所用。但是很快……在他休息的时候，一只蜥蜴咬了他。”

“你放的？”李土芝震惊了，“你放蜥蜴咬他，然后夺了他的权，他不怀疑你？”

楚翔面无表情地说：“所以当然不是只咬了他，那只蜥蜴也咬了我。”自从知道病毒在爬行动物身上会强化之后，西姆森对此非常小心，如果有蜥蜴出现在他房间里，一定不是“不小心”的。

通过蜥蜴啃咬而感染的斑龙病是不能逆转也不可治愈的。

所以如果楚翔也被咬了，那放蜥蜴的人一定不是楚翔。

而一直试图控制他和楚翔的人——当然是胡谷昌。

毫无疑问，西姆森当时就是这样想的。

楚翔和他有共同的敌人——所以得到了他的信任。

西姆森果然是个狠角色，他砍断了自己的腿。楚翔却没有砍断自己的腿——他早就不要命了，无论是被枪杀还是病死，在当时的楚翔看来并没有什么区别，他在养父母身亡的时候就决意走一条绝路。

他已为此做了将近十年的准备。

西姆森养好了双腿的伤，等他能坐着轮椅出来的时候——果不其然，KING 的控制权没有了。他以为胡谷昌断了他经营自己势力的路，势单力薄之下，也并不吭声。

但拿到控制权的是楚翔。

同时在运营这个现实死亡游戏的还有之前“沃德”的一些手下，有些是细柱的人，有些是艾利的人。楚翔必须小心翼翼，不露出马脚，才能找到机会除去这些人。这些人会暴露他的身份，也有可能发现他要改变游戏的内容，避免让无知的大众继续进入红嬷嬷酒吧之类的实验场。

楚翔就在这条如履薄冰的路上孤身一人走了很久很久，不管身侧和前方都是深渊，走着走着，他自己似乎也渐渐地化为了深渊。

因为行尸走肉。

于是不再恐惧。

“你拿到了游戏控制权限，伪造了‘龙’的存在，西姆森以为‘龙’是胡谷昌的人，胡谷昌以为‘龙’是沃德的人。”韩旌眉头紧皱，“但你至少需要一个‘身材高大’、对西姆森和胡谷昌来说都不熟悉的人协助你，使‘龙’与你分开。”他没有忘记李土芝告诉他，早期的“龙”是一个身材高大的男人，而楚翔的身材只能算中等，在外国人眼里算不上高大。

楚翔笑了笑，没有回答。李土芝猜不出那是在笑他和韩旌无知，还是笑这又是个更深的秘密，总之，楚翔没有回答。

韩旌也没有追问，过了一会儿，李土芝忍不住问：“既然尹竹一开始就是你女朋友，为什么又是萧竹影又是萧梅影……”半天他也没听出来尹竹化身两个人有什么用。

“尹竹一开始是萧梅影。”楚翔说，“她用萧梅影的身份通过考验，进入‘第三级地域’，但是西姆森和细柱都不信任她，他们不相信女人会忠诚，何况她没有感染病毒。”微微一顿，他看了李土芝一眼，“她也带有血友病的基因，不过没有发病。”

“如果她想做点什么，需要另外一个身份。”韩旌突然说，“萧梅影是西姆森的人质，她如果不受控制，西姆森马上会感觉到不安全，也就不再信任你。但是尹竹不能无所作为，她需要一个能走动的新身份，是吗？”

“我希望她一直只是人质，”楚翔轻声说，“但她不想。”

他慢慢地说：“她从西姆森关押她的囚笼偷偷逃出去——那地方本来只是个宿舍，关不住受过专业训练的人——她每个晚上都偷偷溜出去，在红灵洞窟里找线索。她在找艾利的笔记，艾利虽然留下了笔记，但是那东西最终没能留在我手上，西姆森收走了它。尹竹觉得里面会有线索，但那东西我曾经看过，我告诉她没有，她不相信。”楚翔的眼睛睁大了一下，仿佛里面有泪，又仿佛并没有，“有一天……西姆森从监控中看到她。”

“啊！”李土芝惊呼了一声。

“她在西姆森抓到她之前逃掉了。”楚翔说，“西姆森非常生气，他对她行刑，折磨她，要杀了她……所以没有办法，我们只能告诉他潜入的人不是萧梅影，是萧竹影，她有一个双胞胎妹妹很像她。”

“要圆这个谎话，要让西姆森相信这是真的，你们至少还需要另一个身高体态和尹竹差不多的女孩来配合。”韩旌说，“楚翔，你的旅行证入境记录是十个月前，十个月时间不够做这些事，甚至不够刷KING的任务，除了尹竹，你还有同伴，他们是谁？可以信任吗？”

楚翔蓦然抬头看向韩旌，目光陡然阴冷如冰。韩旌双目清湛，毫不畏惧。

“他们的事，我不能告诉你。”楚翔盯了韩旌好一会儿，冷冷地说。

“他们可以信任吗？”韩旌问。

楚翔冷冷地说：“不能。”

李土芝诧异地看着韩旌，他的脸色更白了，紧皱的眉浓黑，只听韩旌一字一字地说：“为了保住尹竹，为了让西姆森相信‘龙’和‘萧竹影’的存在，也许在更早之前为了复仇计划，你和第三方进行了交易，有人在帮助你——那不是胡谷昌，你和谁进行了交易？给予的承诺——或者说代价，是什么？”

楚翔看韩旌的眼神简直像要杀人，但他一个字也没有说。

斑驳的花纹慢慢爬上了楚翔的脸，他的瞳孔在缓慢变形，一会儿变得细长，一会儿又缓慢恢复，许多暗青绿色的条纹在他的脸颊、脖子和手背上蠕动，触目惊心。

“我相信不是西姆森或胡谷昌杀了萧竹影，”韩旌说，“是和你交易的第三方——理由非常简单，你曾经承诺付出代价，但毁约了——你让尹竹带着‘代价’投奔我，而‘他们’理所当然地杀了她。”他看着楚翔，缓缓摇了摇头，脸色肃然，青白如玉，“你和魔鬼做了交易。”

楚翔本身就是个大魔王，这是正宗的妖精打架，妖魔和鬼怪乱斗。李土芝紧握拳头：“到底后来发生了什么？”

“我拿到了那个密码箱，”楚翔说，“西姆森一直在怀疑萧竹影，所以她不可能一直是两个人，我‘杀死’了其中一个，把‘她’做成标本，才能让尹竹顺理成章地逃走。”他看了韩旌一眼，“我让她去找你，却不知道‘你’竟然是假的。”

“哈？”李土芝傻眼，为什么他好像感觉自己没有听懂？

“‘你’一直在联系我们，而我以为当年是你拿走了‘完美药剂’，所以我相信你。”楚翔凝视着韩旌，“那个‘你’使用你的微信账号，对你的一切都非常熟悉，‘你’同意接受尹竹带出来的病毒样本，证实社会危险性的存在，所以我让她带着蜥蜴去找你。但……”

但那并不是韩旌。

“你只让她带走了蜥蜴，却留下了资料。”韩旌慢慢地说，“而‘我’以为她带来了全部，所以把装着杀手的拉杆箱交给了她。杀手是准备拿走所有资料的，但尹竹突然发现‘我’并不是我，在她看到我并试图和我联系的那一刻，杀手决定杀了她。”

这大概就是真相。

充满了复仇、阴谋、利用和背叛，以及无处不在的意外。

并没有什么人能算无遗策。

“我快要撑不住了。”楚翔望着天空，深夜的城市，天空中几乎没有星星，连月亮都是黯淡模糊的，“之所以绑架李警官，也是因为我实在……等不到第二个继任者……西姆森已经对我起疑，王阿姨为了帮我，也死于非命——她本来早该脱离这件事。胡谷昌既然能派人杀了她，肯定也差不多摸清了我的底细。尹竹已经死了，我早就应该去陪她了。”

“喂喂喂，你是重要证人，你死了我们又死无对证了！你等着我马上叫人把你送去医院隔离……”李土芝跳起来，“你还涉嫌杀了王磊！你以为你死了就算了？”

“我还杀了很多人。”楚翔坦然地说，“但我保证他们都是该死的，他们不死，斑龙病病毒还在那些酒吧、店铺里传播，就算人传人病毒毒性减弱，万一要是不小心变异了呢？”他冷笑了一声，“也许三五年以后，中国的土地上就能生出狮身人面或是狮身羊面的鬼东西来了。”

他这是把埃及神像嘲了好吗？这能显示出他以杀止杀的变态救世主气质吗？李土芝无言以对，明明楚翔所作所为都是偏激和犯法的，他却能端出一股理直气壮咄咄逼人的气势来，搞得好像众人皆醉他独醒，世界不让他冷笑两声就不行了。

“如果你只习惯做交易，从不信任制度和警察的话，”韩旌冷静地说，“我和你做一个交易。”他看着楚翔，“你不必怀疑我的诚意。”

楚翔眉头扬起：“说来听。”

“红灵山洞窟里的实验具体的情况，已经复杂到你无法控制的程度。西姆森和胡谷昌彼此争斗，‘完美药剂’下落不明，你招引来的第三方虎视眈眈，还有密码组的张主任重新参与了这件事，目前是什么情况，我们都不得而知。”韩旌说，“这不是你希望的结果，你想要复仇，想要胡谷昌付出代价，想要西姆森付出代价，但你的力量仍然不够——这件事我帮你解决。”他看着楚翔，目光清澈，若凝寒冰，“而你——向刑侦总队自首，目前医务组已经建立了隔离区，你如实说明情况，作为‘沃德案’的重要证人，首先保证自己的安全。”

楚翔嘴巴一张，还没说话，韩旌打断他：“时间不早了，今天晚上我和一队长去一趟红灵山洞窟。如果你还相信他，希望尽快自首，交出资料，向总队说明一切。”微微一顿，他补充了一句，“那可以作为物证的巨蜥我们已经找到，它袭击了省森林公安局的警员，我们也很希望能挽救一名无辜的战友。”

“它袭击了警员？”楚翔震惊了，“我让她带走的只是一个卵……”

“它长成了成体，感染病毒的生物会进行二次生长，它们长得很快。”韩旌说，“尹竹把它泡在液氮内，可能是害怕失去证据价值。结果巨蜥在解剖台上复苏，攻击了警员。”他摇了摇头，“那是个很年轻的女孩，刚刚参加工作，她没做错任何事。有很多事正在发生，而我们并不能控制。”

“我叫了邱局带人过来。”李土芝刚刚打完电话，表情非常严肃，“你最好留在这里，让你的员工全部留下接受审查——包括当年秃头……就是张光留给你的那些人，全部留下分开审查。你的人里面可能不只王磊一个有问题，而不管是胡谷昌还是西姆森，现在一定要杀你灭口——而你一出事，意味着红灵山洞窟已经不安全，他们肯定会撤离，我们要人赃并获必须马上去把他们堵住！”

“时间有限！”韩旌说。

“马上走！”李土芝握拳狠狠地砸在桌上，“从秃头失踪不见到现在，说不定已经打草惊蛇，他们早就准备逃窜了！”

楚翔的嘴角流下大量口水，他正沿着琴丝竹慢慢下滑，背脊弯成奇妙的弧度，手指指节变形，角质缓慢凸出。李土芝眼见不妙，知道他很快要失去理智，拉着韩旌就往下窜，锁上通往天井的小窗户。

在往外狂奔的路上，李土芝和韩旌都看见了飞驰而来的警车，闪烁的警灯让他们都舒了一口气。

他们一边和邱添虎继续联系，一边拦了一辆出租车，让司机下车，征用那辆出租车向红灵山冲去。

红灵山是一座非常不起眼的小山，在省内地图上看不出什么特色，19 号公路在它脚下，它平日连个景点都算不上。这在深夜里体现出前所未有的糟糕——这鬼地方没有路灯，没有指示牌，没有地图。李土芝和韩旌在零点十五分到达红灵山，眼前一片黑暗，除了两部手机鬼火似的光，什么也看不见。

百度或谷歌地图上只简单地体现了这里有座山，没有显示进入军火库的路。

两人在比人还高的乱草堆里走了十分钟，仍然找不到方向。李土芝不停地咒骂——他不记得楚翔上次带他来走的是什么路，但那是一条可以通行摩托车的直路。红灵山有一个防空洞似的隧道可以通向内部，但他根本不知道入口在哪里。

韩旌不说话。

他从来没指望过依靠李土芝的直觉找路。

草多林密，一片漆黑，要怎么找到通向军火库的山洞呢？

韩旌抬头看了一眼星星，大致分辨了一下方位，走向了19号公路所在的方向。它曾经是军火库，军火库必然要有运输路线，19号公路应当有通往废弃军火库的道路。

虽然手机上的地图没有显示军火库，却有显示19号公路与红灵山的接触点。李土芝被他带着，在黑夜中走向19号公路。

那正是一条笔直向下的、人迹罕至的省道，两人关闭了手机的照明，仅凭着月色在公路上走着。

“上次楚翔应该就是沿着这条路把我送进军火库的。”李土芝被唤起了记忆，“应该在山脚下，靠近山脚下的地方有个入口，我记得向上爬楼梯爬了很久。”他正在左右乱转，韩旌单膝跪地，仔细看了一下公路上的印记，距离楚翔把李土芝带出来的时间并不久，堆积着尘土的道路上隐约可见摩托车的印记，毕竟这条路很少有车辆经过，平时也没有人打扫。

两个人沿着模糊不清的印记，远远地看见了一个破败的防空洞口。

但也在这个时候，他们在公路上看见了一个人。

一辆私家车停在19号公路边上，看起来非常普通，那个人站在车边抽烟，自然得好像只是一次野外踏春。

如果时间不是凌晨一点的话，他看起来会非常自然。

但周围并没有风景，甚至没有一盏路灯。

私家车没有开大灯，只开着双闪的警示灯，表示这个人并不想隐藏自己。

李土芝和韩旌同时认出了这个人。

长理生。

本市公安局副局长，林静的办公楼仓库起火的时候，他叫人救火；王桃报警说萧竹影失踪的时候，他带人最先到达了现场。

而现在他出现在市郊荒山野岭，一条偏僻无人的公路上。

这表明之前李土芝和韩旌，包括王伟和陈淡淡对长理生的猜测并没有错，他也是知情人之一。

长理生已经五十一岁了，头发略微稀疏，但因为养尊处优，身材和仪态都保持得不错，有一股一望而知“社会成功人士”的气质，看起来只有四十出头。

他看着乘着黑夜而来的两个年轻人，叹了口气：“发现你们在调查沃德的时候，我就知道可能有这么一天。”

“长局。”韩旌先问了声好。

李土芝也跟着叫了一声，随即他扬了扬眉：“不知道长局你在这件事里又是什么角色？你是沃德那边的？还是你就是与楚翔交易的‘对象’？”

他问得肆无忌惮，出于一种莫名其妙的对“领导”的敌意，大概是觉得这些家伙只知道白领工资指手画脚，其实一无是处。

长理生看着他们，苦笑了一声：“你们俩打算就这么赤手空拳进去？”他回过身，看了身后的防空洞口一眼，“你们俩的一举一动都在某些人的眼里，尤其是你。”他回过头来凝视着李土芝，“小李，难道你们没有怀疑过谁能完全了解韩旌的动向，熟悉他的生活，得到他的私人账号密码，甚至顺利假扮韩旌吗？”

李土芝被他看得全身汗毛都立起：“你什么意思？难道你是怀疑我假扮了他？我——”

他还没来得及想出什么语言强有力地反击回去，就听韩旌说：“嗯，我也很奇怪。”微微一顿，韩旌又说，“但我相信他。”

“是的，小李不可能出卖你，更不可能假扮你。”长理生说，“出卖你们的是他的手机，有人在他的手机上安装了木马病毒和窃听软件。”

李土芝蓦然翻过自己的手机，呆滞地看着这个随身携带的东西：“可是我从没有把手机借给谁……”

韩旌苦笑了声，以李土芝的性格，东西经常到处乱扔，连他自己都曾经走丢过，也许他没有把手机主动“借给”谁，但别人要拿到他的东西做点手脚太容易了。

韩旌在李土芝的手机上登录过自己的微信为李土芝缴过费，假冒他的人正是从这里得到了他的账号。而通过窃听李土芝的手机，很轻易就能知道他们俩的行踪和动向，只是因为李土芝太接近他了，李土芝本人和李土芝的东西成了他从来没有怀疑过的对象。

这就是所谓的“灯下黑”。

李土芝越看自己的手机越毛骨悚然：“你怎么知道我的手机有问题？你到底是哪边的人？”

长理生默然了很久，才说了一句答非所问的话：“苏……王桃死了。”

“哈？”李土芝茫然，“王桃？”

“我们约好的，平安的时候，她每天打个110，我可以在系统里看见，就知道她没事。”长理生说。

李土芝和韩旌震惊地看着他，已经到了中年的男人表情很平静，可能是习惯了在工作中掩饰情绪，几乎看不出悲伤：“我救得了她一时，却救不了她一世。你们找到她，处理她的后事，为她的死伸张正义，而我甚至没有立场参与。”长理生说，“我总是觉得自己很爱她……却不如两个她根本不认识的年轻人，什么也不知道，就愿意为她和她的女儿、她的丈夫、朋友寻找真相。这么多年，这个世界欠她一个公道，而我……”他的眼神温柔而疲惫，“没能给她。”

这么大个新闻！长理生是有家庭的！李土芝惊骇地看着长理生，谁都知道他有个温柔美貌、气质出众的老婆，结果他居然暗恋报刊亭大妈王桃！而且人家王桃也是有老公有女儿的！这出轨出得太不地道了……

“她年轻的时候不叫王桃，”长理生知道他们在想什么，“她叫苏渐寒，她是我的初恋。我们是同学。她从安全屋逃出来的时候，我救了她，私下给她另外批了一个身份证号，违规违法我知道，如果被人发现我可能要丢官，但为了渐寒，我是愿意的。”

这才是为什么苏渐寒能逃脱胡谷昌的追查，长理生护住了她。

“也就是说关于当年 MSS 发生的那些事，你其实一清二楚？”韩旌并没有被长理生的苦恋感动，眉头微蹙，“你是不是派人偷走了林静办公室里的照片？你在萧竹影的房间里发现了什么？”

“是。”长理生坦诚道，“我看到渐寒报警说尹竹不见了，当时就知道事情不好。我带人去看了她住的房间，将她房间里的东西作为物证，尽可能地带回来了。”他黯然地说，“密码照片我做得不地道，想吓唬吓唬林静，我怕有人追查到渐寒身上，尹竹和楚翔两个孩子做的事我一直不支持。”

“也就是说你虽然知道一切，但你是个隐形的局外人。”韩旌目光犀利，盯着长理生，“你还知道什么？王桃或尹竹曾经告诉过你什么？为什么你会知道李土芝手机里有木马病毒？”

“我知道很多事。”长理生说，“楚翔那孩子和别人做交易，有一帮来历不明的人在帮他对付‘沃德’，他已经疯魔了，只要能让一切结束，他不惜任何代价——包括——包括尹竹。”长理生黯然地说，“他利用 KING 募捐，发动了好几个募捐任务，然后雇用了‘菲利斯国王’的一个三人组——具体是做什么我还没调查清楚，但与‘菲利斯国王’有过交集的从来没有好下场。我曾经希望他带着尹竹和渐寒远走高飞，忘记一切，离开中国，去其他地方重新开始生活。他们去了，然后又回来了，带回来的只有更深的仇恨和与‘菲利斯国王’的一个交易。”

“因为世界欠他们一个公道。”李土芝慢吞吞地说，“要多凉薄和无情的人才能轻易说‘远走高飞’呢？我真好奇，领导，你当年那么爱她，为什么不娶她呢？”

长理生的脸色瞬间灰暗，简直像被李土芝的这句话杀死了几次。

李土芝幸灾乐祸地“唉”了一声：“这部手机里有木马病毒。”他拿起来重重砸了它，“砰”的一声，碎屑四分五裂，飞溅到长理生的脸上。他又道，“也许里面的‘坏人们’已经知道我们来了，但你拦不住我们，应该做的，我们还是会去做，毕竟——命都已经给了，我和韩旌，不太怕死。”他指的是韩旌都已经感染了斑龙病，他们进去是为了寻找线索证明当年的惨案和真相，甚至都不求生还。

长理生手按车钥匙，那辆打着双闪的车安静了下来，他熄火锁了车。

“也许，当领导太久了，我早就忘记了什么是‘正义’……你问我为什么不娶渐寒？”长理生说，“大概是自始至终，我都配不上她。”

这情话！李土芝简直不想听，虐杀单身狗。却听长理生说：“我来了，一样没打算回去，在她活着的时候没能盼到真相大白的一天，她死了……虽然现在做什么都晚了，但我愿意做。”他挽起了袖子，丢下了车钥匙，“我和你们一起进去，还有，我有一个重要的情报告诉你们。”

“什么？”韩旌在长理生说话的时候一直在观察防空洞，但防空洞周围没有人出现，也没有监控探头。

“胡谷昌在去年就病发死了。”长理生说，“现在继承他志向的是他的女儿。”

去年胡谷昌病发死了，所以楚翔才能从中插入得这么顺利！李土芝恍然大悟，胡谷昌的势力一时没有精力来兼顾“沃德”这边，等他们处理完胡谷昌的后事，重整旗鼓的时候，楚翔的“龙”已经站稳了脚跟。

“也就是说，我们还需要注意一个和我们同龄的女孩。”李土芝估计了一下胡谷昌女儿的年纪，一边往幽深巨大的洞口走去，一边问，“是谁告诉你有人在我的手机里下了木马病毒？”

长理生微微一滞：“这个……其实是……”他还没回答出来，李土芝已经钻进了那个洞口。韩旌紧蹙的眉心一直没展开，紧跟着走了进去，长理生连忙跟上，三个人一起消失在幽暗的洞穴里。

过了好一会儿，三人已经进入洞穴有一阵子了，那仿佛废弃多年的两扇大门突然动了一下，缓缓滑动起来，渐渐闭合。从外面看这是一个紧闭大门、废弃多年、平淡无奇的防空洞。

仿佛从来没有人进入过。

但大门刚刚关闭，有几个人就骑着摩托车快速到达了洞口，发现紧闭的大门，他们都有些错愕。一个样貌清俊、皮肤雪白的年轻人说：“这扇门以前会关吗？”

另一个女孩的声音响起：“不会，这扇门年久失修很久了，何况这里距离中心实验室还有很远。”这个女孩的声音很熟悉，身材娇小，样貌算是甜美型，不是特别出众，但也算是漂亮女孩了。

除了这两个身材不高的年轻人，还有个特别高大的年轻人骑着摩托车，穿着一身开满了口袋的猎装，口袋里塞满了东西。

如果李土芝在这里，就会认出这个皮肤雪白的年轻人和他之前在麦当劳监控里看到的那个清俊男人是同一个，也就是假冒韩旌的那个。而另外身材娇小的女孩则是在拉杆箱里钻进钻出的那个人，疑似死者王磊的女朋友。

但他们在深夜集体出现在红灵山，绝不是来追悼王磊的，他们显然是得到了消息，知道警方即将冲击红灵山洞穴，特地赶来的。

如果韩旌在这里，看见眼前身材高大的年轻人，一定会非常震惊。

这个身着猎装，仿佛带了许多东西的年轻人，是密码组内一向任劳任怨、很少说话的赵一一，被邱定相思调侃为“赵二”也不生气，计算起公式来勤勤恳恳，公认的老实可靠。

赵一一就是密码组内所谓的“卧底”吗？是他感染病毒，发病时杀死了两个保安吗？是他将木马病毒植入李土芝的手机，从而窃听了李土芝和韩旌的一切吗？

三个年轻人在防空洞外聚集，赵一一从口袋里拿出了什么东西，准备破门。

就在这个时候，一个万分震惊的声音从草丛里传了出来。

“你——竟然是你……”

赵一一猛然回头。

只见长理生的车后面，一堆蓬乱的枯枝中间，一个人站了起来，满头满脸的草屑和泥土，黑暗中看来有些吓人，但这个人本身是一点也不可怕的。

这个背着登山包，两眼瞪圆的人是邱定相思。

他指着面前三个人，手指都在发抖："赵二……"

赵一一倒没有什么表情，可能正奇怪邱定相思居然也在这里。

邱定相思因为猜到了张光留下的信息，知道他进入了红灵山，所以也来了这里。他和韩旌的思路一样，军火库必然有运输路线相连，于是找到了防空洞口。他从天亮一直待到天黑，也不敢贸然入洞，只躲在一边偷窥防空洞周围的动静。

正当他潜伏的时候，长理生开车过来，正好停在他藏身的树丛前面，吓得他再也不敢轻举妄动。

邱定相思是真的什么也不知道，但身后那个深邃的洞穴，那个韩旌、李土芝和长理生进去的地方里面一定藏有某种机密，是眼前这三个人也必须争夺的。

韩旌三人在洞穴里听到洞口发出声音，知道外面出现了变故，不约而同加快了脚步。

他们在幽长的隧道里穿行，这里的空间非常大，虽然武器早已运走，但角落里还有当年放置弹药的痕迹，尤其显得触目惊心。而在某些还没有拆除的、生锈的大型铁架上，昏暗的灯光照不到的地方，排列着一排排浸泡在福尔马林溶液里的人头。

有男有女，有些罐子标注着日期，有些没有，有些简单储存在玻璃罐子里，有些使用了专门的密封玻璃箱。它们没有按照任何顺序陈列，就是随意摆放着，显然经过了二次搬运。

人头数量极多。

韩旌越看脸色越白，李土芝知道他不停地在想韩心，但也没有办法，韩旌看起来冷酷无情，内心却是一块璞玉，如果有谁能在上面留下重重的一画，那一画就会一直深深留住，直到死亡来临。目前只有幼小的韩心留下了这么一画，韩旌会有多么难过，李土芝无法想象。

过了一会儿，韩旌转到墙角呕吐起来。

李土芝不敢相信他居然看人头看吐了，这还是无坚不摧、什么也不怕的韩旌吗？

等韩旌吐完站起来，李土芝扶了他一把，发现他整个人都在发抖，手心全是冷汗。

“你还行吗？”长理生不知道韩旌的遭遇，有些忧虑，“身体不好吗？”

“他只要找到沃德，一定会满血复活。”李土芝回答。这个时候，他们终于走到了隧道的中心，一扇熟悉的大门出现在面前。

是一扇也曾被细柱攻击过的，布满了抓痕的木门。

木门上有锁，但并没有锁住。

李土芝轻轻地推开了木门，这扇充满了神秘气息的木门后，是死神。

门开了，里面居然是那个装满了标本的巨大房间。房间里仍然亮着一盏微黄的小灯，几十具面目狰狞的标本在地上拖出奇形怪状的阴影。长理生第一次看见这些恐怖的东西，吓得差点叫出声。

韩旌走到“萧梅影”的标本旁边，检查了一下，果然，这具标本不是尸体。楚翔特地将它支了起来，托得很高，是因为沃德只能乘坐轮椅行动，用支架将“萧梅影”加高，沃德就触摸不到标本，发现不了这是假的。

长理生望着满屋子的怪物，全身瑟瑟发抖。

经过满是标本的房间，李土芝带着他们转了几个弯，到达了上次他见到了沃德的书房，也就是在这个书房里，有一台奇怪的检测斑龙病的仪器。

推开门的时候，房间里亮着柔和的黄灯，一个消瘦的人坐在花花绿绿的沙发椅内，正在翻阅一本书。

这个人的双腿已经断了，残肢上布满了奇怪的花纹，他就静静坐在沙发椅内，翻阅一本书，气氛居然并不紧张。

李土芝推开门的时候，他抬眼望来。

那双死水一般的蓝眼睛，即使在气氛如此平和的时候，看起来也依然令人不舒服。

李土芝无论如何也没想到，他们冒死闯入红灵山，看见的居然是这样一幅画面。

没有剑拔弩张，没有埋伏和凶器，沃德居然在看书？

但沃德的身边，一张颜色陈旧的手术床上，矮小的光头张光盖着一块白布，正静静地躺在那里。

“秃头！”李土芝脱口而出，“你把秃头怎么样了？你们所做的所有丧尽天良的事很快就会曝光，你已经穷途末路，快把秃头放了！”

“他死了。”沃德果然会说中文，咬字相当清楚，“他是自愿的。”

“什么？”李土芝震惊地看着沃德，韩旌也变了脸色，倒是长理生还略微镇定。

长理生发问：“你到底是谁？张光是怎么死的？”

“沃德·西姆森。”断腿的外国人面无表情地说，“每一个为这个项目前赴后继的人，都会记住这个名字，是他发现了那具充满魔力的尸体，开启了‘超级战士’计划。我的原名已经没有意义，每个人都叫我沃德。”

“你把秃头怎么样了！”李土芝大叫。

“他自愿死，了结一切。”沃德说，“我们研究了七十几年，梦想打造一种科幻般的生物，拥有奇迹的力量，能在战争中减少普通士兵的伤亡。我们希望‘超级战士’不会死亡，能反复变形，随心所欲，无所不能。”顿了顿，沃德说，“这个梦想很美。”

“你们杀了那么多人！”李土芝简直快吐了，“美什么？你看看你自己，你为了莫名其妙的妄想，连腿都没有了！你没老婆没朋友没社交没娱乐没一切！你杀了那么多人，那些都是和你一样，有梦想有未来的人，你怎么忍心？你怎么能随便把他们变成乱七八糟的怪物？没有‘超级战士’，人就是人！没有妖怪！也没有神明！”他想起韩旌对“人就是人”的坚定信念，又忍不住插了一句，“人是有理智的！

像你们这样，连禽兽都不如！简直就是妖魔鬼怪！”

“是吗？”沃德也不生气，翻过了一页，“但奇怪的梦想，总是能刺激人类创造更多更好的东西。我们曾经……非常接近成功。”他揭开了张光身上的白布，张光全身赤裸，身上布满了蜥蜴般的斑纹，“他活着的时候，已经能够在兽形和人形之间变化，他的二次生长发展得很好，骨骼和皮肤都充满了可塑性。几乎就是我们梦想中的‘超级战士’。”

“你是说秃头自愿跑来给你当实验品？”李土芝大怒，“胡说八道！怎么可能？”

“当年是他偷走了那两支‘完美药剂’。”沃德平静地说，“张光是当年破译密码箱密码的专员，他承认是他第一个看见了箱子里的东西，而不知道为什么，在上报给胡谷昌之前，他拿走了里面最重要的两支药剂。而后来，他纵火放走 KING 特别行动组队员的时候，胡谷昌本来要处理他，但他拿出了一支药剂和胡谷昌交换，得到了调任密码组的资格。”

李土芝呆呆地看着手术台上的尸体，秃头……这又是为什么？

“胡谷昌是不是将药剂放在别人身上试用，看到了惊人的效果，所以他迷上了这个项目？”韩旌皱眉问。

沃德说：“胡谷昌私人的事我从不过问。”

“张主任为什么自愿做你的实验品？”长理生干涩地问，亲眼看见张光的尸体，对他来说冲击很大。

“在他看见他当年造的孽制造出了这么可怕的后果，在他发现我们一直在试图弄清那两支药剂里的成分……以后……”沃德回答，“也许是所谓的‘良心发现’了？中国人的想法很复杂，张光是个很传统的中国人——比如说没有目的就拿走了无主的东西，比如说总是觉得很多事都和自己有关。”他冷淡地看着张光的尸体，“他带来了那支药剂，希望能找到斑龙病新的出路，很可惜……”

“失败了吗？”韩旌低声问。

“他变成了‘超级战士’。”沃德摊开双手，“完美！一切都非常好！力量测试！平衡测试！可持续发育和基因协调，一切都非常好！按照实验结果，再加上最近几年研究出来的新方向，我可以打造全新的战士。美国人、英国人、日本人……甚至你们中国人、俄国人都可以向我订购，我们向全世界提供这项惊人的技术——但是——”

“但是他死了。”李土芝黯然地说，“他为什么会死？你杀了他？”

“他自杀了。”沃德说，“我是一个残废，在这个囚笼里面，只有我和他，他要自杀，我是阻止不了的。”他阴冷恐怖的眼里居然闪过少许寂寥，“曾经……这个囚笼里有很多人，我们有共同的梦想，但一个一个……他们都死了……再新进来的一个一个，他们是骗子、间谍、野心家……没有科学家，他们所说的每一句话都是谎言。”他轻轻摸了摸放在旁边桌上的枪。

这时候李土芝和韩旌才注意到，他沙发椅旁边的圆桌上，摆放着十几支大大小小的枪，有步枪，也有手枪，大多数已经打光了子弹。

“你……你……”长理生震惊地看着那些枪，那么多枪！这无论在哪儿都是大案！

“那些不怀好意的人，我全部杀了。”沃德平静地说，“连楚翔都是卧底，这里面没有任何人可以信任。”他低下头，泰然自若地翻了翻手里的书，“楚翔……算是我亲手培养起来的，我本来以为今天晚上，来的人会是楚翔和‘龙’。”他冷笑了一声，“我直到现在才想通，他们是一伙的——”

不，你仍然不知道，从来都没有“龙”，那是楚翔找人假扮的。李土芝默默吐了个槽，突然惊觉——不对！他身侧的韩旌脸色虽然苍白，但一直非常警觉地在注意周围的环境。

不对！楚翔和某些人做了交易，长理生说是“菲利斯国王”，那么在沃德穷途末路的时候，那些交易者怎么可能不来收“回报”呢？楚翔让尹竹带走了巨蜥，藏起了资料，那份资料在哪里？资料和“完美药剂”——这就是交易者想要得到的东西，他们怎么可能不来？

但为什么没有动静？韩旌心念电转，那是因为“东西”还没有出现，楚翔藏匿起来的资料会在哪里？他是随身携带了，还是就藏在红灵山的洞穴中？正在这时，手机微微一振，一条信息跳了出来，他看了一眼——邱定相思的微信。

邱定相思发了一条很长很长的语音。

这个时间，邱定相思到底想和他说什么呢？

韩旌还没来得及听那段语音，“砰”的一声巨响，沃德就向着他们开了一枪。沃德依然面无表情，但瞬间已充满了杀气，他的意思非常明显——他原本以为来的会是楚翔和“龙”，当他发现楚翔和“龙”串通在一起欺骗他的时候，已经起了和楚翔同归于尽的决心。

但来的是韩旌和李土芝，甚至带了一个他不认识的陌生人。

事情起了新的变故，而沃德断了自己所有的退路，已经不能回头了。

杀不了楚翔，杀了韩旌和李土芝也好。

他梦想中的世界已经崩塌，张光宁愿死也不愿意继续做拥有神力的“超级战士”。中国人的人性很奇妙：有时候贪婪，有时候沉默，有时候认为自己必须为所有的事负责，有时候认为自己不必为任何事情负责，有些人为一些小事很轻易放弃生命，有些人只活在自己的小世界里，其他什么都无法理解。沃德和中国人相处了几十年——当然，大部分是和“实验对象”相处，也没有和他们交谈过几句，所以总是不太理解中国人。

中国人太复杂，不是合格的实验品。

也许一开始就不该选择中国人做实验，也许其他国家的人会是更好的选择。但事到如今，想什么都晚了。沃德的眼球急速颤动，持枪向韩旌三人连开三枪。

李土芝一个翻滚，避开子弹，起身时看到韩旌和长理生也已经躲到掩体后面。沃德的沙发椅下装有移动的滚轮，他操纵轮椅向后移动，同时推了张光的手术床一把。手术床一个歪斜，张光的尸体重重摔落在地上。李土芝配着邱添虎特批给他的枪，本来想追上去，但张光的尸体摔下来，挡住了他的去路。

李土芝不忍从张光的尸体上跨过去，只能眼睁睁看着沃德急速推动轮椅，消失在隧道深处。他在这里居住了很多年，对地形非常熟悉，而他打定主意杀了今晚进入洞穴内的所有人。

就在这个时候，黑暗恐怖的红灵山防空洞深处，隐约响起了一些“窸窸窣窣”的声音，仿佛有许多不祥之物，正缓慢地向这个房间靠拢。

“蜥蜴！”长理生失声说。

几只身躯庞大、步履沉重的尼罗巨蜥缓慢出现在隧道的远端，还有些爬行在黑暗的洞壁之上，它们是壁虎，又不像壁虎。

紧跟在这些蜥蜴之后，是两个身体扭曲，模样怪异的“人”。

那两个人皮肤黝黑，有一个脖子很长，脖子似乎不能支撑他的头颅，所以他用双手小心地托着他的头；另一个像个放大的青蛙，矮胖而全身布满了脓疮。

李土芝看到这两人都快吐了，这就是失败的实验品。那两人其实和病发的廖璇一样，没有神志，无目的地攻击身边任何移动的物体，张大嘴做吼叫状，却不能发出声音——他们的舌头都被割断，声带也都被破坏了。

长理生背靠着墙壁，两条腿都软了。他虽然一直知道有这样一回事存在，却从来没有想过要真正面对这些，这……这都是些什么……

沃德显然是打算将他们关在这里，和这些失败品、感染了病毒的怪物在一起，让他们相互残杀，一直到死。他自己如果能找到逃出去的机会就尽量逃出去。

之前为了这一天，他不知道在红灵山洞穴里做了多少布置，包括杀死所有所谓的“间谍”和知情人。

沃德离开后，韩旌才有机会播放刚才邱定相思发给他的语音。

“赵二！”

语音里只有一句惊呼，非常简短。

韩旌和李土芝面面相觑，密码组里杀人的卧底居然是赵二——吗？

但赵一一和韩旌交集很少，和李土芝也几乎没有交情，他有机会在李土芝的手机里面安装间谍软件吗？

蜥蜴、壁虎和奇怪的感染者正在接近，长理生当了半辈子领导，从来没有见到这么可怕的情况，面如土色。李土芝和韩旌背靠着背，李土芝手里有枪，但只有五发子弹，韩旌赤手空拳，甚至连一根木棍都没有。

怎么办？这些面目狰狞的怪物就要扑上来了，李土芝满脸冷汗，长理生紧紧靠着墙壁，完全不知道自己该做些什么。

“有带打火机吗？”韩旌脸色青白，“它们是爬行动物，高温和低温都不利于它们行动。”

“它们是怪物。”李土芝手心里全是汗，“说不定它们什么也不怕。”

“它们是动物。”韩旌的薄唇抿得极紧，“是动物就会符合自然规律。”

“它们是怪物。”李土芝说。

韩旌简直要被李土芝气炸了，幸好长理生递了打火机过来。韩旌拿起沃德刚才看的那本书，书名为《达尔文的黑匣子》，是一个叫贝西的美国人写的，叫作。韩旌撕下几页，引燃火焰，向着面前的蜥蜴和壁虎扔了过去。

微小的火焰在空中飞舞，那些怪物闪避了一下，并没有畏惧退走，只是停滞了一会儿。

“我说了它们是怪物！正常的……正常的动物看见人早就跑了。”李土芝说，“这本书两下子就烧完了，到时候怎么办？”

正说着，落在地上的燃烧的纸片突然爆了一下，仿佛烟火般，地上瞬间冒起了璀璨的火花。

韩旌愣了一下——这里以前是军火库，是不是有损毁的子弹或炮弹泄漏了一些火药，导致地上有可燃的粉末？

他还没来得及开口，地上此起彼伏地亮起了火花，那奇异瑰丽的画面就像阴暗的地底突然冒出了火焰喷泉。还没有进入房间的蜥蜴们被亮光和温度阻隔，一时没有过来。

但那两个摇摇晃晃的感染者过来了，刚走过来，韩旌一个绊倒一个肘击，两个人当场趴下，摔得鼻青脸肿，一时也没有爬起来。

“快走！”李土芝拽起长理生，从沃德消失的那个门口追了过去。韩旌快速关上木门，将后面狰狞恐怖的怪物们锁在了门外。

三个人飞快地向前跑，顾不上沃德是不是会在某一扇门后对他们放冷枪。过了一会儿，大概是房间里的火焰熄灭了，那扇木门传来了沉重的“砰、砰、砰”的敲击声。

沃德不知道躲进了隧道的哪个门后面，韩旌从隧道的某个角落里临时抓了一把陈旧的木柄扫帚。如果不是情况不妙，李土芝很想吐槽这男巫一样的造型。长理生捡到了一块空心砖，三个人沿着隧道往里摸索，在某一个洞口发现了人工搭盖的痕迹。

这里大概曾经是给“科学家”们居住的宿舍，偌大的洞口用人工板材做了隔断。只是这里遭受了大规模破坏，大部分的“门”已经支离破碎。

李土芝心里一动——楚翔所说的艾利枪杀女友的事，是不是就发生在这个地方？这里会不会有更多的证据？刚才那些怪物如果都能老实待在房间里不出来，那也是红灵山人体实验的铁证，只可惜所有的相关人员都被沃德提前灭口了，要知道这里发生的所有的事，必须抓住沃德!

他很可能要逃跑，也很可能会自杀。

除了抓住沃德，这里也许会留有更具体和生活化的证据。

李土芝径直钻进了其中一个小房间，长理生吃了一惊，只听“砰”的一声巨响，宿舍区内射出一枚子弹——原来沃德竟然也躲在里面。李土芝惨叫一声，他的左肩被子弹擦破，却看见坐着轮椅的沃德紧急转过一个夹角，随即“砰”的一声锁上了门。

“他在这里干什么？”李土芝按着伤口。

韩旌过来看了一眼，觉得不碍事，也就不予理睬，淡淡地说：“他冒险停留在这里，一定是因为这里有什么东西吸引着他。”

“找找看还有什么痕迹？”长理生忍不住说，他自然而然地端出了指挥者的架势，“注意细节……”

李土芝白了他一眼：“对，你负责找。”

长理生愣了一下，满脸尴尬。

韩旌没管李土芝和领导置气，凝神静听周围的动静。

周围没有蜥蜴的爬行声，沃德轮椅的声音在远去，他钻进了一条密道。韩旌沿着沃德轮椅的痕迹谨慎地往前走，刚才沃德就躲在这个房间里，并向外开了一枪。

李土芝眼见韩旌靠近了那扇门，那扇门上还有刚才沃德射穿的弹孔，连忙追过去：“我来开，我来开。”韩旌还没来得及让他住手，他已经一下推开了那扇门。

这样鲁莽的“单细胞生物”居然没有早死也是糟心。韩旌忍耐地皱了皱眉，幸好门后没有更多的机关，出现的是一间非常普通的宿舍。

宿舍里落满灰尘，地上布满了脚印，但有几道清晰的车轮印记在地上。这个房间似乎没有异常，沃德临走时却特意来了这里。

“一队长，这里可能……”韩旌心里有一根警示的弦越绷越紧，“有陷阱！”

在他话音落下的时候，踏入房间的李土芝一个猛跳退了回来，两人只觉眼前一黑，耳边似乎听到一声巨响，但并不太真切，就失去了知觉。

时间不知道过去多久。

韩旌先睁开了眼睛，发现自己被一堆轻飘飘的简易板材掩埋着，手里居然还握着手机。他看了一眼时间，发现失去知觉的时间不过一两分钟。他坐起身来的时候，李土芝也从另一堆建材碎片里坐起身来，一眼看见他，李土芝整个人都发起抖来：“你……你……”

韩旌摸了一下自己，颈侧被划出了一道伤口，流了不少血，除此之外，似乎并没有什么异常。他茫然地看着李土芝，不知道李土芝在害怕什么。

李土芝惊恐地看着韩旌，韩旌看了看自己的手，手背上并没有出现斑点，斑龙病并没有发作，他看着李土芝：“你又在干什么？”

李土芝呆呆地坐在那里，眼睛紧紧地盯着他颈侧的血——那只是划破了一道小静脉，虽然血流了不少，却并不危险。

李土芝是技术科出身，平时死人见过不知道多少，不应该有这样惊恐的反应。韩旌想了想，有些恍然——李土芝的父亲安沉焕是被安明割喉而死的，李土芝虽然没有动手，却参与了那次可怕的“弑父”行动，他亲眼看见安沉焕流血致死。

所以看见他脖子流血，在刚刚恢复知觉、头脑还不清醒的情况下，李土芝下意识地觉得他已经死了吧？还是被自己的鲁莽害死的？

韩旌伸出手去拍了拍李土芝，李土芝微微瑟缩了一下，移开目光，没有再看韩旌，只呆呆地坐在废墟里。

李土芝自己其实也满身是伤，只不过都是小伤，一样血流满身，灰头土脸。

“一队长？”韩旌说，“我是韩旌，我……”微微一顿，他试图让自己生硬的声音柔和一点，大概活到现在他还没有安慰过任何人，“我没有死。这是沃德布下的陷阱，并不是你的错。”

李土芝的目光不知道在看哪里，他仿佛坐在这里，又好像坐在很远很远的地方。

“一队长？”韩旌没有见过李土芝这种表情。

过了一会儿，李土芝静静地躺下去，让身旁的废墟将他掩埋，仿佛从来不曾醒来。

韩旌愣了一下。

在发现李土芝童年发生的不幸和阴影之后，邱添虎一直在考虑他是否能胜任工作。尽管李土芝一直表现优秀，仿佛不曾有任何心理问题，大家也都在审查他是否有暴力倾向或难以面对流血场面，但都没有。

现在……韩旌终于发现——李土芝有非常隐晦的自毁倾向——也许连他自己也未察觉，即使和他如此亲近的韩旌以往也没有发现。这大概就是他肆无忌惮地参与这种危险案件而热血沸腾的原因。韩旌隐约记得，李土芝说过“你说像我们这种人，整天和死尸打交道，看的都是阴暗的事，总该找点什么寄托让自己高兴点，可惜我都要死了，居然也没什么放不下的寄托，也没想到什么心愿……你说我活了二十几年……都在干什么呢？”

幼年被当作“供血的材料”和参与了“弑父”的扭曲经历，的确让他的内心支离破碎，既布满了被伤害和被折磨的阴影，又充满了罪恶感。

即使他一直努力在阴影中成长，提醒自己乐观开朗，促使自己成为一个期望中的大人。

他让自己一直充满热情，但并不快乐，他一直在寻找不否定自己的寄托，却一直没有找到，所以他说“没有心愿”。

他还说过“不太怕死”。

那些微小而不自觉的不祥征兆没有引起任何人的注意，工作让李土芝兴致盎然，他充满好奇心和正义感，孑然一身，还对死亡充满期待，如何能不成为一个勇往直前、任劳任怨的警员呢？他大概只对自己不负责任。

韩旌看着平躺在废墟里的李土芝心道：……我该怎么办？

我从来不曾鼓励过任何人，所以我不知道该怎么鼓励他看清现实，正视自己，原谅自己。我是这样一个乏善可陈、无趣又冷淡的人，我也不知道生活的乐趣为何，如何去鼓励别人？韩旌茫然无助地看着似乎已经自觉是尸体的李土芝，手足无措。

过了一会儿，他轻声说：“你刚才引爆了炸弹，但……但并没有炸死我，你不用……不用以为做错了多大的事。”他顿了顿，笨嘴拙舌地说，“就算你不冲进去，我也会进去的，你不用自责。”

李土芝毫无反应。

“一队长，你是个优秀的人。”韩旌说，“一直以来你……非常勇敢，不管是面对过去的事还是将来。你就像一盆观赏植物，虽然我不能像你那样生活，但总让人羡慕。”韩旌显然不觉得他的比喻如何诡异，继续说，“每天看着你很有精神地出现，会让人……心情愉快。”

自我剖析和吹捧李土芝这两件事都让他分外生涩和为难，但即使他勉为其难说了这么多，李土芝依然没有反应。

他封闭了自己，无论韩旌是不是真的像安沉焕一样被割喉而死，他都不想再回到这个让他无法面对的世界。

韩旌发现说再多废话都没有用，果断闭嘴。他拿出笔在李土芝身上写了几个字，又在微信里给邱添虎留了言，随后从废墟里站了起来。他在这儿浪费了不少时间，沃德已经不知去向，而长理生也不见了踪影。

对长理生这个人，韩旌从一开始就没有完全相信过。

他出现得太奇怪了，仿佛是来阻拦他们进入红灵山洞穴，又仿佛是为了向王桃赎罪而特意来送死，他到底是来做什么的？

他知道很多事，他说胡谷昌已经死了。

真的？

假的？

长理生到哪里去了？

倾倒的废墟掩埋了房间里大部分的摆设，韩旌谨慎地倾听，附近没有任何声音。这太奇怪了，他已经收到了楚翔被邱添虎隔离安置的回复，公安局的后援难道还没有到达红灵山？邱定相思发来的“赵二”的信息，他发现了赵一一的身份，那么他是不是已经落入赵一一手里？消失的长理生到哪里去了？

与楚翔做交易的神秘第三方是不是开始插手了？他们是谁？真的是“菲利斯国王”？

韩旌轻轻地将大块板材堆叠在李土芝身上，如果他不能起来，先保证不让人发现他。幸好这里是爆炸废墟，很难看出这些碎片下面躺着个人。他在房间里搜索了一圈，没有什么发现。沿着门外漆黑的隧道，他决定往前探探。

眼前是一片漆黑，韩旌不开任何照明设备，无声无息地背靠着墙面往前一点一点地挪动。

他相信敌人除非是瞎子，否则在这下面行动，一定会有相应的照明或红外眼镜。

希望沃德没有红外眼镜。

果然，在黑暗中摸索了几分钟后，韩旌看见了遥远的前方有光。

一个人影在前方摇晃，那光线非常微弱，呈现出人的形状。

人体……会发光吗？

韩旌心念一动，停下了脚步。

发光的人体相当高，不是沃德，它正在颤抖，缓慢地拉长，渐渐变得不像人体。

几分钟后，它几乎变成了一个与人同高的巨大蜥蜴，步态也发生了变化。它开始以跳跃的方式前进。

跳跃……韩旌脑海里骤然闪过一个相似的东西——一只奇形怪状的巨大怪物，形似蜥蜴或恐龙，从密码组的楼道里跳过，身后留下了两具保安的尸体。

"它"拥有张光的门卡，与保安熟识，杀人之后在天花板上留下一幅"密码图"。"它"光临密码组的那天，张光前往红灵山，自愿作为沃德的实验品，希望能结束这一切。

KING 游戏的后台必须有能实时观测城市监控点的权限。

所以不可能是赵一一，或者不可能只是赵一一。

张光不是纯粹的救世主，他曾经拿"完美药剂"向胡谷昌换取了出路，所以他和胡谷昌之间未必是敌人。游戏的后台会是张光吗？韩旌依然相信不是。

那么是谁？

密码组四楼天花板上张扬的奇怪的图案。

莫名死亡的两个保安。

为什么监控只有怪物进来的时段消失了，而它离开的时段没有消失呢？

连夺两命的谋杀想要得到或掩盖的是什么？

王桃和一个黑衣人一起死在萧竹影的出租房里，而楼下的保安称有奇怪的警员进入原本被查封的现场。

一切的答案都应当落在一个高级别的警察身上，他是 KING 的一部分，负责核实任务完成情况——这项工作未必需要他亲自完成，但需要他在系统内共享权限，选择一个或几个信任的人完成。这些人都必须能接触系统内网。而张光也有过这个权限，说明他和后来有权限的 KING 成员曾经是同事，换句话说，他们有私交。

长理生是一个高级别的警员，他和邱添虎熟悉，有可能从老邱嘴里知道沃德案的消息。他和张光年纪相仿，曾经是同事，有私交。长理生承认他从林静那里以不光彩的手段拿走了那张密码照片。他在萧竹影失踪案的现场出现过，承认他指挥警员搬走了所有东西。在他离开后，王桃和王桃的狗离奇死亡，现场还有另一具不明人士的尸体。

然后他在红灵山的洞穴前出现，跟随李土芝和韩旌进入深处，之后一间宿舍爆炸，李土芝和韩旌受伤昏厥，长理生不知所终。

答案如此明显。

那个思考了很久的问题——为什么有人要盗取萧竹影留下的密码照片？——因为那个人和苏渐寒、萧竹影关系密切，他害怕萧竹影在密码中暴露出他的存在。他不需要猜测密码是什么意思，而是需要掩盖密码是什么意思。那个人拿到照片之后，猜到萧竹影留下的密码指向 19 号公路，红灵山洞穴，感觉她正在寻觅单纯派警方的帮助，有可能向警方投诚，从而暴露自己，于是拿着照片夜访张光。

他并不是希望张光解开密码，而是希望张光不要解开密码。

他当然是秘密到访，但那天晚上张光不在宿舍，在密码组。于是那个人到了密码组大楼，要求保安暂停监控。保安认识他，于是违规同意了。那个人到达了张光的办公室，但在谈事情的过程中出现了纰漏，斑龙病发作了。

那个人在张光面前变成了一只怪物。

张光受到了巨大冲击，逃离密码组大楼，意识到当年他随手拿走的针剂竟然能造成这样的后果，而斑龙病正在被人为地扩散，廖璇已经无辜受害，还将有更多像廖璇这样的普通人在什么都不知道的情况下，变成怪物。于是他连夜前往红灵山，希望沃德以他为实验品，研究出治疗方案。

这是他赎罪的方法。

而那个发病后依然非常清醒的访客不得不杀死两名保安灭口。

单纯因为他们看见他进来了。

同时他在四楼的天花板上涂鸦，在密码图周围画上了一个人体，以混淆那个密码的含义。

那个人当然就是长理生。

他自称深爱苏渐寒，苏渐寒也许真的是承蒙他的保护，但他并不是自称的局外人。作为一个局外人，长理生知道的事情未免太多了点，他是KING非常重要的一部分。但他显然不是沃德的人，他庇护苏渐寒、萧竹影和楚翔，楚翔和萧竹影在沃德面前扮演两面人，沃德至今没弄明白。那么他会是胡谷昌的人吗？

胡谷昌真的死了吗？

胡谷昌无疑是苏渐寒、萧竹影和楚翔的仇人之一，如果长理生是胡谷昌的人，他为什么庇护苏渐寒呢？

有相同的利益才会站在一起，敌人的敌人就是朋友。

所以如果不是长理生真的对苏渐寒爱之入骨的话，就是长理生对胡谷昌和沃德怀着相同的仇恨，他的立场和苏渐寒、萧竹影和楚翔是一样的。只是基于某种原因，他隐藏得极深，不愿暴露自己。

而现在这个“原因”和“仇恨”那么明显——长理生也是斑龙病的受害者，他急需自救。

在这个夜晚，长理生明知警方随时可能包围红灵山进行搜索，依然闯入山洞，他有自己的目的。

他到底在找什么？

韩旌悄无声息地跟着前方发出荧光的长理生。

长理生对蜥蜴人的形态非常熟悉，即使他这个奇怪的变异似乎只能跳跃前进，但他跳得非常快捷，落地沉稳，仿佛经历了长时间的锻炼。

他对红灵山洞穴并不熟悉，韩旌看见他几次进入旁边的侧洞或库房，却一无所获。韩旌心里微微一动——长理生并不是沃德的实验品，他不是在这里感染斑龙病的。

刚才沃德对长理生一样毫无反应。

他们之间甚至是第一次见面。

那么长理生在哪里感染的斑龙病？他的变形如此奇怪，却没有失去理智，他的动作非常熟练，他的个子高大……变形半蜥半“龙”。

韩旌灵光乍现——长理生就是帮助楚翔假扮“龙”的那个人。

他就是所谓的楚翔找到的第三方势力，长理生想得到的东西和胡谷昌一样——拿到完美解决斑龙病的方法，在人和“龙”之间自由变身，拥有无穷的力量，进行二次生长，延长寿命而不为人所知。

楚翔是楚流云的养子，他一生都在为养父母复仇。尹竹是苏渐寒的女儿，她和楚翔都将生命献给了为父母昭雪和复仇的事业。他们的立场和长理生并不完全相同，在最后必然分道扬镳。长理生以苏渐寒爱慕者的身份出现，取得了他们的信任，帮助他们在沃德面前立足，最终楚翔和尹竹却没有把获得的关键资料交给长理生，而是打算交给韩旌——这惹怒了长理生，他安排杀手杀死了尹竹，却没有得到资料。

这才是真正的“真相”！

正因为这样，长理生才如此在乎尹竹生前留下的“死亡密码”，他害怕尹竹曾经泄露出关于他的任何一丝一毫的痕迹。正因为长理生的身份，楚翔在考虑向警方求援的时候，才会如此左右为难，百般“测试”李土芝。

他不知道公安局内部还有谁和长理生是一伙的，只知道自己手上抓住的这个家伙不是——李土芝幸运地通过了种种测试，成为楚翔最后一根救命稻草。

远处散发着荧光的“龙”缓慢地跳跃到了一个巨大的门洞口。韩旌只能看到一个模糊的影子，长理生正在挤进去。

而这个时候，韩旌身上突然微微一振，手机亮了起来，王伟发来一条信息：楚翔交代，尹竹从沃德的实验室里盗走了当初的密码箱和一枚正在孵化的实验用蜥蜴卵。邱局命令马上取回密码箱。

因为手机的光亮，韩旌骤然看见对面墙根处也有一个人影——那是一个趴在地上的人影。那人原本正在无声无息地爬行，突然发现这边光亮一闪，猛地转过头来！

沃德！韩旌大吃一惊——沃德居然没有逃走，他舍弃了轮椅，一样在跟踪长理生！

手机屏幕的光转瞬即逝，韩旌只听到在地上爬行的声音，沃德正快速向他靠近。空气中微风吹来，韩旌紧急按了下手机，屏幕的光又亮了——沃德手握一把小巧的德制手枪，由下而上指向他的胸口。

沃德脸上浮起狰狞又愉快的笑容，他没有出声，仿佛也不想惊动远处的长理生。韩旌后退一步，沃德的手指一动，扳机已压下三分之一。

只需手指微微一动，子弹就将穿过韩旌的胸口。

韩旌猛地关闭了手机的光，一脚向前踢去。

只听“砰”的一声，这一脚正中沃德的手，枪口一晃，子弹射中墙壁。

枪声让正挣扎在洞穴大门口的长理生猛然回过头来。

韩旌第二脚接连踢出，沃德没有双腿，远不是韩旌的对手，然而韩旌一脚踢在了一个尖锐的东西上，那东西穿过鞋子刺入足底——刀！

沃德手上不但有枪，还有刀！

韩旌右脚受伤，左脚蹬在沃德身上，倒跃出去。沃德非常熟悉隧道的环境，快速向他落地的方向爬来。韩旌不知道沃德究竟在搞什么鬼，只能尽量避开，踉跄后退的时候猛地撞到一个人身上，随即后心一痛，一个尖锐的物体从背后插入。他低头看的时候眼前一片漆黑，甚至不知道是什么刺中了自己。

沃德咽喉里压抑着“咯咯”的笑声，韩旌后心被刺中，他也不出声，身后的人比他高大，凝神静听背后人的呼吸声他就能认出是谁。

是赵一一。

赵一一同样是在摸索着墙壁，跟踪长理生的影子。

他是沃德的手下？不是？韩旌被猛然甩到一边，他听到赵一一和沃德搏斗了起来，而远处长理生的荧光影子正在返回。

身边痛殴沃德的声音沉重而扎实，赵一一居然舍弃了凶器，一拳一拳地殴打沃德。他的呼吸沉重而急促，像压抑着巨大的仇恨，那仇恨仿佛烈火，即使没有被火焰波及，却能感受到灼热的杀气。

一只体形巨大，七分像蜥蜴或恐龙，三分像人的怪物一跳一跃地靠近。

赵一一抓起韩旌的手机，看了一眼：“东西果然还在这里，沃德·西姆森，奥利维亚的墓穴在哪里？”他揪起在地上挣扎蠕动的沃德，咬牙切齿地问，“你把那些死在蜥蜴嘴里的人都埋在哪里了？”

韩旌感觉到温热的血液从后心不停涌出，他紧咬下唇，没有发出丝毫声音——赵一一似乎默认他已经不存在威胁，正情绪失控，抓住沃德厉声追问：“快说！楚翔把细柱藏起来的东西埋在奥利维亚的墓穴里，她的墓在哪里？”

在地上爬行，又被赵一一痛殴的沃德发出古怪的笑声：“哈哈哈……呵呵呵……呜呵呵呵……”他的身体在奇异地扭动，骨骼发出“咯、咯、咯”的声响。虽然韩旌看不见，却可以想象沃德正在变形。

沃德也是一个感染斑龙病多年的患者，即使他为了消灭病毒砍断了自己的双腿，但从断腿的皮肤来看，并没有治愈。

赵一一被他突然的发病弄蒙了，居然失手让沃德挣脱。黑暗之中，沃德不知道变形为什么模样的怪物，爬行加速，一下子窜进了黑暗中。

而这个时候，发出荧光的长理生跳到了赵一一旁边。

“嗞嗞——”长理生这个时候似乎真的不会说话，而赵一一也很熟悉他这个样子。

赵一一拿着韩旌的手机，重重踢了躺在地上的韩旌一脚：“邱添虎的人在这里，他跟着你很久了。”

长理生似乎是在嗅着空气中的气味，低下头在韩旌的血泊周围闻了闻，随即转向了沃德逃走的方向。他的变异倾向显然包括了嗅觉。

他“咝咝”了几声，赵一一似乎理解了他的意思：“放心，沃德跑不了。我们在出城的高速路上和省道上制造了几起车祸，邱添虎的人没那么快到达这里。”

长理生往前跳去，他在追踪沃德。

赵一一却没有跟着长理生，他对着刚才韩旌所在的位置补了一枪，在韩旌身上摸了摸确认有血，才飞快地跑向长理生先前发现的那个巨大门洞。

赵一一离开之后，韩旌轻轻地动了一下。在赵一一和沃德搏斗时，他悄然移动了位置，赵一一那一枪并没有击中他。他满身是血，但背后一刀却不是致命伤，以出血的速度来看，并没有划破重要的动脉。

带着荧光的长理生转向了隧道的另一个方向，赵一一没入了门洞之后。

他们在找所谓的“奥利维亚的墓穴”。

应该是楚翔在邱添虎那里招认，他把找到的资料藏在了奥利维亚的墓穴里。

而沃德手上还有把张光变成“完美超级战士”的实验资料。

赵一一拿走了韩旌的手机……他无法和邱添虎联系。韩旌失血过多，神志渐渐模糊，他听着长理生的跳跃声——有条不紊。赵一一是长理生的人？为什么？密码组里还有谁……谁是？

一只手拍上了他的肩，随即将他的一只手反扣。

韩旌全身一颤，身后悄无声息地又出现了一个人。

这个人的另一只手捂住他的嘴，像是防止他惊呼，但捂了一下又很快放开了，大概是摸到了他身上和脸上的血。

韩旌闻得出这个人的气息——这莫名其妙的行动模式，熟悉的呼吸，除了李土芝还有谁?

他醒了?

李土芝在韩旌身上一阵乱摸，他警惕着周围的动静，生怕黑暗中还有其他潜伏者出现。但在李土芝越摸越离谱的情况下，他终于忍无可忍，以极低的声音叫了一声："一队长。"

李土芝的手倏然收了回去，随即他以万分错愕的音调低声说："韩旌？"

敢情李土芝在他身上乱摸了半天都没认出来这个疑似尸体的人是谁！韩旌被他气得眼冒金星，眩晕了好一会儿："你醒了？"

"你受伤了？"李土芝和韩旌同时发问，他的行动力比韩旌快得多，以极低的声音在韩旌的耳边说，"这边，我发现这边有一个楼梯。"他双手将重伤的韩旌拖住，轻轻地往一个角落拖去。

一片漆黑中，其实很近的地方有一个小门。

李土芝将韩旌拖入门内，随即关上了门。

这扇门内也是一片黑暗，韩旌感觉自己被拖到了一个台阶边，这地方是个窄小的通道。李土芝低声问："你伤在哪里？"

"背后。"韩旌说。

李土芝将韩旌背了起来，爬上了几层台阶，他身上也有伤，背着韩旌也相当勉强，爬上二楼的转角之后就走不动了。他将韩旌放下来，吐出了一口大气。过了一会儿，不知道窸窸窣窣的李土芝做了什么，韩旌眼前一亮，面前出现了一团微光。

那是一团非常微小的、闪烁不定的白色光点，光线虽然微弱，但在这种极度黑暗之中却如珍宝。韩旌眨了眨眼睛，认出发光的是个什么玩意儿——李土芝的充电宝。

李土芝的手机摔了，但是充电宝还在他口袋里。

充电宝有个电源灯。

现在亮的就是这个灯，而李土芝那毫无美感的充电宝恰好有一排六个光点的白色电源灯——这增强了照明效果。

谁能想到还能用充电宝照明呢？韩旋闭了闭眼，面前的李土芝灰头土脸，双眼却熠熠生辉，和刚才躺在废墟里时全然不同。

“韩旋，”李土芝压低声音说，“让我看看你的伤。”他的脸色在看见韩旋满身是血的时候变得惨白，但至少不像在爆炸废墟里时那样僵硬。

看过了韩旋背后的伤口，李土芝松了口气：“还好，血已经止了。”

“你醒了？”韩旋重复问。

“你为什么抛下我，还用一大堆东西把我活埋？”李土芝悄声问，“我只是晕了又不是死了！还有，你在我衣服上写‘你很好’是什么意思？我还没死呢，你写什么呢？”

韩旋恍惚了一下——李土芝不记得了。

那个暴露出绝望和自毁的李土芝消失了，拥有着热烈灵魂的李土芝卷土重来，真羡慕他有这样自救的能耐，大概他的心中始终有火焰，所以即使孤立无援也能舔伤。

但有些伤痕……并不能依靠舔舐自救。

他甚至不明白自己存在问题。

“一队长，”韩旋在恍惚中追寻自己涣散的神志，“我看见长理生变成了荧光兽。”

“我也看见了。”李土芝说，“你怎么样？说话都不像你了，还站得起来吗？

“他不会放过任何……看见他变成荧光兽的人。”韩旋的神志模糊了，他流了太多的血，“包括赵……一一……你……非常重要……你……不能……死。”

李土芝起了一阵鸡皮疙瘩，韩旋浑身是血仿佛即将死去的样子让他浑身发凉，他的瞳孔开始放大。

韩旋在这个时候用力推了他一把：“奥利维亚的……墓……穴……”

李土芝骤然清醒：“韩旋？”

韩旋闭上了眼睛。

李土芝在微弱的光线中又重新检查了一遍韩旋的身体，确定他只是失血过多，才长长吐出一口气。他从废墟里醒来的时候蒙然不知道发生了什么事，对韩旋居然抛开自己一个人去追沃德感到非常奇怪，而手机又被他摔了，自然就不知道自己失去了大半个小时的记忆——他甚至不知道韩旋的脖子受过伤。

而一向走狗屎运的李土芝离开废墟后，也遥遥看见了长理生荧光色的背影。

但他没有被沃德和赵一一发现——也没听见后来沃德和赵一一的对话，因为他在扶墙走的时候踏了个空，摔进了现在他和韩旋躲藏的楼梯间里。

韩旋昏迷了，他说的“奥利维亚的墓穴”是什么意思？

最可怕的不是会变成荧光兽的长理生，或莫名出现的其他人，而是沃德——沃德既然没有走——说明他根本不打算活着出去。

他希望将所有的人弄死在红灵山洞穴里，为他和他的梦想陪葬。

这里……将是一个巨大的狩猎场。

借助充电宝微弱至极的光，李土芝已经摸清这是一个类似于值班室的小房间，有个低矮的阁楼，原先可能是用来放置登记本或日常值班记录，设备非常简陋。而“沃德”们进入这个山洞之后并没有对这个偏僻的小房间进行改造，房间里积满了灰尘。

外面隐约传来一些声响，地面都在隐约震动，长理生似乎和什么东西打了起来。李土芝忍住想出去张望的欲望，太危险了，韩旋还在昏迷。他们还没有找到沃德在这山洞里留存的罪证，不能让沃德全部毁灭。

除了那些该死的蜥蜴和实验失败品，沃德肯定还有后招，他谋划有一段时间了，绝不可能只是亲身变成怪物，拿着刀子杀人。

但韩旋能做得出把李土芝丢在地上自己一个人出去摸索这种事，

李土芝却做不出来。他在韩旌的身上照来照去，知道他除了失血过多没有什么大伤，但是没地方补充水分。他拿着充电宝在周围的杂物上扫来扫去，恨不得发现一个输液瓶或者矿泉水之类的东西。

当然……并没有。

但在瞎照的时候，他发现墙上的杂物柜子里有一些堆满了灰尘的牛皮纸袋。李土芝翻出来看了一眼，瞪得眼睛都快瞎了才认出那是一份租赁合同。有一个叫沃德·西姆森的阿拉伯人向代为管理防空洞的公司租赁了这个洞穴作为仓库。这个“沃德·西姆森”留下了护照号，而这个护照号和张少明提供的那个沃德·西姆森的护照号一模一样。

李土芝的眼睛亮了——这就是证据。

这是张少明案和沃德案有直接关联的第一个证据，虽然这是本假护照，但是两本护照的复印件一模一样，号码也一模一样，足以证明张少明当时的证言不是妄想。

这份合同签署的日期在沃德从张少明面前消失的那段时间内——也就是说沃德在充作实验室的别墅里感到了危险，于是他们将人头秘密搬迁到红灵山洞穴，而后销毁了当初作为实验室的别墅。

这也是为什么红灵山洞穴里的人头标本摆放得毫无秩序，它们本就是被匆匆搬进来的，而后洞内发生了爬行动物感染病毒袭击科研人员的事件，死伤无数，沃德人手不够，再也没人整理它们。

但李土芝无法直接将它带走，也没办法规范取证，只能将它放回原处。

在满是尘土的柜子里乱翻了一阵，找到了一些当年管理人员的签名册，李土芝再翻的时候，一只白骨化的手从柜子深处掉了出来。

李土芝吓了一大跳，在这种地方居然有尸体？他轻轻地将柜子里乱七八糟的杂物搬了一些出来。蜷缩在尘封的柜子深处的，是一具奇形怪状的尸体。

那……那可能是一个头骨，但是头骨上生着黑色的犄角，的确很像图册上的“龙角”。但头骨是残缺的，除了带有犄角的头盖骨，其他的并没有剩下。与这对犄角放在一起的，还有一部分干尸，只残余了上半身，上半身似人非人，肋骨的数目比人类多，间隔比人类大，骨骼上有许多骨折过的痕迹，骨头反复折断，而后愈合，到处都留下古怪的疤痕。

这个……这个难道就是沃德们一直在研究的“原始超级战士”？当年的那只“龙”？李土芝震惊地看着这像垃圾一样被塞在柜子里的干尸，为什么它会出现在这里？是谁偷走了它？又把它藏在这里？

这块头骨的其他部分一定是被装在密码箱里，辗转到了MSS手上，而这些剩余的部分居然被藏在这里？与骨骼一起塞在柜子里的，还有一个大布包，里面是大摞文件袋，李土芝看了一眼。

里面写的全是日文。

这就很好认了——李土芝恍然大悟——这是细柱的手记，既然他的手记在这里，这些重要的研究材料肯定也是他偷偷藏在这里的。在楚翔的故事里，细柱受感染后一直在横冲直撞，说不定就是在找这些被他私藏起来的东西，说不定他认为私藏起来的东西里，有什么可以救他。

正当李土芝在一堆积满灰尘的骨头和稿纸里胡思乱想的时候，韩旌开始发起抖来，他身上血色的环斑开始闪烁，皮肤变得越发惨白。

李土芝回头一看，浑身汗毛直立——我的天，你可不要跟着变身，你……你你你变成了怪物，我怎么办？我是杀了你好呢？还是干脆被你咬死算了？想了想，李土芝坦然承认他无论如何也没办法对韩旌下手，那只好让他咬死算了……反正……被韩旌咬死也没什么大不了的。

正在痛下决心，李土芝突然从一大堆乱七八糟的废纸里摸出了一支试管。

咦？

他对着试管照着——试管密封得很完美，里面装着一些透明无色的液体。

试管外面什么也没贴，没有任何标识说明这是什么东西。

而试管下面是一些关于干尸内脏的详图，重点画了胃部，李土芝看了就作呕，实在不能理解为什么有人会对这种东西感兴趣。但这包奇怪的藏物，尤其这支没有说明的试管——说不定是对斑龙病研究的重大发现。

身后韩旌仍然没有醒，他的身体没有多大变化，但表情似乎非常痛苦。李土芝怀抱着一大堆细柱的藏物，却不能救韩旌，心急如焚。他突然想到这地方既然是个值班室或者休息室，而细柱又拿它来藏东西，说明这在红灵山洞穴里属于非常偏僻、远离中心的地方。

也就是说它可能距离出口很近，而且这个出口肯定不是平时车辆出入的大门，应该是一个后门。

说不定能先把韩旌弄出去，然后他再回来找沃德算账？他正打算将韩旌背起来的时候，韩旌突然睁开了眼睛。

那是一双赤红如血的眼睛，在黑暗的小阁楼上，被这样一双诡异的眼睛盯着，连李土芝都起了一身鸡皮疙瘩。但韩旌按住自己的胸口，沙哑地开口：“我……”

他居然神志清醒！斑龙病病毒居然无法打败韩旌的意志？李土芝大喜：“你醒了？你看我发现了一大堆奇怪的东西，你认得日文吗？我猜这是细柱藏在这里，想私带回国的东西——他偷窃了他们项目组的成果——至少偷了那只‘龙’。”

韩旌只觉得心脏正在狂跳，仿佛每一下都要从身体里蹦出去，它正在制造人类所不需要的超强血压和脉搏。他头痛欲裂，看李土芝都是一片昏花，但视野并不黑暗。

他逐渐变得能在黑暗中视物——那也许是某几种生物的特长。

李土芝发现韩旌居然在发呆，伸手过去摇了他几下——一接触，他发现韩旌的身体虽然没有变大变小，却变得极其坚硬，仿佛充满了气的轮胎。

他背后的伤口再没有流血，伤口紧紧闭合，仿佛再过一阵就能痊愈。

“我……”韩旌咬了咬牙，坐了起来，“你发现了什么？”

李土芝将他找到的一大堆文件袋塞了过来：“你看看这是什么？”

因为韩旌醒了，又因为韩旌无所不能——凡是李土芝不懂的，韩旌肯定懂——所以他就自动默认韩旌看得懂日文。

韩旌的确看得懂一些，将细柱的那些文件翻阅了一下，他惊奇地发现——他们没有找到楚翔所说的“艾利的笔记”，却找到了“细柱的笔记”。

第八章

天崩地裂

细柱的笔记描述了一个更加古老的故事。他的父亲，水岛太郎是一个侵华日军的随军军医，在随军进行侵略战争的时候，水岛太郎偶然在营口的集市上看到有人在展览一具“龙”的尸体。

水岛太郎非常好奇，于是缴费进行了围观。

他看到了此生见过的最不可思议的生物——那是一个似龙非龙、似人非人的奇怪生物。尸体的主人正坐在简易的木头栅栏前收费，水岛太郎从“主人”那里得知，这个奇怪生物是有一天天上打雷的时候，摔落在他家柴房里的，来的时候就受了重伤。

这只“龙”通人语，会说话，柴房的主人见它可怜，收养了它一段时间。

但“龙”并不想活着，它苦苦哀求收养它的人将它杀死，它是一只会带来厄运的恶龙。

于是收养“龙”的黄姓人家根据它的要求，使用草药将它毒死。

随后这家人将死去的“龙”摆在集市上进行展览。

水岛太郎出重金购买了这具尸体，为了研究这是什么奇怪的生物，他违抗了在战争形势恶化的时候前往太平洋作战的命令，带着“龙”出逃，在中国潜伏下来，开始了第一阶段研究。

水岛太郎的研究出发点只是好奇，但这具奇怪生物的消息传播了出去，阿拉伯人参与了进来，其他国家的人也参与了进来，并因为阿拉伯人拥有研究经费，他们最后主导了研究的方向。

在这个过程中，水岛太郎不明不白地死了。

细柱继承了父亲的遗志，他认为所有的成果都该归属于他的父亲水岛太郎，“超级战士”计划如果能实现，成果也应该属于他的祖国。但来自其他国家的研究者都不能理解他这种国家主义的精神，根本没想过成果要分日本政府一杯羹，这让细柱对“沃德”们更加不满。

他准备了一份材料，准备偷运回国。

但显然他还没来得及出手，就遭遇了楚翔的算计，死在了沃德的枪下。

“这些东西都是证据，”李土芝说，“只要我们能活着出去，这些就是沃德做梦也没想到的铁证。天啊！他肯定没想到细柱挖了这么大一个坑在背地里坑他。”

“沃德……”韩旌振作了一下精神，低声说，“这里一定离某个出口很近，否则细柱不会将东西藏在这里，你先带着一部分东西出去……”

“我不会丢下你在这里！”李土芝瞪眼，“你都半死不活了……”

“我正在变化……”韩旌忍耐地说，“不知道将要变成什么样子，正因为我在变化，或许也有和沃德、长理生搏斗的能力，你先走。”他缓了口气，“沃德应该是在等楚翔……他肯定希望所有人——尤其是楚翔，为他陪葬！一旦他弄来了楚翔，就会出手——我猜他会炸毁这里。”

这里本是军火库，很容易让人联想到炸药。

李土芝变了脸色。韩旌摇了摇头：“你快出去，告诉邱局，我的手机在敌人手上，千万不要相信我的手机。你让他别听信任何人的话，不要带楚翔到红灵山来，不管是山顶还是洞穴。”说着，他已经坐直了身体，快速生长的细胞治愈了他的伤口，他的头发中有东西正在隆起，仿佛两个尖角。

“我要出去也要知道从哪里出去啊！”李土芝哭笑不得，“说得好像我们突然就认识路了一样，外面一片漆黑，谁开灯谁是靶子，怎么出去？”

韩旌摇摇晃晃地站起来：“我来当靶子……不要担心。”他突然短暂地笑了一下，这个笑在他变得斑驳恐怖的脸上看起来很不自然，但李土芝感受到了轻松，只听韩旌说，“别怕，我正在生长……受伤的速度可能赶不上二次生长的速度，我去找沃德和长理生，你找出口——无论怎样，我们尽力了。”

韩旌握了握李土芝的手，李土芝感受到韩旌一贯冰冷的手掌热得发烫，仿佛血液以百倍的速度在流淌。韩旌说：“你非常重要，我们为沃德案努力了这么久，眼见它就要真相大白，死在这里……我不甘心，一切靠你了。”

“靠我？”李土芝瞪眼，“我……”

“你要出去，告诉邱局山洞里的情况，然后想办法救我。”韩旌干脆地说——李土芝第一次见他这么蛮不讲理，简直新奇得眼珠子都要掉了，只听韩旌说，“总而言之，靠你了。”

在他愣住的时候，韩旌重复了一遍：“你非常重要，别先死了。”

“我怎么可能先死？”李土芝本能地顺口回了一句，韩旌仿佛是笑了，他站起身来，直接从阁楼跳了下去，没入黑暗之中。

李土芝还没看出韩旌正在生长成什么样的怪物，但他显然并不发光。

当能夜视的时候，红灵山洞穴并不神秘。

它只是一个堆满了废弃实验材料、生活垃圾和骸骨的坟场。韩旌向着沃德和长理生远去的方向快步走着，赵一一说，楚翔将密封箱藏在了“奥利维亚的墓穴”——那地方长理生和赵一一都不知道。

奥利维亚被沃德做成了标本，她的“墓穴”就在那个放了几十具斑龙病晚期患者标本的“博物馆”里。而楚翔会把最隐秘的东西藏在哪里简直无须猜测——“奥利维亚的墓穴”只是一句暗语，提示了那个房间。

只有听过楚翔所说的故事的人才知道——那里面只有一具标本是楚翔亲手做的。

萧梅影的半身像。

只有那具假标本是楚翔亲手做的，如果楚翔真的在那个庞大的“墓穴”里藏了东西，肯定在萧梅影的半身像里。

但这件事沃德肯定比韩旌更清楚，能希望沃德没有听懂楚翔的暗语吗？

韩旌感觉到有东西正穿破头皮，他的脚步越来越轻盈，速度越来越快，半个头脑里仿佛有一锅煮熟的浓汤，有一些黑暗而嗜血的渴望在涌动，但他并不害怕。

他不会失去自我。

因为他每天都在剖析自我，尝试接纳并不完美的自己，说服自己承认自己。

对“自我”太过熟悉，熟悉得没有“失去”的可能。

每个人都认为他坚定、冷静而无所畏惧。

他并不是。

他只是一个冷漠、无趣而别无选择的普通人，他每天都在尝试让自己喜欢自己，从而能喜欢生活、工作，从而能找到期待。

在正在变化成怪物的过程中，他似乎找到了……他在这个时候有点喜欢自己，他正在做一些不假思索，没有细节，只凭一腔热血就愿意去做的事，在往前冲的时候，他仿佛找到了自己的灵魂。

李土芝是个挺好的人，他应该学会珍惜生命，热爱自己，而非热爱死亡。

而他……也并非完全的行尸走肉。

韩旌渐渐地跑起来，他看见了前面长理生发光的背影。

邱添虎和王伟、陈淡淡几人都坐在警车上，一连十几辆警车要赶往红灵山。但省道和高速公路上都发生了交通事故，邱添虎心急如焚，韩旌和李土芝已经去了，红灵山洞穴里危险重重，要是出了什么事，他怎么交代?

偏偏这个时候，地方公安局汇报了一个新情况。

密码组的邱定相思被人绑架了。

绑匪的要求也很奇怪。

绑匪要求邱添虎在一个小时内赶到红灵山洞穴。

邱定相思和邱添虎虽然都姓邱，但并不是一家，绑架邱定相思的人肯定也和沃德案脱不了干系。

邱添虎一边暗骂邱定相思惹是生非，一边决定让王伟征用一辆摩托车，骑摩托车载他先去。

而这个时候，地方公安局又汇报了第二个新情况。

监视中的密码组成员都从指定住所中消失，赵一一、胡紫莓、黄襦都不见了踪影。

邱添虎坐上摩托车，戴上头盔，点了点头示意他已经知道。

王伟发动摩托车，摩托车绝尘而去。

后面车上的特战队员纷纷拦截征用路上的摩托车，尽最大可能摆脱堵车的困扰，前往红灵山。

在前往红灵山的路上，邱添虎意外收到了韩旌的信息。

韩旌要求他带着楚翔前往红灵山，越快越好。

邱添虎有些奇怪——楚翔是韩旌交给他的，特意安排了最严密的安全监护，怎么会突然要求将楚翔带到红灵山来？但韩旌的想法总是有道理的，邱添虎有些犹豫不决。

正在思考的时候，王伟说："邱局，我觉得这条信息很奇怪。"

邱添虎下意识地问："怎么说？"

"二队长一般不会说'越快越好'。"王伟说，"他很少催别人做什么，一般他会给下属留足够的时间，我跟了他这么多年，只收到过一条他催人的信息。"他说，"二队长发的是'速'，一个字。"

邱添虎愣了一下，这的确不像韩旌的口气。韩旌向他汇报工作也很少打这么多字。

"我觉得二队长和一队长可能已经……"王伟低声说，"遇到危险。"

邱添虎整张脸沉了下去，几十年不曾遭遇过这样紧张的场面，李土芝和韩旌……这两个人真的遇难了？他可没想到王伟说的"遇到危险"并不是指他们已经死了。

王伟是真的忧心忡忡，他觉得韩旌一个人也许不会出什么大事，但是有李土芝在，他的二队长肯定是被一队长坑了。

他真是被韩旌坑死了。

当李土芝灰头土脸地从一个空心碉堡里爬出来的时候，觉得自己两个鼻孔里全是土，差点就被灰尘和泥土活埋了。果然不出韩旌所料——自带自救技能的李土芝找到了一条通向碉堡的地道，稀里糊涂地就爬出来了。

那是一个望风用的普通碉堡，里面可以架设机枪，但现在只有尘封的泥土。李土芝像一条大虫一样从里面的窄门钻出来，还没喘上口气，突然从碉堡的洞口看见了邱定相思。

李土芝震惊地看见邱定相思被人捆成粽子，绑在长理生那辆车的顶上。一个侧影很像韩旌的年轻人和一个不认识的甜妹子持枪站在车旁边，一边警戒，一边闲聊。

“赵二进去很久了。”甜妹子说，“我打赌他不能活着出来。”

“反正他活得很痛苦。”年轻人说，“他居然相信那个人，以为那个人会带着他报仇雪恨呢！中国人就是喜欢互相利用。”

“那个人想要摆脱胡谷昌的控制。”甜妹子说，“他不甘心当胡谷昌的实验品，其实已经做得够好了，只可惜太着急了一点。”

这两个人——就是杀死尹竹的真凶。

李土芝屏住呼吸，这两个完全是陌生人，他们到底是谁?

长理生承认自己派人杀死尹竹，但这两个人和长理生似乎不是一路的。

正当他张望的时候，一辆摩托车沿 19 号公路风驰电掣而来。

邱添虎来了！李土芝发现他没有带楚翔，松了一口气。

邱添虎上去和两个年轻人说了几句，两个年轻人大方地将邱定相思放了，并勒令王伟和邱添虎交出枪支，又将邱添虎捆了起来。

邱添虎自愿代替邱定相思成为人质。

邱定相思被绑了大半夜，脸色铁青的王伟将他扶住，两个人慢慢退到一边。

两个来历不明的年轻人微笑着用枪顶着邱添虎的头。

“现在我们可以提要求了。”长相甜美的妹子说，“等下你们的韩旌或李土芝从里面出来的时候，不管他们拿到了什么，统统交给我们，拿到了让我们满意的东西，邱局就能平安回家。”

“你们是什么人？”王伟忍不住问。

“他们是‘菲利斯国王’的人。”邱定相思说，“男的叫迈纳，女的叫莉莉。”他被这两个人捉住，已经听出了他们的来历，“他们都是变装高手，脸上都化着好几层妆呢！卸了妆你就认不出人了！”

“菲利斯国王”！

国际雇佣兵组织！

王伟变了脸色。

红灵山洞穴深处。

长理生的手刚刚从赵一一的胸膛中拔出，赵一一温热的血液喷得到处都是。韩旌的身影隐藏在黑暗中，长理生身上没有伤，并不是赵一一突然攻击了他，他看见赵一一的死状，满脸震惊，显然是长理生在赵一一毫无防备的情况下杀了他。

和密码楼里的两个保安下场一样，长理生不可能留下任何见过他变异的活口。他还想继续做官，也许想越爬越高，并且还想留下变异的能力。

长理生的爪子里抓着赵一一从韩旌那里抢走的手机，他没有想过韩旌在受了赵一一一刀之后还爬得起来，更没有想过斑龙病病毒在这个时候发挥了异乎寻常的作用，居然让韩旌重新拥有了力量。

韩旌静静地潜伏，长理生突然杀了赵一一，肯定是认为赵一一已经没有了利用价值。长理生没有到过红灵山洞穴，所以一开始他硬要跟随韩旌和李土芝入洞，三个人一起进洞显然更加安全。而当长理生发现洞穴内的活口只剩下半身不遂的沃德，自忖占有绝对优势，他就不需要韩旌和李土芝了。

这个时候，长理生连自己的手下都杀了。

赵一一帮他找到了一个新的洞窟，这个洞窟没有断电，门缝里面散发出柔和的白光，隐约可见里面有一些不同寻常的东西。

长理生荧光的蜥蜴背影缓缓缩小，韩旌惊讶地发现，似乎长理生能控制自己的变化，巨兽般的背影缩小后，长理生恢复人形。

他的衣服早已撕碎，五十多岁的身体上遍布翠绿色纹路，但如果撇去那些纹路，长理生的身体非常健康，甚至和二十几岁的年轻人没有什么区别。斑龙病改变了他的身体，进行了二次生长，明显延缓了衰老。韩旌有一个不祥的想法——也许……进行了二次生长而没有死亡的个体，寿命也和正常人不一样。

沃德潜伏在哪里？

韩旌直觉这个发出微光的门内不会有什么好东西，长理生却打开门径直走了进去。

轰然一声巨响，门洞内有爆炸物猛然爆炸，火光乍现，瞬间吞没了长理生。

如此惊人的声势，连远远躲在角落里的韩旌都被震得耳膜出血，长理生就这样死了吗？

过了一会儿，硝烟渐散，漆黑的地面上突然传出一阵狰狞的笑声，冒出一段含混的英语：“哈哈哈……哈哈哈……为什么沃德、胡谷昌突然死了，他明明拿着‘完美药剂’——原来他不放心，把药剂用在了你身上。但——完美的——‘完美药剂’的确是完美的，就是不能让人做人，只能做怪物——所以你杀了他对不对？太有趣了，我从来没有见过你，你却可能是我最成功的实验品！只可惜——”

趴在地上的沃德正在大笑，突然砖瓦之中伸出一只长满了花纹的手臂，轻松地扣住了他的咽喉，“哗啦”一声，碎石和泥土四散，一个人从废墟里淡定地坐了起来：“抓住了。”

沃德的话被掐灭在喉咙里，他不可思议地看着这个炸不死的怪物——正面承受了炸弹的威力，却仍然毫发无损！

远处的韩旌眉头微蹙——长理生居然能抵抗炸弹的爆破力！所以在宿舍区，他和李土芝都被炸晕，而长理生若无其事地离开了。

“‘纯净药剂’在哪里？”长理生问。

沃德的喉咙被他手指上生出的利爪扣住，哪里说得出话来？长理生的手爪松开沃德的咽喉，随即插入沃德的胸口，在沃德胸腹部扎出了五个血洞——一瞬间，残疾的沃德完全失去了抵抗力。

鲜血喷溅在地上。韩旌屏息窥视，不敢发出丝毫声音，只听长理生条理分明地说：“你想杀楚翔，我也想杀楚翔；你想活下去，我也想活下去。你没有了张光，但你还有我——就像你说的——我是一个比张光识相、积极、完成度更高的实验品。只要你把‘纯净药剂’给我，让我摆脱发病的危险，我就和你合作，把‘超级战士’这项生意做起来。”

他冷冷地看着沃德，眼睛还是爬行动物那种奇怪的竖瞳：“我非常有诚意，只要你乖乖听话，给我我要的东西，你不但不用死，我还会给你你要的一切。”

“纯净药剂”是什么？韩旌眯了眯眼，这是一个未知的消息。

沃德喘了几口气，在胸口扎出的那五个血洞对正常人来说是重伤，对经过二次生长的人来说却不致命。听到“纯净药剂”，他大笑了起来，继续用英语说道：“No，没有，有谁见过‘纯净药剂’？那是什么？你是中国人，像贪婪的蛇一样的最可怕的那种中国人——我不会相信你的，不会和你合作。”他的手臂突然也长出了苍白色的骨刺，猛然刺向长理生的腹部，“去死吧！我只希望所有人所有的东西都死在这里！我就要这个！”

“咔嚓”一声，沃德尖锐的骨刺居然在长理生的体外折断了——长理生的皮肤居然坚硬得刀枪不入！难怪他不怕炸弹。

韩旌心念一动，摸了摸自己犹如火烧一样的皮肤——坚硬、灼热、光滑。

长理生听不懂沃德在快速地说什么，但沃德不但不听话，还要袭击他，那就是不肯说的意思了。一时间，他犹豫了，究竟是直接杀死沃德？还是留沃德一命继续逼供？

就在这个时候，被沃德释放出来、游走在整个红灵山洞穴中的那些蜥蜴和蛇，终于爬到了这里。

一只黄色棘刺，咽喉下生着倒钩的黑色蜥蜴沿着隧道爬来，它发现了韩旌，径直向他弹出舌头。

长理生猛然抬头——只见一只颜色鲜艳的蜥蜴正在攻击远处的某个死角！他长啸一声，将半死的沃德丢在地上，身体突然膨胀，快速恢复兽形。

韩旌从藏身的地方冲了出来——既然不能隐蔽，那就只有抢先一步攻击敌人了。

他没想过自己有这么快，似乎只是一瞬，就冲到了长理生面前。长理生刚刚恢复半人半蜥的状态，长长的利爪向韩旌头顶拍落。韩旌绕到他身后，在韩旌眼里，好像所有的动作都变得有些缓慢，一手刀往长理生后颈斩落。

“啪”的一声，长理生的皮肤果然硬得出奇，但韩旌的手掌仿佛也同样坚硬，长理生似乎是眩晕了一下。韩旌手无寸铁，面对一个仿佛刀枪不入的对手无从下手，只能再次往他的后颈斩落。

再牢不可破的敌人，肯定也有弱点。韩旌仗着自己速度似乎略胜一筹，往长理生身上所有神经节点攻击。

长理生不断发出低吼，他化为兽形后不能说话，遭受了韩旌的快速袭击似乎也没有受伤，眼神里却是满满的骇然。韩旌并不知道自己在长理生眼里是一个雪白带纹路的花豹模样的怪物，有一双赤红的眼睛。两人很快扭打在一起，长理生的爪子同样插不进韩旌的皮肤，而韩旌力气不够，一样无法让长理生受伤。

就在两个人僵持不下的时候，一道黄色的光闪过，长理生一声怪叫，猛地退出去老远，他不可思议地捧着自己的手——左手齐腕断开——居然有武器能破开他的皮肤！

李土芝潜伏在碉堡内部，外面有两个“菲利斯国王”的雇佣兵，不知道来自什么国度。他占了优势——那两个人显然已经将周围检查过一遍，所以肆无忌惮。

没有人知道他在这里，他虽然身上有伤，但还有冲击的力气。

困难的是王伟和邱定相思那两个人和他毫无默契，又没有心电感应，无法配合他救出邱添虎。

怎么办？

那两个人手里有枪，一旦弄得不好，邱老头就要挂了。李土芝在心里权衡利弊，韩旌一个人在黑漆漆的山洞里追踪长理生，现在是死是活都不知道，哪里能给他们带出来什么东西——咦？李土芝突然醒悟——韩旌是带不出东西来的，但是他带出来了啊！

他带出来了细柱的部分手记！

他完全可以假装已经剿灭了沃德和长理生，出来和“菲利斯国王”进行交易！

李土芝一旦生出什么想法，就很难控制自己不立刻去执行，几乎是在这个念头闪过的那一瞬，他开始行动，在地上捣鼓了一会儿，他就从碉堡里钻了出来。

在场的双方都悚然一惊！

持枪对准邱添虎的迈纳猛然掉转枪口对李土芝开枪，莉莉火速上去补枪。

幸好李土芝最近被枪指得多了，都训练出感觉来了，要钻出去的时候猛然后缩，往门后一闪。两枚子弹射中他刚才要出去的位置。

迈纳喝问：“谁？出来？”

“李土芝！”李土芝回答，“沃德已经死了，你们是谁？我要见邱局！”

迈纳和莉莉相视一眼，都颇觉意外——沃德肯定在山洞里有布置，李土芝却轻而易举地出来了？

“沃德已经死了？尸体呢？”迈纳冷冷地问。

“他和另外一个实验品同归于尽，刚才你们听到爆炸了吗？”李土芝说，“他在里面放了炸药，幸好我跑得快。”

“二队长呢？”王伟突然大声问，眼眶都红了。

这个韩旌的铁粉！李土芝被他要哭的架势吓了一跳：“韩旌还在里面，我们分开了，我找到路出来了，他还困在里面。”

“你手里拿的是什么？”莉莉问。

李土芝高举双手：“这是我在值班室里找到的细柱的手记，里面有关于实验的所有资料，还有他打算偷运回日本的其他东西。”他慢慢地从碉堡里出来，示意自己没有威胁，“你们是什么人？绑架邱局想要什么？”

“把你手上的东西丢过来。”莉莉说，“确认了是我们要的东西，保证邱局长平安无事。”

李土芝灵机一动：“这里面有一根透明的试管药水，不知道是什么东西，我怕丢坏了，要不然我放在这里，你们派一个人过来拿？”他轻轻地把手上的几个牛皮纸袋放在地上，自己先退得远远的。

一边的邱定相思和王伟呆滞了一下——这么顺从的李土芝一定是假的。两人充满狐疑地看着李土芝，却见他眼角往邱添虎那里一瞟。

莉莉持枪对准李土芝，慢慢往前走，李土芝将东西放得有些远，她必须往前走出十来步才够得着，这个距离让她心生不安。

但对面的人在自己枪下，而且李土芝非常坦然，毫无做贼心虚的感觉。

就在莉莉的手接触到纸袋的时候，李土芝突然回头，莉莉一惊，紧跟着向他望去的地方看去，手顺着感觉去摸纸袋。

接触到了牛皮纸袋，根据触觉，这果然是尘封多年的东西。莉莉心里一喜，正要拿起来，却突然发现这纸袋重得超乎想象，她居然估计错误，一下没拿起来。因为出乎意料，莉莉猛然低头去看，左手没拿起来，持枪的右手晃了一下，几乎是按照本能要去帮忙。

就在她眼神离开李土芝的一瞬，枪口又偏移开了一秒——李土芝抬起手来，向着迈纳那边做出了射击的姿势。迈纳看莉莉拿纸袋踉跄了一下，已惊觉不妙，李土芝又突然举“枪”对准这边，而与此同时，王伟和邱定相思猛扑过来。

三方意外，迈纳的身体做出了本能的反应，微微一侧，避开李土芝的“枪口”——但同时他醒悟过来——李土芝没有枪！

只是这一顿，邱添虎自己往后一倒，从车顶上滚落。迈纳大吃一惊，对着李土芝“砰”地开了一枪，但侧面冲上来的邱定相思和王伟已经到了他面前。迈纳掉转枪口，邱定相思飞起一脚将他踢倒，王伟纵身扑上，三个人滚在一起，只听“砰砰砰砰”一连四声枪响，子弹都不知道打在了哪里。

莉莉的左手抓住的是一个沉重无比的纸袋——至少在三十斤以上。

抓着这个东西，移动变得困难，她当机立断丢下纸袋，对着李土芝又开了一枪。

但身后的迈纳已经被控制，莉莉对着邱添虎连开三枪，快速往红灵山树林中逃窜。这个时候仍然是深夜，她往漆黑的树林里一钻，顿时失去了踪影。

而地上的王伟将迈纳的双手牢牢扣住，迈纳的枪口冒烟，子弹全打在了王伟胸口。

邱定相思脸色惨白，刚才王伟中枪的时候他以为王伟死定了！

但王伟穿了防弹服来的！

不仅是他，邱添虎也是穿了防弹服来的。今天晚上有重大行动，所有的人都配了最好的装备。

但近距离中弹估计也要让王伟胸骨骨折，子弹的冲击力非常大。邱定相思颤抖着手帮王伟把迈纳按住，王伟青白着脸，拉出腰带上的枪纲，直接把迈纳的双手绑死，同时一记重击，将人打晕。

邱添虎被莉莉射中一枪，幸好也打在防弹衣上，没有大碍。

但李土芝没有穿防弹服，邱定相思回过头去看，只见人半跪在地上，满身是血，李土芝身中两弹，但还比较清醒。

他并没有什么惊恐或疼痛的表现，对“中弹”这件事的反应平淡得出奇，他只是向纸袋爬过去，沾满血的纸袋里掉出几片花岗岩石板碎片，在碎片下面是陈旧的文件。邱定相思冲过去扶他：“一队长……”

“韩旌……韩旌还在……下面。”李土芝轻声说，“他……叫我做的事……我做到了。”他将纸袋往邱添虎的方向微乎其微地推了推，鲜血染满了牛皮纸袋，他闭上了眼睛。

“一队长？”邱定相思骇然叫了起来，旁边刚刚解开捆绑的邱添虎变了脸色，但李土芝脸色苍白如纸，失去了知觉。

他有血友病的基因，虽然症状不明显，但是凝血仍然比常人困难。

所以三个人只能看着他血流如注，渐渐地……濒临死亡。

李土芝的表情很安定。

甚至有一丝欣然。

那完全不像他的表情，却是如此和谐，就像他缺乏这样的安定，已经很久很久了。

一道黄光闪过，长理生的左手断了。

韩旌猛然后退——在他和长理生中间，一个穿着黄色汉服的女孩手持唐刀，冷冷地站在那里。

黄襦？

韩旌愕然。

黄襦在密码组里一向轻声细语，举止温柔，谁也没想过她能一刀砍断长理生的手。

韩旌看着她。

黄襦仍然言语温柔，轻声说：“《我爷爷养过龙》是我写的，那件事是我全家的悲剧……黄夔是我的父亲。”

韩旌恍然——姓黄——当初养龙又毒死龙，将尸体拿出去展览的那家人也姓黄。

“我爷爷在‘龙’被人买走以后，突发怪病，也去世了。”黄襦说，

"据说死去的时候模样非常怪异，过了几十年，我奶奶都还会做噩梦。大概是爷爷去世时的样子刺激了我爸爸，所以在看见沃德的密码箱解码文的时候，他失去了理智。在他眼里，那就是我爷爷的死因。"

长理生的咽喉里发出了一些怪异的声音，大概他也明白了黄襦是个什么身份。

她是养"龙"者的后裔。

韩旌推测黄襦可能拥有一些更有针对性的武器——毕竟她爷爷和"龙"相处了很久，还把"龙"给毒死了。

而她潜入山洞，肯定也是为了了结这件事而来。

"你是什么立场？"韩旌淡淡地问。

"希望这件事……"黄襦说，"灰飞烟灭。"

她手持唐刀，直指长理生："胡谷昌是看中了所谓的'超级战士'的前景，但这前景大得他根本吞不下，而你——你本来是胡谷昌的走狗，胡谷昌拿你做实验，你为了升官，也是心甘情愿，但后来你反水杀了胡谷昌。"

长理生捧着断手，慢慢恢复了人形："你到底是什么人？"他冷笑，"张光招你进密码组，肯定是引狼入室！说不定你就是他找了很久的那个外国间谍！"

"我和韩旌一样。"黄襦说，"他是警方在密码组的卧底，我是MSS在密码组的卧底，我们要找的是像赵一一、胡紫莓这样的人，像你和沃德这样的人，当然……"她柔和的声音微微顿了顿，有些黯然，"还有像林丸这样的人。"

胡紫莓？韩旌看了她一眼。

黄襦没有看他，却慢慢解释："李土芝手机里的木马病毒是胡紫莓安装的，他大概忘了，他曾经让胡紫莓帮他买一份保健品，她拿着他的手机摆弄过几分钟。"微微一顿，她坦然地说，"当然我是默许的，我也想知道李土芝的所有行动，知道李土芝的行动就等于知道你的行动，虽然我们是不同部门，不是一条线，我也希望知己知彼。"

“胡紫莓在李土芝的手机里安装窃听软件，所以她是胡谷昌、长理生的人。”韩旌问，“胡紫莓现在人呢？”

“被MSS的人控制住了。我和她当了三年多闺密，她表面上是胡谷昌认的干女儿，其实是他的情人，手里管着胡谷昌几千万的贪腐资产。”黄襦说，“她负责和‘菲利斯国王’的人联系，她买的‘保健品’，就是迈纳和莉莉。”

这部分的线索韩旌并不清楚——他毕竟无法和女生亲密接触。但赵一一的蛛丝马迹已经落入他眼中。只是赵一一没有感染斑龙病，韩旌无法把他和杀死两名保安的怪物联系在一起，但现在他知道，杀人的是长理生，长理生是当夜的访客。

长理生的血渐渐止住了，他站在一边，正在安静地分析形势。

黄襦有针对二次生长的武器，他暂时还不知道原理，而韩旌正在二次生长中，他本身体质也好过自己。

两相权衡，长理生决定暂退。地上的沃德仍然在呼吸，长理生突然抓起沃德，猛地往墙上一跳，飞快地爬上墙面，往黑暗中退去。

韩旌和黄襦都颇觉意外——长理生的变异体居然还能在墙上奔跑跳跃？

两个人马上追了上去。

长理生往来时的路飞窜，韩旌的速度却远胜于他，两三下，韩旌就将长理生从墙面掀翻下来。黄襦唐刀一挥，斩断了长理生的一条腿。

重伤的沃德看见长理生血流满身，尖声怪笑。

长理生默不作声，流血的伤口处快速止血，紧接着伤口肉芽生出——居然很快就要长出新的肢体！

“完美药剂”下的变异体果然拥有令人匪夷所思的能力。黄襦也是错愕了一下，终于刀刃一挺，刺入了他的胸口，将这只狰狞巨兽钉在了地上。

“这是把什么刀？”韩旌问。

黄襦平淡地说：“普通的唐刀，我在刀刃上涂了一层爷爷用来毒死‘龙’的毒药。”

正在这个时候，“轰”的一声巨响，红灵山洞穴各处突然发生爆炸，爆炸的冲击波骤然而来，火焰和烟尘瞬间吞没了所有通道。

天崩地裂，仿佛整座山都崩塌了。

红灵山防空洞大爆炸，造成了山体塌方，省城派了部队来挖了一个星期才把废墟里的幸存者和尸体全部挖掘出来，但大多数资料和实验器材已经完全损坏，在爆炸中灰飞烟灭。

废墟中挖出了大量的人头标本，由于保存的器皿毁坏，挖出的时候大部分已经腐烂，触目惊心。不少参与挖掘的小士兵都留下了严重的心理阴影。

韩旌是在第六天才被挖掘出来的，居然没有死。

他被挖出来的时候体征平稳，斑龙病的红斑已经褪去，除了昏迷不醒，仿佛没有受到太大伤害。但这实在太奇怪了，同一个地方挖掘出来的黄襦的尸体被碎石和泥土挤得面目全非，几乎成了一团肉泥。韩旌就在她身边，居然毫发无伤。

而在他们不远处挖出了一具更奇怪的尸体——尸体呈现巨型蜥蜴的状态，全身布满了绿色条纹，残存的手指和脚趾都长有吸盘，同时附带利爪。

政府派遣了生化部队来处理这具古怪的尸体——在红灵山洞穴内还挖出了很多具奇形怪状的标本，眼前这一具却是尸体。斑龙病传染性极强，非常可怕，关于它的绝大多数资料在爆炸中都被毁灭，李土芝找到的那个藏有更多牛皮纸袋的小值班室再也没有被挖掘出来。

除了他带出来的少部分材料，大家找到的只有萧梅影的那具半身像。

在被挤压变形的模型内部，果然发现了一些东西。

里面有艾利的日记本。

艾利的日记本详细记录了他参与项目的日期，以及他与奥利维亚的爱情，对中国洞穴的感想和对中国人的理解，唯独对实验内容没有多提及。日记本是放在一个陈旧的密码箱内的，密码箱里有几支用过的试管，还有一些陈旧的实验记录。除此之外，还有一份崭新的病毒脱氧核糖核酸图谱分析表，是打印件，和箱子里的东西格格不入，那应该是楚翔放进去的。

显然它里面本应该有更多的东西，但是消失了。

细柱盗取了绝大部分材料，将它藏在了小值班室里，准备运回日本，但没有成功。

现在绝大部分材料消失在爆炸之中，再也无法找到。

在爆炸的中心，大家发现了一具半身尸骸，也具备初步变异的迹象，尸骸几乎完全被炸毁，粉碎性骨折，并因为它原本的骨骼结构和人类并不相同，没有参考依据，无法复原原身。

红灵山爆炸案成了一个无法完结的案件，它的嫌疑人未能查明身份，已经死亡。长理生被归为失踪，赵一一的尸体被找到，谁也说不清他究竟是被谁杀害，就像王桃和尹竹的出租屋里的另一具无名男尸，可能永远也无法查明他们因何而死，以及凶手是谁。

而可能知道“沃德”真实身份的MSS，随着特派专员黄襦的死而讳莫如深，他们似乎并不想承认自己参与了调查。毕竟红灵山爆炸案背后牵扯着MSS的丑闻，即使后来MSS的继任者似乎对此进行了补偿，栽培了黄襦，并持续进行了调查，但MSS并不希望真相大白于天下。

胡谷昌在任时无疑存在巨大的作风和工作问题，案件牵连了不计其数的人命，MSS不想被卷入风暴。但公安局无法撇清关系，当社会大众发现案件包含不计其数的无名尸，社会愤怒被点燃了，在网络上和新闻中口诛笔伐，沉痛指责警方不作为，居然让如此可怕的凶案持续多年，甚至到最后都没有查明凶手的身份。

更多人不愿相信“沃德”在爆炸中身亡，纷纷声称这是警方为了掩饰自己无能的阴谋，真实的凶手仍然逍遥法外，那具处于爆炸中心的尸体只是个替死鬼。

在被民意鞭挞轰炸了七个月以后，邱添虎到了退休年纪，离开了岗位。

交出所有警用装备和材料，换了一身便服以后，邱添虎步履轻松地来到了一家疗养院。

玉馨住在三楼。

韩旌的病房在一楼。

邱添虎进来的时候，刚好看到李土芝鬼鬼祟祟地闪出去。

“站住！”邱添虎沉声喝道。

李土芝吓了一大跳，本能地立正，差点就敬礼了：“邱局！”

“干什么呢？”邱添虎笑了起来，“韩旌醒了没？”

“还是那样。”李土芝说，“真奇怪，明明资料里那瓶药水是有用的，廖璇都醒了，为什么韩旌还不醒？”

提到“廖璇”，邱添虎的笑容黯淡了。那个无辜的小女孩在注射了李土芝带出来的那瓶无色药水后清醒了过来，斑龙病病毒全部死亡，连带那些因为斑龙病病毒而变异的肌肉和器官也受损严重，经历了七次手术才勉强恢复正常人类的功能。

但廖璇再也不笑了。

她记得自己攻击保安和朋友的情景，此后漫长的余生可能都要在心理医生的辅助下度过。她还要经历大概三年的复健，才能勉强恢复行走的功能。

那瓶无色药水经过化验，是一些未知的毒素——成分非常复杂，目前只辨认出几十种，都源自普通中草药。根据细柱残余的笔记，当年黄家将“龙”毒死，配方是“龙”自己提供的，那么这份配方黄家应该有保存——黄襦能将毒药涂在刀刃上，也证实了有保存。但黄襦已经身亡，很大可能配方保存在 MSS 那边。

MSS 拒绝提供配方，也不承认持有这份配方，但愿意派出“专家”和警方合作研究。

这份神秘配方对斑龙病病毒有强大的杀灭作用，细柱夹在资料里的无色药水是提取物，比单纯中草药汤效果更强烈，廖璇只是注射了微乎其微的一点，病毒就已全部死亡。

警方召开了发布会，要求参与过 KING 游戏的玩家根据游戏提示，分批到医院注射药剂，以防斑龙病病毒潜伏。为了鼓励大家前往，游戏为前往注射药剂的玩家提供礼品。

新闻滚轮似的播放记者能调查到的、关于此案的所有细节。有些人偷拍到了红灵山爆炸废墟里挖出的那些离奇恐怖的尸体和标本，视频点击率高居各大网站榜首。

七个月时间过去，案件带来的冲击已逐渐平息，廖璇决定辞职，而对于那份配方药剂的研究也即将结束。绝大多数玩家注射过了安全药剂，并没有人病发的报告。

李土芝从重伤中醒来。

身边没有任何人，那是凌晨三点，大家都在睡觉。

换句话说也就是他醒得完全不是时候。

半死不活的他按了呼叫铃，来的是个美貌的小护士。

小护士被他吵醒，心情很不好，横眉冷对这个重伤患，一副很想把他再次打昏的表情。

李土芝弱弱地说他想要手机。

这伤患并没有手机，小护士一边打哈欠，一边嫌弃他太吵，叫了主治医生之后，把自己的手机借给了他。

李土芝一打开就看见韩旌的照片被当作了壁纸，还是一张闭着眼睛、脸色苍白的睡美人照。李土芝后来和小护士围绕“能不能拍别人闭眼的照片”这个命题展开了激烈的讨论。李土芝觉得她不能拍这样的韩旌，把韩旌拍得像个死人！小护士说：“那没办法，谁能把植物人拍得像个活人我给他跪下！”李土芝说：“他总是能醒的！你不能等他好了再拍吗？到时候我叫他拗造型给你拍，保管比这个好看。”小护士说：“那不可能，听说好不了了！”

后来两人大吵一架，不欢而散。

第二天小护士因为这个挨批评哭鼻子了，李土芝心软给她点了份奶茶外卖。

再后来两个人成了朋友。

如陈淡淡、王伟、胡酪之类，都觉得小护士是李土芝的“女朋友”，小护士也这么觉得，但李土芝浑然不觉——世界上有把别的男人的照片放在手机上顶礼膜拜的女朋友吗？

其实真的有，奈何他不明白。

就这么时间过去了，韩旌始终不醒。

“还没有醒？”邱添虎叹了口气，“医生说病毒感染得太严重，韩旌大概是醒不过来了。”

“没办法。”李土芝说，“他长斑点，快要变花猫的时候，我就在想……如果有一天他真的好不了，也死不掉，变成怪物，再也没人要，我就只好把他带回家当宠物养了。”他耸了耸肩，继续说，“他没变花猫，也没人嫌弃他，即使闭着眼睛，还是有小女生迷他迷得要死，其实已经很不错了。”他轻声说，“比我们当初预想的……好太多了。”

邱添虎拍了拍他的肩：“你们很不错，尤其是你。”他看着李土芝，“以前我总是很担心你，年轻又莽撞，不把自己的命当成命，不珍惜眼前的生活。现在你稳重了，人生中大多数事情不能如人所愿，你能往好处想，不放弃，那就很好。”顿了顿，他说，“韩旌很坚强，没有谁比他更让人放心，他一定会醒的。”

“我会经常来看看的。”李土芝说，“你说他醒了以后，会不会和玉馨结婚？”

“这我怎么知道？”邱添虎哭笑不得，“你这想法跳跃得未免太大……”

“我也想找个人结婚。”李土芝很严肃地说，“邱局，你退休以后，要经常给我介绍对象！我一定要在韩旌结婚之前结婚！”

邱添虎“哈哈”大笑：“你想先赚他的份子钱吗？”

“老邱你能不能不要这么了解我……”

乱七八糟的闲聊从青翠的树影下传来，两只白头的小鸟在树上树下忙碌，它们在做窝。

春天来了。

万象更新。

（完）